喂喂喂……
這種攻擊也未免太豪邁了吧？
汽車就算了，竟然把大樓丟了過來。
真不愧是異世界。
我的常識幾乎全被顛覆了。
不過，就算這裡是異世界，
這樣還是有點那個吧？
這是不是太誇張了點？

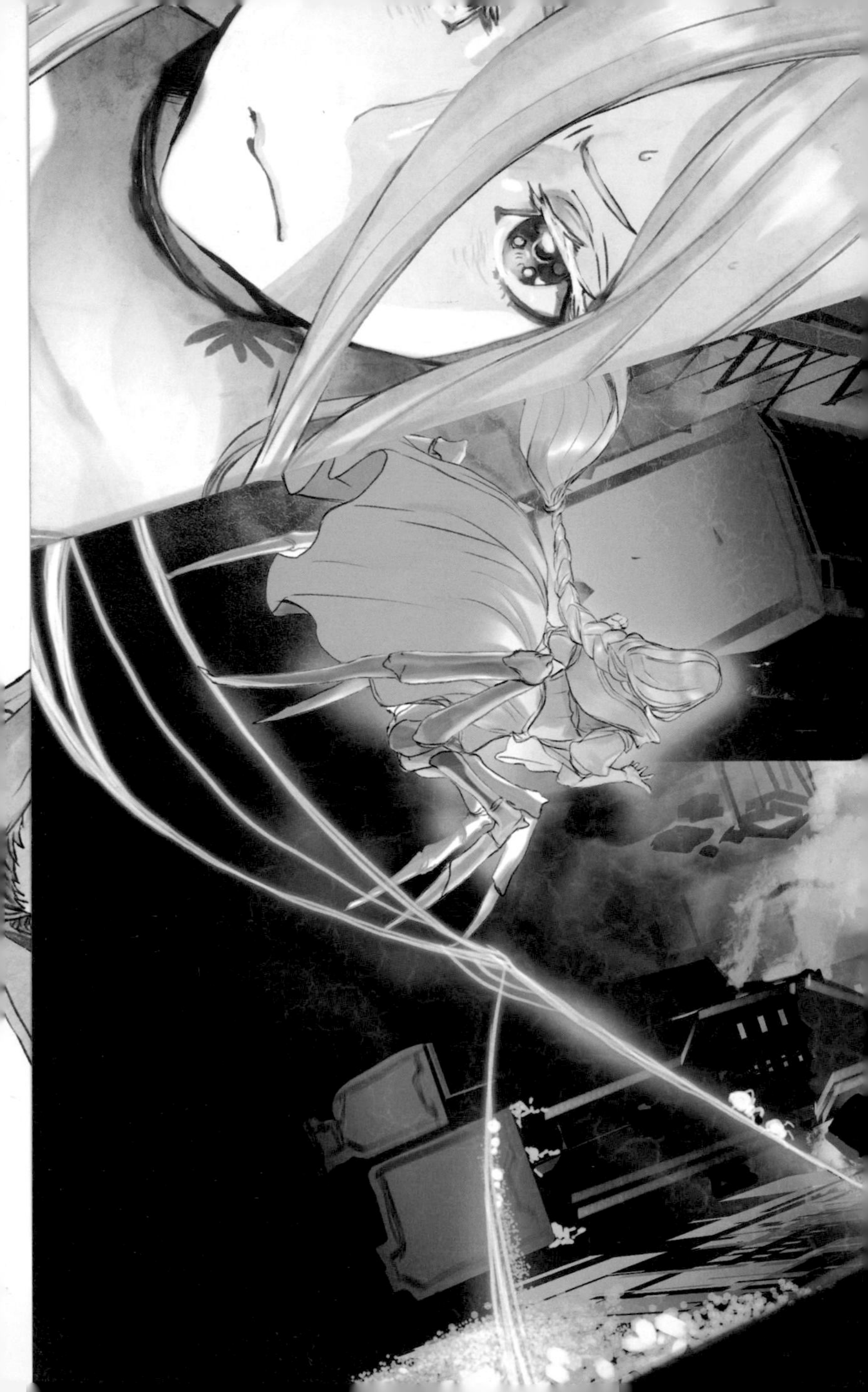

轉生成蜘蛛又怎樣！16

作者：馬場翁 okina baba
插畫：輝竜司 tsukasa kiryu

Kadokawa Fantastic Novels

contents

愛麗兒

魔王

誕生自波狄瑪斯的不死研究之中，是人類與蜘蛛的嵌合體。從波狄瑪斯的研究所被救出來以後，她在女神莎麗兒經營的孤兒院裡長大，但身體卻被自身的毒素殘害，使她一直體弱多病。自從當上現任魔王以後，她為了討伐波狄瑪斯逐步做著準備，卻被突然出現在艾爾羅大迷宮裡的神祕蜘蛛搞得焦頭爛額，最後選擇與之並肩作戰。

白

第十軍軍團長

真名是白織，大家都叫她「白」。擁有過去身為日本高中生記憶的轉生者。前世記憶是若葉姬色的記憶。她在艾爾羅大迷宮裡誕生，成功跨越無數場生死之戰，成為受人類畏懼的「迷宮惡夢」，也是把魔王愛麗兒搞得暈頭轉向的罪魁禍首。透過吸收號稱威力足以炸毀大陸的炸彈能量，成功完成神化。

蘇菲亞・蓋倫

吸血鬼

沙利艾拉國蓋倫家領主的獨生女。前世的名字是根岸彰子。前世的外號是「真貞子（真人版貞子）」，是個被班上同學畏懼的邊緣人。今世的她是本應在這個世界早已滅亡的吸血鬼真祖。

拉斯

第八軍軍團長

前世的名字是笹島京也。雖然轉生為哥布林後，他過著幸福的生活，卻因為受到帝國軍襲擊而失去故鄉與親人。後來他失去理智，在各地大肆破壞時，被愛麗兒和白救了回來，變成魔族軍的一員。雖然他跟勇者修雷因在前世是好朋友，現在卻處於敵對關係。

梅拉佐菲

第四軍軍團長

他原本是在蓋倫家擔任執事的人族，卻在身陷絕境時被蘇菲亞變成吸血鬼。在原本侍奉的蓋倫家領主夫妻亡故後，為了保護蘇菲亞，他一直在拚命鍛鍊自己。

邱列迪斯提耶斯

第九軍軍團長

負責管理世界及系統的管理者之一，也就是神。其權能讓所有龍族與竜族都聽他號令。

菲米娜

第十軍副團長

原本是蘇菲亞就讀的學校的學生，因為發生了許多事情，讓她失去未婚夫，還被趕出學校，也跟家裡斷絕了關係。白收留了失去家姓的菲米娜，還把她培育成出色的密探。

操偶蜘蛛怪四姊妹

操偶蜘蛛怪。看似少女的軀殼只是人偶，本體是小隻的蜘蛛型魔物，躲在人偶裡面進行操控。雖然她們是直屬於愛麗兒的眷屬，但現在跟白的關係非常親密。

艾兒

雖然很可靠，但是個老油條，地位如四姊妹的長女。

莉兒

常望著虛空發呆，或做出詭異行動，充滿了謎團。

莎兒

只會聽命行事。

菲兒

喜歡惡作劇又不怕生，總是很有精神。

俊

勇者

轉生為亞納雷德王國第四王子的轉生者。前世的名字是山田俊輔。雖然他前世是個在各方面都很平凡的男生，但今世卻轉生變成王子，還繼承了勇者這個稱號，因此過著不平凡的人生。他一直在追尋自己尊敬的兄長，也就是前任勇者尤利烏斯的背影。

卡迪雅

從高中男生轉生為公爵家千金的轉生者。前世的名字是大島叶多。她透過自殺解除由古施加的洗腦效果，又在當時被俊救了一命。那次事件讓她下定決心，今後無論身心都要以女人的身分活下去，現在的地位已經完全就是俊的正妻了。

菲

轉生為地竜的轉生者。前世的名字是漆原美麗。跟俊締結契約之後，讓她從地竜進化成光竜。雖然她經常使用人化的能力讓自己保持人型，但戰鬥力依然與光竜型態毫無分別，光看基本能力值的話，她說不定比俊還要強。

菲莉梅絲

過去擔任俊等人班導的岡崎香奈美老師。她轉生成妖精，從嬰兒時期就一直為了保護學生努力奔走。因為她是在被波狄瑪斯澈底支配的妖精之里長大，所以對「管理者是敵人」這種想法深信不疑。

悠莉

聖女候選人

聖亞雷烏斯教國的聖女候選人。前世的名字是長谷部結花。她是神言教的死忠信徒，總是熱心地傳教。從前世就對俊有好感，到了今世也沒有改變。

由古

轉生為連克山杜帝國皇太子的轉生者。轉生前的名字是夏目健吾。他深受帝國內部鬥爭的影響，個性因此變得扭曲，變成一個目中無人的傢伙。後來變成白的傀儡，負責指揮顛覆亞納雷德王國與攻打妖精之里的行動。

邦彥／麻香

前世的名字是田川邦彥與櫛谷麻香。前世是青梅竹馬，而今世也是青梅竹馬。他們在靠近魔族領地的人魔緩衝地帶的傭兵村長大，但村人卻被突然出現的魔族——梅拉佐菲殺光了。失去一切的他們成為冒險者，改用前世的名字自稱。在冒險者之中，他們算是相當出名的高手。

工藤沙智

以前是班長，現在則是被帶到妖精之里的轉生者們的領導者。她在小時候被父母賣掉，才會來到妖精之里。雖然在前世跟班導岡姊非常要好，卻因為在妖精之里的監禁生活，現在對她充滿猜忌與敵意。

草間忍

隸屬於神言教，從事密探行動。因為他總是習慣屈服於權勢，所以從前世就是個跑腿小弟。在妖精之里攻防戰中，被派去用魔劍破壞轉移陣。

波狄瑪斯

妖精之里的族長，也是從系統建立以前活到現在，把世界搞到快要崩壞的元凶。為了達成讓自己永生不死的目的，他不擇手段，在世界各地暗中搞鬼。然而……因為白這個異端分子，他總算永遠離開這個世界了。

達斯汀六十一世

神言教教皇

擁有能在死後繼承記憶並重新轉生的技能，其記憶從系統建立以前一直延續到了現代，為了拯救人族與世界，他耗費了無數次的人生。

莎麗兒

流浪天使。神言教中的神言之神，也是女神教所信奉的女神。為了拯救世界免於崩壞，她獻出自己的身體，化為系統的中樞，犧牲自己讓系統得以延續。

管理者D

邪神

諸神中實力特別強大的最上位神之一。只要她覺得有趣，其他的一切都無所謂。她是在背後操控整個故事，自己卻在旁邊看好戲的極惡邪神。

❖其他

羅南特・歐羅佐

帝國首席宮廷魔導士

他是過去親眼見識到「迷宮惡夢」施展的魔法，對其崇拜不已，後來獨自跑到艾爾羅大迷宮裡拜師學藝的變態。不過，他毫無疑問是人族最強的魔導士。在妖精之里攻防戰中，他是少數面對波狄瑪斯的兵器還能活下來的強者之一。他當時還跟操偶蜘蛛怪四姊妹並肩作戰（？），變成了朋友。

哈林斯・克沃德

亞納雷德王國克沃德公爵家的次男。他是尤利烏斯的兒時玩伴，也是勇者團隊的一員。在尤利烏斯死後，他加入俊的團隊，以大哥的身分帶領眾人前往妖精之里。真實身分是邱列迪斯提耶斯的分體。

蘇

亞納雷德王國第二王女，也是俊的同父異母妹妹。她是個重度的兄控，對於接近俊的所有人，都會投以恨不得殺死對方的冰冷目光。因為俊的生命受到威脅，讓她選擇成為白的同伴。

前情提要

story

因為管理者D發布的世界任務，人類陷入了巨大的混亂。由於全人類都被安裝了「禁忌」的技能，讓過去發生的事情與紀錄都被公諸於世。希望讓人類得以存續的黑，以及希望讓女神復活的白。兩位神的漫長戰鬥開始了，但管理者D又繼續做出更多的阻礙。凡是活在這個世界的人類，竟然都能透過祈禱，將力量獻給黑與白的其中一方……！

愛麗兒 1

「好啦，畢竟現場還有搞不清楚狀況的人，我就先把情況重新說明一遍吧。」

我向聚集在這裡的眾人如此說道。

這裡是離艾爾羅大迷宮附近的城鎮只有大約三十分鐘路程的廣場。

我們利用從妖精手中接收的宇宙飛船，載著妖精之里全部的人，如字面上所說地飛來這裡。

聚集在此的人是魔族軍的成員，以及那些轉生者。

至於帝國軍的倖存者，我當然沒讓他們待在這裡。

為了幫助魔族軍與轉生者們選擇今後要走的路，我必須告訴他們這些話才行。

可是，帝國軍就跟這些事情無關了。

我儘速讓他們出發前往距離最近的城鎮。

「首先，這個世界正面臨毀滅的危機。這都是因為愚蠢的人類在過去聽信波狄瑪斯的話。而就跟我說的一樣，這個世界依然處於危機之中，至今還沒能成功擺脫。」

這是大前提。

波狄瑪斯在過去曾經推廣使用MA能量。

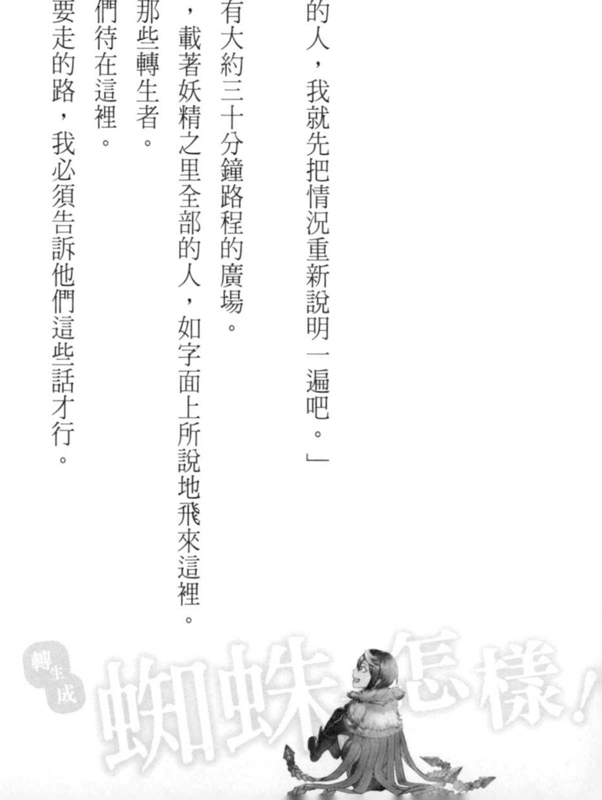

他說那是一種萬能的能量，擁有足以讓人類進化的力量，簡直就是一種夢幻能量。

可是，那種能量其實是星球的生命力，越是消耗就會讓星球越接近死亡，絕對不是人類該拿來使用的東西。

「然後，就在這個星球快要毀滅的前一刻，當時還只是其中一位神的邱列迪斯提耶斯，跑去跟更高位的神——也就是D大人交涉，得到系統這個可以拯救星球的手段。只要查看禁忌裡的說明，應該就能明白這個系統的大致內容。」

所謂的系統，就是讓人們透過戰鬥得到成長，並在他們死後回收技能與能力值的力量，拿去讓星球再生。

因此，這個世界的居民不得不戰鬥。

也是基於這個理由，才會讓他們分成人族與魔族，展開永無休止的戰爭。

魔族就是利用MA能源得到進化的人類。

為了償還當初消耗大量MA能源的罪過，即便整個魔族都在不斷衰敗，他們還是被迫繼續戰鬥。

而且這不只是他們祖先的義務，因為他們還會以同樣的靈魂不斷轉生。

即便每次轉生都會失去記憶，他們的靈魂依然會被這個世界捕捉，直到星球完成再生之前，都無法回到正常的輪迴。

不光是魔族，這是給予這世界所有生物的懲罰。

「自從系統完成以後，漫長的歲月過去了。可是，我們還沒成功讓星球再生。」

我們沒有達成這個使命！

想要在沒有任何犧牲的情況下達成使命，已經是不可能的事情了。

「成為系統核心的莎麗兒大人已經到達極限，其存在遲早會澈底消滅。此外，因為經歷過無數次轉生，人類的靈魂也不斷消磨，還能轉生的靈魂在今後將會越來越少吧。」

這個世界剩下的時間不多了。

「所以，我們必須做出選擇。不是殺人，就是殺神。」

這就是世界任務。

「我們選擇殺人。就算要犧牲這個世界超過半數的人類，我們也要拯救莎麗兒大人。」

聽到我這麼說，聽眾的反應都有些動搖。

他們有這種反應也很正常。

因為我們打算抹殺超過半數的人類，只為了拯救一個人。

如果只就人數來看，這麼做實在很難說划算。

就跟「犧牲小我完成大我」這句口號說的一樣，只要身為一位為政者，都應該選擇拯救多數、犧牲少數才對。

而我的選擇正好相反，很難說是正確的選擇。

可是，這點我再清楚不過了。

因為我早就決定捨棄正義，貫徹自己的任性。

「當然，我不認為人類會接受我們的選擇。所以，我們一直都在暗中行動，之後只要偷偷破壞掉系統就大功告成了。可是，D大人似乎對此感到不滿。」

我聳聳肩膀。

任何人聽到別人叫他去死都不會回應：「好，我知道了。」

我也不願意，小白應該也會猛烈反抗。

對生物來說，「不想死」是非常理所當然的想法。

雖然波狄瑪斯對死亡的抗拒有些過頭了，但正常人並不會想死。

照理來說，沒有人會願意為了別人犧牲生命。

如果有的話，那人絕對不正常。

所以，我很清楚我們的行動不會得到認同。

畢竟當時跟現在不一樣，禁忌並沒有被安裝到全人類身上，就算我大聲指控人類的罪過，說這一切都是為了拯救莎麗兒大人，人類也只會相信自己想要相信的事情。

想也知道人們會說出「那種事不可能是真的！」、「妳少在那邊胡言亂語！」這種話，唾棄我所說的一切。

就跟誰都不想死一樣，誰也不願意承認自己印象中從未犯下的罪過。

畢竟我們的主張就等於是「因為你們人類在前世鑄下大錯，所以必須以死贖罪」的意思。

如果不記得前世的事情，人們聽到這種話應該會很難接受吧。

就這層意義來說，把禁忌安裝到全人類身上，讓他們想起自己前世犯下的罪過，對我方來說算是件好事。

不過，因為我們一直保守的祕密——也就是讓系統瓦解的壞處也因此公諸於世，這件事的壞處遠遠多過好處，讓我實在無法感謝D大人……

根據我從小白與邱列單方面聽說到的D大人的個性來判斷，她應該是覺得讓事情這樣發展下去不夠有趣，才會忍不住插手，但我覺得她真是太多管閒事了。

畢竟如果D大人沒有插手，我們就贏定了。

只要繼續隱瞞讓系統崩壞的壞處，我們就能在不需要與邱列和達斯汀為敵的情況下達成目的。

但就是因為覺得這樣不有趣，D大人才會忍不住干涉。

因為這個緣故，現在沒人知道最後誰輸誰贏了。

而且規則還對我方不利。

然而，現在先暫時不管規則的問題。

我現在必須優先說明的事情，是我們到底想要做什麼。

「首先，我們的行動目的是瓦解系統。我們要試著把用來讓系統這個巨大魔術運作的能量，直接拿去讓星球再生。這麼做的好處是能乾脆地解決讓星球再生的問題，而且因為系統將會消失，被系統困住的莎麗兒大人也會得到解放。」

可以達成讓這個星球完成再生的宿願，同時解放莎麗兒大人。

這兩件事可說是這種做法最大的好處。

不過，莎麗兒大人已經被系統消耗到無法挽回的地步。

就算現在把她救出來，也無法拯救她的生命。

頂多只能避免她的靈魂完全崩壞，得以回歸輪迴，寄託來世。

可是，我應該不需要說出這個事實吧。

「壞處我已經說過許多次了，那就是會有將近半數的人類死去。這是在系統崩壞的同時，與系統連結的技能與能力值——也就是構成那些東西的能量，都會被強制回收所引發的現象。在強制回收那些能量時造成的衝擊，將會導致承受不住的人死亡。而且擁有越多技能與越高能力值的人，在回收能量時受到的衝擊也會越大。」

雖然這甚至有可能讓人靈魂崩壞，再也無法回到輪迴之中，但這點應該也不用說出來吧。

儘管死亡與靈魂崩壞的差別相當大，但就算我據實以告，他們也不見得能夠理解，而且老實說我自己也不是真的有理解這兩者的差別。

由於這兩者都等同於今生的結束，活在當下的人們應該感覺不出其中的差別。

就是因為這樣，我才同樣沒有說出莎麗兒大人要面對的結局。

因為我們是為了要拯救明知會死的女神，選擇讓超過半數的人類死去，所以不可能得到聽眾的支持。

「另一個壞處是系統將會消失。這也代表技能與能力值都會消失。人們過去理所當然可以辦到的事情，將會突然變得無法辦到。在這種技能與能力值都跟生活息息相關的情況下，可以輕易想見要是那些東西消失了，將會對人們的生活造成巨大的影響。」

技能與能力值只不過是個手段——用來確保讓星球再生的能量。

可是，在經過漫長的歲月後，技能與能力值已經跟生活緊密相連，變成不可或缺的東西。

以能力值來說，就是需要用到力量的各種工作，以及需要速度的郵務運送等工作。

至於技能這方面，實際運用的例子可說是多不勝數，在各種情況下都能派上用場。

一旦技能與能力值都消失了，過去一直仰賴這些東西的人們應該會很頭痛才對。

更何況——

「不是只有人類會失去技能與能力值。魔物也是一樣。而且魔物還比人類更為依賴技能。」

如果是沒有與生俱來的技能、可以視需要取得技能的人類，就算是遇到了困擾，也不會馬上死掉。

可是，魔物天生就擁有一些生存所需要的技能。

例如在水中生活的魔物擁有「游泳」，以及在炎熱地區生活的魔物擁有「火抗性」等等。

老實說，我無法想像要是牠們失去那些技能會有什麼後果。

或許就算少了技能，牠們身為生物的基本能力也能發揮同樣的效果。

但我覺得應該會有許多魔物死去。

不光是那些透過技能適應環境的魔物，許多魔物都免不了會因為失去技能與能力值而大幅弱化。

這會讓整個生態系完全被打亂。

人們原本用來食用的魔物可能會滅絕，原本無害的魔物可能會變得凶暴，諸如此類的混亂都有可能發生。

「總之，大混亂是無法避免的。在系統崩壞時死去一半，之後的混亂期又會死去剩下的一半——這就是我估計的人類犧牲者數量。」

即使我覺得犧牲者人數可能還會更多，但這點就只能讓倖存下來的人類攜手努力克服了。

這麼說可能很不負責任，但我就算能存活到那時候，也沒有能力做些什麼。

雖然這種想法自私到了極點，但我只想達成自己的目的，對後果一點都不在意。

這就是我們打算做的事情。

「相較之下，如果你們不選擇我們這種做法，而是選擇跟隨達斯汀——也就是神言教教皇他們的話，就不需要犧牲這麼多人了。你們可以繼續過著跟現在毫無分別的生活……應該吧。」

說到最後，我越說越沒信心。

因為我不知道達斯汀他們今後有何計畫。

「老實說，我不知道達斯汀他們有何打算。不過，既然世界任務中有提到他們，那他們應該也有做出某種對策才對。」

若非如此，世界任務就不會用他們和我們做對比，要人們選擇救人或是救神。如果他們選擇維持現狀，繼續漫不經心地回收能量，沒人敢保證因為過度使用而耗損的人類靈魂不會出事。

然而，既然任務內容說得像是只要捨棄神就能拯救人類，我應該可以認為對方也擁有某種拯救人類的手段吧。

「我不知道那是什麼樣的手段，所以也不清楚其優點與缺點。說不定對方有革命性手段，只需要付出遠遠少於我方手段的犧牲，就能成功度過現在這個難關。不過，既然任務內容要我們選擇救神或是救人，那對方的手段應該無法拯救莎麗兒大人吧。那就毫無意義了。」

因為我就是想要拯救莎麗兒大人。

「不管要付出什麼樣的犧牲，我都要拯救莎麗兒大人。我就是為此奮鬥到今天。所以，我無意改變這個方針。」

就算要犧牲超過半數的人類，我們也要達成目的。

「好啦，這樣你們應該就理解我們的方針了。接著，我想再一次確認規則，以及我方的勝利條件。」

前面的說明應該已經讓聽眾明白我方的立場了。

「首先，就跟我剛才說過的一樣，我方的目標是讓系統崩壞。而對方的目標就是阻止我們這麼做。」

雖然對方可能還有其他目標，但既然我們無從得知，也就不需要在意。

我們只需要努力達成自己的目標就行了。

「其次，關於讓系統崩壞的行動，其實我們已經開始進行了。」

我這句話讓聽眾議論紛紛。

我用手勢要聽眾安靜後，繼續說了下去。

「不過，這不代表系統立刻就會崩壞。讓系統崩壞這樣的大工程，可不是短時間就能完成的。你們可以把這件事想成是大型建築物的拆除工作吧？」

如果要細心拆除一棟建築物，就需要花上許多時間。

我們必須慢慢分解掉系統這個巨型魔術，同時回收要用來讓星球再生的能量。

因為不是像爆破拆除那樣直接炸毀就好，所以當然要花上許多時間。

「對方當然會阻止我們的行動。因此，直到系統崩壞的程序完成之前，我們都必須專心防禦。」

簡單來說，我們是守方，他們是攻方。

「雖然我說要行動，但其實我們的行動早就開始了……」

畢竟小白與邱列已經開戰。

達斯汀應該也早就開始暗中行動了。

「就跟世界任務所通知的一樣，白神與黑神已經開戰了。順帶一提，白神是我們這邊的人。啊，雖然我說他們已經開戰，但這場戰鬥也跟讓系統崩壞的程序一樣，不會馬上分出勝負，請大家不用著急。」

神與神的戰鬥是消耗戰。

需要花上許多時間才能分出勝負。

而小白與邱列的對決更是花時間。

因為小白的生存能力雖然很強，卻是個攻擊力很弱的神。

她的戰法是讓自己努力存活下來，同時慢慢消耗對手的戰力。

雖然我不曉得邱列擁有什麼樣的力量，但我不認為小白會被他輕易殺掉。

畢竟早在她還沒成神以前，命就硬到讓我不得不放棄殺死她的地步。

「他們交戰的地點八成是在異空間裡面，我們無法直接介入這一戰。」

不過，就算我們直接介入神與神的戰鬥，也幾乎毫無意義就是了。

因為我們和他們的戰力差距太大。

「可是，世界任務讓我們得到間接介入這一戰的手段。」

那就是祈禱。

只要向其中一位神祈禱，就能將力量獻給對方。

每個人可以透過祈禱所獻給神的力量，恐怕是微乎其微吧。

可是，如果在這個世界生活的所有人類都獻上祈禱，就會變成一股強大的力量。

也就是積少成多的道理。

這個手段讓那些毫無戰鬥力的人，能夠稍微參與這一戰。

這就代表全人類都能加入這場戰爭。

「坦白說，他們兩人的勝敗，將會直接決定雙方陣營的勝敗。」

不管是小白還是邱列，實力都跟其他人差太多了。

雙方都擁有能單槍匹馬殲滅對方陣營的實力。

如果我處於萬全的狀態，或許還有一點對抗邱列的能力，但憑我現在的狀態很難做到這點。

更何況，讓系統崩壞的工作是由小白負責。

如果少了小白，我們就無法引發系統崩壞。

換句話說，一旦小白戰敗，我方陣營就等於輸了。

「總之，我方陣營只能祈禱小白打贏了。在各種意義上都是。」

我故意笑了一下，但誰也沒有跟著笑。

……冷場王就是我。

「不過，這並不表示除了祈禱之外，我方陣營就無事可做了。」

我假裝剛才根本沒有搞笑失敗，繼續說了下去。

大家都一臉嚴肅地聽我說話，應該沒幾個人發現我剛才搞笑失敗吧！

「雖然只要小白戰敗，我方就等於輸了，但對方還有其他能夠阻止系統崩壞的手段。這真是太沒天理了。所以，我們還得阻止他們那麼做才行。」

因為每個人都能參加戰鬥，讓這次任務的規則看似公平。

可是，其實這個規則對我方相當不利。

其中一個不公平的地方就是勝利條件。

我方陣營只要小白戰敗就等於輸了，但對方陣營就算邱列戰敗，也還有一個勝利條件。

「那就是用支配者權限直接干涉系統。凡是擁有七大罪與七美德這些特殊技能，並且經過處理，確立支配者權限的人，都擁有對系統進行干涉的權力。只要行使那種權力，就能阻止系統的崩壞。」

這個條件其實相當不好達成。

畢竟前提是必須擁有七大罪系技能或七美德系技能。

而且還得申請確立支配者權限，並且得到系統的認證。

光是擁有七大罪系技能或七美德系技能還不夠。

順帶一提，申請支配者權限的方法就記載在禁忌之中。

換句話說，如果不是擁有七大罪系技能或七美德系技能，並且把禁忌練到封頂的人，就無法得到這種支配者權限。

不過，也能從把禁忌練到封頂的人口中，得知申請支配者權限的方法就是了。

被小白要求取得支配者權限的夏目同學，就是最好的例子。

雖然這麼說，但能擁有這種權限的人頂多就是十四個，條件可說是相當嚴苛。

即便全人類都被安裝了禁忌，這點也沒有改變。

可是，既然其中一個擁有這種權限的人——神言教教皇達斯汀是對方的首領，那人數多寡就不是重點。

因為只要達斯汀有能力阻止系統崩壞就夠了。

「不過，光是擁有這種支配者權限，也並非就能無條件阻止系統崩壞。如果想要阻止系統崩壞，就得前往能夠直接干涉系統的地方。而那個地方就是艾爾羅大迷宮最下層的最深處。」

在艾爾羅大迷宮的最深處，有一扇通往封印莎麗兒大人的系統中樞的門。

艾爾羅大迷宮是通往該處的道路，同時也是保護該處的要塞。

「換句話說，我們的任務就是避免讓擁有支配者權限的敵方人員接近那裡。」

達斯汀肯定會來。

既然如此，我們的任務就是守住艾爾羅大迷宮的最深處，不讓達斯汀接近那裡。

小白戰勝。

守住艾爾羅大迷宮的最深處。

只有同時達成這兩個條件，我們才算是贏得勝利。

反過來說，對方只要能夠打破其中一個條件就贏了。

光憑這樣，規則就可說是對我方不利。

可是，對我方最不利的地方，果然還是能夠透過祈禱介入小白與邱列之戰這點。

既然誰都不想死，向邱列祈禱的人數就必定會比較多。

雖然就任何人都能選擇自己的未來這點來說，這個規則很公平，但對我們這些當事人來說，這是個對敵方相當有利的不公平規則。

即便如此，贏家依然會是我們。

「聽我說到這裡，要做出什麼樣的選擇，是各位的自由。」

聽眾議論紛紛。

他們應該以為，我會要他們站在我們這邊吧。

可是，我只信任我們自己的人。

我不打算把背後交給可能會暗算自己的傢伙。

「防守艾爾羅大迷宮將由我們全權負責。凡是在這之後踏進艾爾羅大迷宮的人，不管對方是誰，我們都會當成敵人加以排除。所以，如果各位有意站在我們這邊，我希望你們能在艾爾羅大迷宮之外幫忙。」

畢竟我不能讓不知道是敵是友的傢伙接近終點。

「接下來我們就要踏進艾爾羅大迷宮了。老實說，我已經顧不得別人的事情，無法繼續支援各位。所以，我希望你們能決定自己未來的方向，按照自己的想法展開行動。即便各位決定與我們為敵，我也不會怨恨你們。不管最後誰輸誰贏，我都會把結果當成世界的意志，接受這樣的結果。」

事情到了這種地步，已經跟個人的怨恨無關。

這種事情沒有誰對誰錯。

雖然想要守護的東西不同，但無論選擇何者都沒有錯。

誰也怨不得誰。

「最後，祝各位武運昌隆。」

說完這句話後，我的演講就此結束。

白1

『事情就是這樣，請你們好好加油吧。』

……是怎樣？

妳說事情就是這樣，到底是怎樣？

我明明還在戰鬥，卻突然整個人傻住，但這可不是我的問題！

因為D在我跟黑大打出手的時候，突然在我的腦海中說話！

與世界任務有關的通知，我也都有聽到。

雖然我沒有聽到第一次通知的內容，不過自從我和黑開戰以後，就能正常聽到任務通知的內容了。

因此，我很清楚世界任務的相關規則。

這點黑八成也是一樣。

黑好像也聽到魔王與教皇的宣言了。

照理來說，那些通知應該是透過系統傳送到世界各地，而已經跟系統切斷連結的我，還聽得到其實很不合理。

雖然這不合理，但是，仔細一想，發出通知的人可是D……
想要讓我也能聽見，對她來說應該毫無難度。
換句話說，為了讓我能夠聽見通知，她偷偷對我動了手腳……
雖然不是遭到攻擊，但她還是輕易突破了我的防禦術式與認知能力，讓我澈底見識到雙方實力的差距……
不過，D的事情現在不是重點，想太多也沒用。
不管了，總之，我聽到魔王與教皇的主張了。
聽到那樣的主張，讓我有種我們也絕對不能輸的感覺。
就在我和黑都燃起鬥志的時候，D卻傳來那種訊息潑我冷水，害我瞬間洩氣！
太過分了～
她絕對是算準時機，故意在那個時候對我說話！
不管是世界任務也好，還是說話搞我也好，既然她自稱是個旁觀者，就應該旁觀到最後才對。
結果她根本就在拚命干涉……
面對這種誇張的狀況，黑也停住不動了。
雖然這是攻擊他的好機會，但我也有種想要抱頭苦惱的衝動，便決定暫時休戰。
『不過，我想你們應該很難立刻接受這件事，如果你們有問題的話就問吧。』

也許是因為我和黑都愣住了，D展現出些許溫柔的一面。
真希望她把這樣的溫柔用在其他地方，別讓事情變得更為複雜。
「妳剛才說，妳把『禁忌』安裝到全人類身上了是嗎？」
『是的。』
啊，黑抱住自己的頭了。
他會有這種反應也很合理。
畢竟連我都不太能夠承受「禁忌」造成的精神打擊，剛才全世界都變成人間地獄了吧。
不，或許不只是剛才，現在依然是人間地獄也說不定。
「『禁忌』也算是一種技能，那些能量又是從哪裡來的？」
啊！經他這麼一說，我才想到這個問題！
禁忌也是一種技能，其中應該也蘊含著能量。
如果要把這種技能安裝到全人類身上，應該需要用掉大量的能量。
不能把這個世界剩下的能量拿去做那種事吧！
『請放心。那些能量是我個人贊助的。』
呼……那我就放心了。
……放心？
個人贊助？

那個D竟然會為了這個世界，特地用掉自己的能量？

『不過，雖說是個人贊助，但那些能量本來就是這個世界的東西。』

為了消除我的疑惑，D說出嚇死人不償命的話。

她竟然說那些原本都是這個世界的能量？

那些能量到底是從哪裡來的？

『就是來自造就轉生者的那場爆炸啊。』

……這傢伙果然有對我使用讀心術吧？

她之前明明說過，在我成神之後，她就變得無法看穿我的心思……

算了。

這種小事不重要，重點是那些能量的出處。

說到造就轉生者的那場爆炸，就是發生在地球上的教室裡的那場爆炸吧。

也就是前前任勇者與前任魔王的傑作。

因為那場爆炸，讓這個世界的能量大幅減少，被牽連炸死的轉生者們才會轉生到這個世界。

不過，那可是為了殺死D……正確來說是為了殺死管理者而施展的攻擊。

那些能量不是應該全都消耗在攻擊上了嗎？

『那好歹是試圖殺死身為神的管理者的攻擊，妳不覺得威力只能炸掉一間教室很奇怪嗎？』

……好像真的是這樣。

那可是用來殺死神——管理者的攻擊。

結果竟然只有炸掉一間教室的威力，這確實很不自然。

憑那種程度的威力，別說是神了，就連亞拉巴等級的龍都殺不掉。

然而，這個世界積蓄的能量卻因此大幅減少。

威力與消耗掉的能量根本不成正比。

『換句話說，中間消失不見的那些能量被我回收保管了。』

啊，黑差點就昏倒了。

他會感到有點頭暈，也是很合理的反應。

前前任勇者與前任魔王對D發動了攻擊。

那次攻擊原本的目標是黑，卻被女神莎麗兒硬是轉向D，才會導致轉生者來到這個世界，以及能量大幅減少等等狀況。

關於這件事，黑似乎覺得自己必須負責呢～

聽到「D偷偷回收了那些能量～」，他會受到打擊也很正常。

可是，這算是個好消息。

雖然應該還不到全部，但那些失去的能量有一部分回到這個世界了。

……至於那些能量都變成了「禁忌」這點，就先別管了吧。

就在這時，黑似乎發現了什麼，突然恍然大悟。

「等一下！妳剛才說全人類！要是系統在這種狀態下崩壞，人類會變得如何！『禁忌』也算是技能不是嗎！」

啊，好像真的是這樣沒錯。

「禁忌」也是一種技能。

當系統崩壞的時候，不光是人類，這個世界的所有生物都會被剝奪技能。

根據我們計算的結果，當時的衝擊應該會讓將近半數的人類死去。

如果只是死掉倒是還好，但其中應該也會有人連靈魂都被瓦解。

而且擁有的技能越多，死掉的機率就越高。

既然「禁忌」也是一種技能，就表示人們的死亡機率也會變得更高……

『當然，死掉的人類應該會變多吧。』

我就知道！

啊，黑跪下去了。

……嗯，我只能說……你要堅強地活下去啊。

『別擔心，只要你打贏這一戰，成功阻止系統崩壞就沒事了。』

等等……

這是要我打輸的意思嗎？

聽到這種話，不是會讓黑燃起鬥志嗎！

『啊，對了。就算你打贏了，我也不會報復，這點請你大可放心。』

黑猛然抬起頭。

「可是，妳明明說過，要是我危害妳的眷屬，妳絕對不會放過我。」

『雖然我說過要讓她成為我的眷屬，但我們還沒正式締結契約。換句話說，她只是我內定的眷屬，但還不是真正的眷屬。』

嗯，唔。

我想也是。

我和Ｄ之間還沒有任何關係。

『要是她死在這一戰，就沒有之後的事情了。這只代表她不夠格成為我的眷屬。』

真教人不爽！

……搞清楚好嗎？

其實我一點都不想成為Ｄ的眷屬喔？一點都不想喔？雖然我不想成為她的眷屬，但聽到她說出這種話，還是會覺得不爽呢？

呵、呵呵呵。

她還真敢說耶。

呵呵呵呵……

結論就是，我絕對不能輸。

我們雙方又多了一個絕對不能輸的理由。

我再次與黑對峙。

「這樣我就沒有後顧之憂了。我個人並不恨妳。該感謝妳的地方反倒更多。可是，我還是必須打倒妳。」

黑重新表明自己的決心，我默默地用手勢要他放馬過來。

「我要上了！」

然後，我們重新開戰。

『你們就努力取悅我吧。』

……旁邊還有個邪神在當觀眾。

有夠難打！

兩道人影在許多現代的高樓大廈之間不斷跳來跳去。

其中一道人影是黑。

另一道人影是我。

我利用下半身是蜘蛛的女郎蜘蛛型態，在高樓大廈之間跳躍移動。

女郎蜘蛛型態的跳躍能力本來就很強大，還能運用八隻腳在牆壁上奔跑，非常擅長這種飛簷走壁的功夫。

如果再配合運用蜘蛛絲的話，還能靈活地在空中突然轉換方向，也能單純延伸跳躍的距離。

呵呵呵。

我要讓黑後悔沒在空曠平坦的荒野跟我決戰！

別以為你能在充滿障礙物的地方，贏過蜘蛛的行動力！

正當我暗自竊喜時，我感覺到有某種東西從背後迅速接近。

不會吧，竟然有東西能跟得上我的速度？

感到驚愕的我回頭一看，發現有輛汽車朝向我筆直飛了過來。

竟然是汽車！

我趕緊躲開。

呼……嚇死人了。

雖然我下意識躲開了，但想不到竟然會有汽車飛過來……

真不愧是異世界。

原來在異世界連汽車都會飛。

正當我暗自想著這種蠢事時，周圍突然暗了下來。

發生什麼事了！我懷著這種想法抬頭一看，結果看到一棟大樓遮住太陽飛了過來。

竟然是大樓！

我連忙逃離原本所在的地方，大樓下一瞬間就狠狠撞了上去。

現場發出地鳴與巨響，還掀起了沙塵。

喂喂喂……

這種攻擊也未免太豪邁了吧？

汽車就算了，竟然把大樓丟了過來。

真不愧是異世界。

我的常識幾乎全被顛覆了。

不過，就算這裡是異世界，這樣還是有點那個吧？

這是不是太誇張了點？

我努力不讓臉頰抽搐，抬頭仰望上方。

我看到許多飛在天上的高樓大廈。

那些大樓剛才還是我到處跳來跳去時的踏腳處。

奇怪～為什麼那些大樓會飛在天上呢～？真是不可思議～

現在不是說這種話的時候吧！

我全速逃離現場，飄浮在天上的那些大樓，也幾乎是在同一時間向我飛來。

這些每棟都重量驚人的大樓，全都化為砲彈向我襲來。

嗚喔喔喔喔！

加油啊！我的腿部肌肉！

雖然我也不曉得蜘蛛的腳是不是靠著肌肉在行動！
總之，加油吧！我的腳！
給我努力奔跑，逃過這波攻勢吧！
背後接連傳來巨響，震動也跟著傳了過來。
如果只是普通的大樓就算了，但這裡可是黑創造出來的異世界。
千萬不能認為這裡的大樓跟普通大樓一樣。
要是被那些大樓壓到，我應該也會受到很大的傷害。
……不對，就算只是普通的大樓，要是被壓到了，我應該也會受傷吧？
真是夠了！他竟然把大樓當成砲彈丟過來，沒常識也該有個限度吧！
咦？你說把隕石當成砲彈亂丟的人沒資格說這種話？
一事歸一事，一碼歸一碼。
而且這裡是黑創造的異世界喔？
然而，他卻把大樓拿來亂丟，隨便破壞環境……不，是破壞異世界才對，這不就跟親手破壞自己的家沒兩樣嗎？
算他厲害。
這種事我實在學不來。
也許是因為我感到既佩服又傻眼，搞不懂自己到底有何感想，或是因為我太過拚命忙著逃跑，才會在前方空間扭曲的時候，沒能馬上反應過來。

黑從扭曲的空間裡跳了出來。

啐！被他繞到前面了嗎！

照理來說，使用轉移術並非明智的決定。

在空間魔術高手的對決中，轉移術的發動速度實在太慢了。

現在的我發動轉移術時，或許連一秒都用不到。

可是，這樣還是太慢了。

如果需要用掉那麼多時間，對手就有機會從中阻擾。

轉移術的術式原本就是既複雜又精緻，只要稍有出錯，就會澈底瓦解。

這將會導致轉移失敗。

如果只是轉移物體，就算失敗了也不會有太大的損失；但如果是轉移自己的話，風險就會大幅提昇。

在最糟糕的情況下，甚至有可能被次元的夾縫吞噬消滅。

為了避免發生那種可怕的狀況，我都會做好保險措施，但視對手阻礙的程度而定，我無法斷言那種事絕對不會發生。

所以照理來說，在神與神的對決中，在戰鬥中使用轉移術並不是個好主意，但黑這次利用大樓砲彈作為掩護，完美地繞到我的前面。

那種誇張的大樓砲彈攻勢，完全足以達到掩人耳目的效果！不，效果根本好過頭了！

黑向我逼近，手裡還握著劍。

要是被那把劍砍到就糟了。

他拿著劍往下揮砍，我誇張地跳向旁邊躲開。

「別想逃！」

可是，大樓壓向我閃躲的地方。

誰來告訴我！大樓到底為什麼會從天而降啊！

這就是天地異變嗎！這就是神的力量嗎！

我一邊咬牙對抗本來只會出現在誇張戰鬥漫畫裡的嚴酷現實，一邊運用蜘蛛絲擋下大樓。

竟然用蛛網接住從天而降的大樓，讓我覺得自己的戰力也很誇張。

可是，我並不打算只接住大樓！

我順勢把大樓朝向黑甩了過去！

祕技！大樓過肩摔！

這就是以柔克剛的真理！

你就被自己亂丟的大樓壓扁吧！

嘶磅！我甩過去的大樓裂成兩半了。

沒……沒事。

我早就知道這種程度的攻擊不可能擊敗黑。

可是，想不到他竟然能把大樓劈成兩半……

這種招數可以只在誇張戰鬥漫畫裡上演就好嗎？

即便我暗自如此哀求，黑也不可能答應，於是又再次用劍尖向我刺了過來。

我跟剛才一樣誇張地往後跳開，逃離那把劍的攻擊範圍。

那把劍很危險。

我能在那把劍上感覺到驚人的能量。

要是被那把劍砍到，不但會受到物理上的傷害，連我內在的能量都會受到損傷。

神與神之間的戰鬥，就是能量的消耗戰。

誰先消耗掉更多對手的能量，將會決定戰鬥的勝敗。

就算被足以劈開大樓的斬擊砍到，也只需要修復肉體的損傷就沒事了。

然而，存在於那把劍裡的能量，不只擁有物理上的破壞力。

不光是物理上的破壞力，那把劍還蘊含著足以侵蝕我方能量的威力。

戰況原本就對我不利了，我絕對不能被那把劍砍中。

……話說回來，黑應該也消耗了許多能量，真虧他還敢毫不吝惜地使用那種武器。

攻擊也需要消耗能量。

要是在攻擊時隨便使用能量，很可能會耗盡自己的能量。

就算使出強力無比的一擊，一旦被敵人躲開或是擋住，也只是白費力氣。

所以，我一直認為只能在關鍵時刻，把大量能量用在攻擊上。

看來黑也豁出去了。

雖然那把劍耗費的能量最多，但要亂丟大樓與維持這個異空間，應該也會用掉相應的能量。

不過，別說是消耗了，我怎麼覺得他的能量反而越來越多？

……這不是我的錯覺。他身上的能量真的變多了。

可惡！這就是祈禱的效果嗎！

世界任務有條規則是，人們可以透過向其中一位神祈禱，將些許力量獻給那位神。

黑身上的能量從剛才開始就一直增加，肯定是受到這條規則的影響吧。

早在聽到那條規則時，我就猜到會這樣了，看來黑接收到的力量果然比較多。

呵，我還真是不受歡迎啊……

可是，我一點都不難過！

畢竟我是真正的邊緣人！

就算不依靠那些凡人的力量，我也要打贏這一戰！

雖然鼓起鬥志是件好事，但這種戰況應該算是相當嚴峻？

現在的戰場是黑創造出來的異世界。

這種跟地球稍有出入的近現代街景，應該是參考了這個星球在系統建立前的遠古都市吧。

這裡說不定是黑與莎麗兒之間充滿回憶的都市。

……雖然我覺得把這種回憶之地的大樓拿來亂丟很奇怪就是了。

總之，這裡是黑的領域。

因為這裡是黑創造出來的領域，所以當然對他有利。

剛開戰就被拉進這塊領域是因為我的大意，或者該說失算。

這一切都是毫無前兆就發布世界任務的D害的！

她沒讓我聽到第一次的任務通知，應該也是為了讓我的行動慢一步！

若非如此，就無法解釋我為什麼能正常聽到之後的任務通知，卻只有第一次的任務通知聽不到了。

那個臭邪神！竟然故意製造那麼多對我不利的條件！

因為她的緣故，讓我失去了先機。

我斜眼觀察周圍。

彷彿要侵蝕這座近現代都市一樣，無數白蜘蛛正在啃食空間。

在這個三次元的空間裡，到處都能看見像是蛀掉的二次元繪畫一樣的光景。

雖然這種光景很不可思議，但蛀掉的部分還不到全體的一成。

這就是我和黑目前的勢力占比圖。

我連一成都不到，黑占了剩下的九成以上。

不知道該說是我已經侵蝕了將近一成，還是竟然連一成都不到。

在黑的領域占有優勢的期間，我無法發動攻勢。

我沒有那樣的餘力。

如果我不保持守勢硬撐下去，能量就會被逐漸削弱，最後連反擊的機會都沒有，就被黑幹掉。

我現在必須忍耐，慢慢侵蝕黑的領域，將之轉變為我方的領域才行。

直到雙方的領域勢均力敵時，我才能有餘力反擊。

可是，雖然分體們都在努力拓展領域，但成果並不是很理想。

因為一直有能量從外面傳送給黑，讓他的抵抗變得比剛開始時還要強烈。

雖然還不至於反過來壓制我，卻讓侵蝕的速度變得很慢。

看來這可能會花上許多時間，我得做好心理準備了。

直到侵蝕程度達到一半為止，我得設法撐過黑的猛攻。

真是難熬……

可是，黑其實也不輕鬆。

既然我能侵蝕他的領域，就表示我的空間魔術實力勝過他。

雖然現在是他握有領域的主導權，但只要能翻轉領域的勢力占比圖，局勢就會瞬間變得對我有利。

到時候就要攻守逆轉了。

此外，既然我的空間魔術實力較強，就代表只要攻守逆轉，黑就再也無力翻盤。

黑就是因為明白這點，才會想要在領域易主之前分出勝負，對我展開猛攻。

若非如此，就算他能得到來自外部的能量，也不可能拿出那種顯然很消耗能量的劍。

他得到的能量應該馬上就被用掉了吧。

不過，他身上的能量目前看來還是有稍微增加，天曉得他到底得到多少能量，讓我想到就無奈。

話雖如此，他能得到的能量也並非無限。

既然全人類的數量有其上限，能夠傳送給他的能量也會有上限。

隨著時間經過，他能接受到的能量應該也會逐漸減少。

就這層意義來說，黑只會隨著戰鬥拉長慢慢居於下風。

時間站在我這邊。

時間過得越久，局勢就會逐漸對我有利。

不過，前提是我能繼續維持這種萬全的狀態。

想也知道吧。

雖然這是理所當然的道理，但就算耐力很強，要是受傷了也沒辦法完全發揮實力。

在神與神的戰鬥中，雖然可以讓身體的傷瞬間再生，卻無法恢復失去的能量。

即便外表毫髮無傷，但能量若耗盡了，也不可能扭轉戰局。

要是挨上一記強烈的攻擊，讓我的能量大幅減少的話，就真的有危險了。

如果只有一次的話，就算被那把劍砍中，我應該也不會受到致命傷。

可是，我不能因為反正死不了，就覺得被砍中也無所謂。

既然無法確定被那把劍砍中會失去多少能量，當然還是別被砍中最好。

因為要是挨了一劍就大幅失去能量，我可能會受到再也無法扭轉戰局的傷害。

我想要撐過黑的猛攻，直到領域易主為止。

黑反倒是想要在那之前對我造成傷害，讓我失去扭轉戰局的機會。

看是我能撐過這段時間，還是黑能攻破我的防守。

這就是現在的局勢。

為了勝利，我就必須贏得這場持久戰，連一瞬間都無法掉以輕心。

在黑占有優勢的領域裡，連一次都不能被擊中，實在是很累人的事情！

太誇張了～

真的太誇張了……

為什麼明明是對方的實力比較強，我卻必須扛著劣勢開局？

我躲開黑砍過來的劍。

下一瞬間，黑張開嘴巴放出吐息。

別用人類型態施展吐息攻擊啦！

雖然黑的真實身分是龍，會用這種攻擊也很正常！

只要我想也不是辦不到！

不過，用人類型態施展吐息攻擊的畫面實在不太美觀！

儘管這招確實讓人料想不到就是了！

事實上，我現在就完全中招了！

我的人型上半身輕易就被轟得灰飛煙滅。

但我還留有蜘蛛型下半身，被轟掉的人型上半身也能立刻再生。

即便我必須耗費能量讓身體再生，但整體看來，消耗量可說是微不足道。

這種程度的傷害就跟小擦傷差不多。

雖然整個上半身都消失了。

外表上的損傷不等於實際損傷，就是神與神互相戰鬥的麻煩之處。

因為無法一眼就看出到底是誰占有優勢。

以剛才的攻防來說，雖然被吐息轟掉身體的人是我，但我和黑實際用掉的能量應該差不多。

即使我有消耗能量讓被轟掉的上半身再生，但黑也為了施展吐息消耗掉能量。

在神與神的對決中，先用盡能量的一方就是輸家。

因為不管是攻擊還是防禦都需要消耗能量，所以不是攻擊方就一定占有優勢。

不管是要攻擊還是防守，都必須仔細計算每個動作要耗費掉多少能量。

以我的情況來說，不管有沒有被剛才的吐息擊中，都沒有太大的差別。

所以，我沒有慌張地閃躲，而是選擇故意承受那發吐息，避免被他接著用那把劍追砍。

結果如我所料！

我輕易躲開黑的下一劍。

因為黑也明白剛才那發吐息並不會對我造成任何傷害，所以我早就看穿他真正的目標是後面這一劍～！

哈哈哈！

想用這種輕易就能看穿的戰術擊中我，你還早得很呢！

跟黑打了這麼久，我發現一件事。

那就是黑的戰鬥經驗不多！

別誤會，他的實力確實很強。

動作非常精準，一點都不像是外行人。

可是，他給我一種只做過訓練，但並不習慣實戰的感覺。

他的戰法太過完美無瑕了。

少了那種無論如何都要殺掉對手的執著與齷齪手段。

不過仔細想想，黑長期處於沒有敵手的狀態，一直做著管理世界的工作，應該遠離實戰很久了，我甚至懷疑他在系統建立前是否有過生死相搏的經驗。

我則是從出生的瞬間就一直為了生存而賭命戰鬥，因此雙方的實戰經驗會有差距再正常也不過了。

拜此所賜，我目前都還沒受到致命的一擊。

戰況還算是過得去，但現在這種戰況對我來說依然不算輕鬆！

雖說黑的實戰經驗不多，但戰鬥能力還是很強！

黑的劍術太過照本宣科，虛實也容易看穿。

因此，要看穿他接下來會如何出招並不困難，但能夠預測並不代表就能躲過！

平凡無奇的一劍從上方砍下來。

唯一特別的地方，就是速度快得驚人。

我躲過這一劍後，耳朵才聽到破風的聲音。

既然是揮完劍後才聽到聲音，就表示那一劍稍微超越音速了吧……

這可是肉眼看不見的快速連擊。

就算攻擊軌道容易預測，也很難閃躲。

只要有一瞬間鬆懈，下一瞬間就會被劈成兩半。

可惡！

如果我心愛的大鐮刀在手上就好了！

那把大鐮刀應該足以對抗黑的劍。

不過那把大鐮刀在隸屬於我的武器的同時，又微妙地好像擁有自我意識，因此性能可以算得上是神器吧。

就算跟黑的劍互砍，應該也不會毫無反抗之力。

不但如此，如果用那把大鐮刀攻擊，應該也能對黑造成不小的傷害。

而且那把大鐮刀還在我這個本體之外的其他地方，另外儲存了能量。

應該可以說是一種外接式的能量包？

只要那把大鐮刀在手上，我能運用的戰術就會大幅增加！

至於我為何沒能拿到那把大鐮刀，是因為黑拚命阻止大鐮刀轉移過來。

我想要召喚大鐮刀過來，大鐮刀似乎也在試著主動轉移到我身邊。

可是，黑顯然也在防備那把蘊含著巨大能量的大鐮刀，一直盡全力阻止大鐮刀轉移過來這裡。

我剛才也說過了，阻止轉移並不是難事。

這也是沒辦法的事。

如果敵人想把那種顯然很危險的武器召喚到手邊，我也會拚命阻止。

假如我能夠在準備萬全的狀態下開戰，大鐮刀現在應該會在我手上，那我就不用打得這麼辛苦了……

這一切果然都是D的錯！

雖然這件事我強調過很多次了，但問題幾乎都是出在那傢伙身上！

要是我能在這一戰中活下來，總有一天絕對要給她好看！

不然就太對不起我自己了。

不過，前提是我得成功活下來才行。

現在我要專心面對眼前的敵人。

只要能撐過黑的猛攻爭取到時間，就是我贏了。

要是我在那之前被澈底擊垮，就是黑贏了。

老實說，我已經自顧不暇，無法顧及其他事情。

所以，外面的事情只能交給魔王他們了。

對此我並非沒有感到不安。

過去我就算有把事情交給別人去處裡，也會透過分體的眼睛觀察情況，讓自己隨時都能介入。

但這次我連這種事都辦不到。

換句話說，我完全無從介入，只能把成敗交給別人。

而且還是在這個最重要的關頭。

我有些不安。

可是，既然事情走到這一步，我就相信魔王他們吧。

魔王就不用說了，吸血子與鬼兄也跨越了無數的難關。

我要相信他們這次也能跨越。

而且……畢、畢竟我們是同、同伴嘛！

天啊！總覺得相信別人、把成敗託付給對方，實在太難為情了！

這種感覺是怎麼回事！這種感覺是怎麼回事！

雖然我有種難以言喻的心情，但不管我是怎麼想的，只能把成敗託付給魔王他們的這件事依然不會改變。

與其說是相信同伴，不如說是不得不相信吧……

要是魔王他們出了狀況，我也沒辦法趕去幫忙。

……我果然還是不太放心！

只要多爭取時間，我就會慢慢占上風了吧？

不能再說這種悠閒的話了。

我要使出全力，儘快解決這一戰！

雖然我從剛才就已經使出全力了！

既然這樣，那我就要超越極限！

爆發吧！我所有的力量！嗚喔喔喔！

我準備衝向前方，臉孔卻被黑的劍劃傷。

嗚喔喔喔……

果、果然還是不該貿然進攻才對！

就算我很擔心魔王他們，也千萬不能焦急。

因為黑可不是我能急著打贏的弱小對手。

我要冷靜下來。

我已經使出全力了，要是勉強自己超越極限，也只會因此露出破綻。

保持冷靜繼續防守，才是能最快解決對手的捷徑。

雖然魔王他們讓我很擔心，但我要暫時不去想這些事情。

魔王他們一定沒問題的。

我想，相信同伴應該就是這麼回事吧。

而且魔王他們肯定也相信著我。

既然如此，我就必須回應他們的信賴。

對手是長期守護著這個世界的管理者——黑。

而且背後還有許多人類在支持他。

夠資格當我的對手！

為了回應魔王他們的信賴，就讓我打贏這一戰吧！

……雖然我現在只能四處逃竄就是了！

我重新燃起鬥志，為了避開黑的斬擊，華麗地往後一跳。

俊1

我告訴在場眾人，說我不打算加入任何一方的陣營，並且想要找尋不會有人犧牲的做法。
在場的成員有卡迪雅、菲、蘇、悠莉、羅南特大人、夏目還有我，一共七個人。
我打算只靠這七個人改變世界的命運，連我都覺得自己很無謀。
不過，我想尤利烏斯大哥在這種時候絕對不會選擇放棄。
所以我也不會放棄。
即便最後會是白費力氣，我也要努力掙扎看看。
反正我的實力遠遠比不上若葉同學他們。
失敗也是理所當然。
但我不想在嘗試之前就放棄，打算放手挑戰看看。
「就算你說得都對，但你有什麼實際計畫嗎？」
相較於充滿鬥志的我，夏目意興闌珊地這麼問道。
雖然其他人都贊成我的想法，但只有夏目感覺起來毫無幹勁。
因為他也沒有否定我，所以態度應該算是消極地贊成吧。

自從妖精之里那一戰結束，夏目重新醒來後，就變得好像失去活下去的動力。想到他曾經遭到洗腦，成為被若葉同學等人操控的棋子，我就覺得他會變成現在這種狀態也很正常。

當然，我不打算原諒夏目做過的事。

雖然我不打算原諒夏目，但他也不打算得到原諒，還因此失去活下去的動力，要我盡情使喚他，打算用自己未來的人生贖罪。

雖然他不是發自內心想要贖罪，也根本沒有那種動力，讓我覺得很火大，但既然他都這麼說了，我就要讓他幫忙到底。

「關於這件事情，我覺得我們實在太不了解狀況了。所以在展開行動之前，應該要先蒐集情報才對。」

不管是關於禁忌的事情，還是從若葉同學等人那邊聽說的事情，對我們來說都是突然得知的情報。

如果這時還要懷疑這些情報的真假，只怕會沒完沒了，讓我只能選擇相信他們，打算再次找若葉同學等人把事情問清楚。

「事情就是這樣。羅南特大人，我想再次回到妖精之里。您可以助我一臂之力嗎？」

「當然可以。別說是妖精之里了，只要是我曾經去過的地方，不管是哪裡，我都願意帶你們去。」

羅南特大人揚起嘴角，露出充滿自信的表情。

真不愧是號稱人族最強魔法師的人。

讓人敬佩之情油然而生。

身為空間魔法權威的羅南特大人在場，而且還願意跟我們站在同一陣線，讓我覺得非常可靠。

如果沒有羅南特大人的轉移術，我應該只能手足無措地待在這個不知名的地方吧。

我想這八成就是若葉同學的目的，但既然羅南特大人來到這裡，這個問題就解決了。

聽說羅南特大人不曾來過這個地方，而是靠著我和菲之間締結的從屬契約，才得以轉移到了這裡。

羅南特大人也是頭一次嘗試這麼做，結果他成功辦到了。

聽到這件事以後，我覺得自己的運氣實在好得嚇人。

就好像所有需要的拼圖早就準備好了，才讓大家得以及時趕來救我。

沒錯，這一切都太過巧合了。

關於這種莫名的好運，我曾經想過某種可能性——

那就是我的專屬技能「天之加護」。

「天之加護」的效果是「在各種狀況下容易得到自己想要的結果」，聽起來相當含糊。

因為沒有明顯的效果，也無法實際感受到影響，讓我不曉得到底有多少事情要歸功於這個技能的效果。

在過去的人生中，我從來不曾強烈感受到這個技能帶來的好處。

因此，我一直認為這個技能只能讓運氣變好。

可是，親眼見識到這種彷彿一切早就幫我安排好的狀況，讓我開始懷疑這個技能的效果或許遠比我想得還要好。

此外，如果事情真的跟我懷疑的一樣，那我好像明白若葉同學特地把我傳送到這裡隔離的原因了。

對若葉同學來說，我應該算是一個無法預測的不確定因素吧？

我身為天生就剋魔王的勇者，又具備「天之加護」這個不確定因素。

在若葉同學眼中，我確實會是她想要從檯面上除掉的阻礙。

雖然我還不確定是不是這個理由，但我想結果應該不會相去太遠。

我也得確認這件事才行。

正當我忙著思考時，羅南特大人的長距離轉移魔法也已經完成，讓我們成功地回到了妖精之里。

可是……

「一個人都找不到……」

就跟卡迪雅說的一樣，這裡早就是座空城了。

『不行～我從空中看了一遍，放眼望去都找不到人。』
以竜型態從天而降的菲，似乎也找不到任何人。
「這裡本來明明有那麼多人，到底是怎麼在這種短時間內消失的……？」
雖然我聽說妖精都被殺光了，但這裡應該還有帝國軍的倖存者與魔族軍才對。
讓整支軍隊的人在這種短時間內移動到連菲都找不到的地方，到底是怎麼辦到的？
「現在想這個也沒用吧。重點不是手段，而是結果。既然這裡確定沒人，我們就只能在這個基礎上做出下一步行動。」
羅南特大人說得對。
就算思考對方如何讓這麼多人移動的手段，對事情也沒有幫助。
雖然我很擔心跟我們分開的安娜與哈林斯先生的安危，但既然他們不在這裡，那我想這些也沒用。
與其在意那些想不出答案的事情，思考我們的下一步才是重點。
「要追上去嗎？」
我小聲說出這個想法，卻又覺得不切實際。
「就算想要追上去，我們也不曉得他們去哪裡了。視對方的移動手段而定，也無法保證我們能追得上。」
像是要肯定我內心的想法一樣，卡迪雅也不贊成這麼做。

因為我們不曉得對方到底跑去哪裡，根本不知道該去哪裡找人。如果對方是使用轉移術之類的移動手段，不管我們怎麼努力都不可能追得到。

在我們慢慢找人的時候，事情也會繼續進展。

我想避免浪費時間。

「可是，那我們到底該怎麼做……」

向若葉同學等人把事情問清楚——最初的目的落空了。

因為我打算先把事情問清楚，再來思考自己該怎麼做，一旦這個目的無法實現，就突然不知道該怎麼辦了。

「如果只是要把事情問清楚，不是還有一個傢伙很清楚這整件事嗎？」

聽到羅南特大人這麼說，我才恍然大悟。

「神言教教皇。」

他是若葉同學等人的敵對陣營首領。

如果是教皇的話，確實應該比我們知道更多事情。

畢竟他還欺騙世人，公開承認夏目這個冒牌勇者。

早在那個時候，就能確定他跟操縱夏目的若葉同學等人有所勾結了。

我不知道他跟若葉同學等人握有多少同樣的情報，也不明白他們最後為何分道揚鑣。

可是，這些問題只要當面見到他就能問清楚了。

「我有辦法把大家傳送到聖亞雷烏斯教國。你要去嗎？」

「我要去。麻煩您了。」

聽到羅南特大人這麼問，我用堅定的口氣如此回答。

我不知道我們這樣突然跑過去，教皇是否願意回答我們的問題。

可是，我確實沒有其他線索。

如果有時間煩惱這種事，還不如趕快行動不是嗎？

羅南特大人再次發動長距離轉移魔法。

當周圍的景色因為轉移而改變後，我們已經身在一棟狀似巨蛋的建築物裡。

腳邊還有像是轉移陣的東西。

「這裡是……？」

「聖亞雷烏斯教國設有通往世界各國的轉移陣。這裡是連接到帝國的轉移陣所在的房間。我頭一次造訪這裡時，也是利用這個轉移陣過來的。」

在我們交談的時候，負責看守的士兵們急忙衝了過來。

「我是帝國首席宮廷魔導士羅南特．歐羅佐！有事求見神言教教皇！」

羅南特大人對著那些士兵大喊。

士兵們的反應相當誇張。

不過，他們那種面面相覷、不知所措的樣子，實在不像是負責守衛聖亞雷烏斯教國重要設施

的精銳。

也許是因為世界任務把他們搞得焦頭爛額了吧。

「混帳東西！別在那邊驚慌失措了，還不趕快去通報這件事！」

羅南特大人大聲喝斥，才總算有幾位士兵跑到外面。

「……看來是無法指望這些傢伙了。」

羅南特大人傻眼地看著那些跑掉的士兵。

我也同意他的想法。

從這些士兵的樣子看來，聖亞雷烏斯教國現在似乎也非常混亂。

我不認為原本就很忙碌的教皇，會願意在這種混亂的情況之下，接見沒有預約就突然跑來的我們。

我們很可能白跑一趟。

可是，我擔心的事情沒有成真。

等了幾分鐘後，那些士兵回到這裡，說要帶我們去找教皇。

「歡迎各位大駕光臨。不過，畢竟現在是這種狀況，我無法好好地招待各位，這點還請各位見諒。」

在士兵的帶領下，我們順利見到教皇，還被他用與其地位不符的低姿態迎接。

他露出和善的笑容，環視我們每個人的臉。

覺得那種笑容深不可測的人，應該不是只有我才對。

當教皇的視線停留在夏目身上時，他的笑容變成了驚訝。

「哎呀？由古王子，原來你平安無事啊？」

「哼！我死了對你比較有利是嗎？」

「沒那種事。很高興你還活著。」

教皇像是發自內心這麼認為一樣，用和藹溫柔的眼神看著夏目。

這讓夏目顯得有些畏縮。

……這人果然深不可測。

我好像快被那種溫和的氛圍吞噬了。

這就是神言教教皇。

想要拯救世界的人類首領。

「請各位自己找個空位坐下吧。接下來，我將會說明我方陣營的方針，以及今後的行動計畫。」

教皇伸手指向一張用來開會的長桌。

長桌旁邊已經坐著幾個人了。

「您準備得還真是周到。」

「我們原本就準備召開作戰會議。因為你們來得正是時候，我便決定讓各位直接參加。」

羅南特大人看向空位剛好符合我們人數的長桌，揚起了眉毛。

「嗯……就當作是這樣吧。可是，醜話說在前面，我們來到這裡，可不是為了成為你們的同伴。我會聽聽你們的說法，但別指望我們會幫忙。」

「等等！羅南特大人！」

「沒關係。那就請各位先聽聽我們的說法，再決定要怎麼做吧。」

羅南特大人突然說出可以算是敵對宣言的話，於是讓我亂了手腳，但教皇大方地同意了這樣的要求。

羅南特大人像是對教皇的態度感到不滿一樣，有些粗魯地坐下。

我們也跟著羅南特大人一起坐下。

就在這時，我偶然瞥見悠莉的身影。

她露出深淵般的眼神，緊盯著教皇不放……

我、我是不是不該看的？

她真的很可怕……

悠莉身為聖女候選人，又是個虔誠的神言教教徒，我可以輕易想像得到，她對這次的事情應該很有意見。

比起看起來就很不開心的羅南特大人，我更擔心悠莉會失控。

我很快就擔心起這次會談的未來，同時看向坐在面前的眾人。

我們七個人坐在長桌的這一邊，教皇等人則是坐在我們對面。

如果加上教皇，對方也是七個人。

雖然我以前沒見過這些人，但他們的外表都很有個性，我想以後應該是忘不掉了吧。

只就外表來看的話，這些人分別是半裸的肌肉猛男、看似文靜的妙齡美女、看不出是男是女且臉上掛著詭異笑容的傢伙、留著莫霍克頭的枯瘦男子、表情倦怠的美女，以及看起來就很蠢的小混混。

兩位女性與那個性別不詳的傢伙都打扮得中規中矩，就算待在這裡也不會讓人覺得奇怪。

可是，剩下的三個人就有問題了。

一個半裸男子，一個莫霍克頭，還有一個小混混。

神言教大本營應該是個神聖的地方，而他們跟這裡十分格格不入。

尤其是那個莫霍克頭和小混混。

那位半裸壯漢給人一種沉穩的感覺，看起來還算是人模人樣，但那個莫霍克頭和小混混就像從某部背景在世紀末的漫畫闖進這裡，讓人很想吐槽。

不過，如果是在那部漫畫裡，那位半裸壯漢應該也很適合擔任霸王型角色……不對！現在可不是想這種無聊事情的時候。

因為對方的外表太有震撼力，害我不小心想歪了。

雖然被男性三人組外表的震撼力所掩蓋，但那兩位女性與性別不詳的傢伙也不像是凡夫俗子。

不需要鑑定，就能感受到強者的風範。

「首先就從自我介紹開始吧。我想大家應該都知道，我是神言教第五十七代教皇——達斯汀六十一世。而坐在這邊的幾位，則是負責守護這個世界的古龍。」

竟然是古龍！

從教皇口中說出的這個詞彙讓我嚇了一跳，於是重新看向坐在對面的眾人。

因為菲的緣故，我知道竜有辦法變成人型。

龍身為竜的上位種族，就算做得到這件事也不奇怪……不，應該是做不到反而奇怪才對。

這件事本身並不讓我覺得奇怪，問題在於這些龍……而且是古龍出現在這裡的原因。

龍是危險度至少也有S級的強悍魔物。

古龍的危險度還要更高，應該都是人類無法應付的神話級魔物。

畢竟古龍一如其名，是從古代活到現在的龍。

據說龍沒有壽命的限制。

戰鬥力也不會因為年老就衰退。

換句話說，只要活得越久，龍就會變得越強。

古龍的戰鬥力到底有多麼強大，我根本無法想像。

在艾爾羅大迷宮裡遇到剛進化的地龍時，我們還是組隊挑戰才總算打贏，因此我們的實力肯定比不過這些古龍。

「我是火龍族長庫溫。」

當我為了對方的古龍身分感到驚訝時，半裸壯漢又做了更驚人的自我介紹。

既然他是火龍族長，就代表他不是普通的古龍，而是負責統率包含其他古龍在內的所有火龍的首領。

光是身為古龍就夠令人驚訝了，想不到他竟然是古龍中的一族之長……

「我是水龍族長伊艾娜。」

可是，讓人驚訝的事情還不只如此。

就連這位看似溫柔的妙齡美女，也自稱是水龍族長。

「我是闇龍族長雷瑟。」

「我是風龍族長修邦。」

「我是冰龍族長妮雅。」

「輪到我了嗎！我是雷龍族長寇卡大人！」

古龍們接連做了自我介紹。

……每個人都是族長嗎？

這還真是不得了。

雖然我很好奇這些大人物為何會聚集在這裡，但世界任務這個異常情況還是現在進行式，讓我無法斷言這種事不可能發生。

因為對方都做過自我介紹了，我們也各自做了自我介紹。

當雙方都做過自我介紹後，教皇繼續說了下去。

「事情變得麻煩了。」

「就是說啊。好不容易才解決掉波狄瑪斯．帕菲納斯，就立刻發生這種事。」

半裸壯漢火龍庫溫似乎也同意教皇這句話，一臉嚴肅地點了點頭。

我放眼望去，其他古龍族長似乎也對此表示贊同。

看來這些龍也把波狄瑪斯這名男子當成敵人。

而我們則是為了幫助身為他們敵人的妖精們而跑去妖精之里……算了，還是別再想這件事了吧。

就算覺得沮喪也無濟於事。

雖然等到事情平息下來後，我可能會為此事贖罪，不過現在必須先解決眼前的世界任務相關問題。

儘管這可能只是把問題延後處理，但我還是決定暫時忘記這件事。

而且只要想到那些沒有解決的問題，我就會想起導致我們前往妖精之里的父王遇刺事件，以及我的祖國亞納雷德王國的內亂。

我當然很想知道王國現在的情況。

可是，既然決定優先解決世界任務的問題，我現在就不得不把那些問題拋到腦後。

因為我的能力沒有強到能一次解決所有問題。

「以我們神言教的立場來說，當然是決定支援邱列迪斯提耶斯大人。」

關於這件事，早在世界任務剛才的通知後，雙方說出自己的主張時，教皇就已經說過了。

教皇的演講內容跟魔王的演講內容正好相反。

魔王說要為了拯救神而犧牲人類。

教皇說要為了拯救人類而犧牲神。

兩者的主張水火不容，已經澈底決裂。

雙方率領的陣營免不了一戰，可說是雙方陣營代表人物的黑神與白神也已經開戰了。

教皇應該也不可能退讓吧。

「不過，我們目前只能透過祈禱來支援黑龍大人。可是，我不打算只是坐著觀戰。」

教皇臉上的笑容消失了。

光是這樣就讓我有種氣氛變得沉悶的感覺。

「除了黑龍大人戰勝之外，還有一個方法能防止系統崩壞。那就是前往位在艾爾羅大迷宮最下層最深處的系統中樞，使用支配者權限直接輸入停止程序。」

教皇說出來的話讓我嚇到了。

想不到還有這種方法。

我記得在世界任務的概要中，應該沒有提到這種方法才對。

「因為擁有支配者權限的人並不多，所以知道能辦到這種事的人也不多。我自己也不太確定這種方法能否成功。雖然『禁忌』裡有提到可以透過支配者權限直接介入系統，但從來沒人實際嘗試做過。而且可以想見系統已經被白神動過手腳，就算擁有支配者權限，也有可能無法介入系統。可是，我還是非做不可。」

原來如此。

教皇不是因為有勝算才決定這麼做，而是就算勝算未知也不得不去做。

「這聽起來像是勝算不大的豪賭。」

「確實如此。」

就跟羅南特大人說的一樣，這是場勝算很小的豪賭。

首先，我們真的有辦法抵達艾爾羅大迷宮最下層的最深處嗎？

艾爾羅大迷宮是世界最大的迷宮。

人類的活動範圍至今依然只有上層，即便過去的知名冒險者們曾經挑戰過中層，最後也只能中途折返。

中層之後的下層是幾乎完全未知的領域。

最下層則是連到底是否存在都無法確認。

「我也親身體會過艾爾羅大迷宮的可怕之處。我的實力在下層就派不上用場了。」

原來羅南特大人曾經去過下層嗎！

而且連他都無法應付那裡的敵人嗎！

看來那裡比我想得還要可怕……

「關於這點，只要借助在場各位古龍的力量，應該就不成問題了。」

原來如此。

因為他們變成人型，害我差點忘記在場的這些人都是古龍，而且還是族長。

其實力應該難以衡量，但若他們出馬，或許就能擊敗艾爾羅大迷宮裡的那些魔物。

「可是，問題並不在於艾爾羅大迷宮本身，而是守護該處的魔王愛麗兒大人陣營的人。」

教皇雙手交握，露出嚴肅的表情。

……？

我有一瞬間無法理解教皇這句話的意思。

這種說法就好像魔王陣營的人已經在艾爾羅大迷宮裡備戰一樣。

但那是不可能的事情。

畢竟包含魔王在內的人，直到剛才都還待在妖精之里。

考慮到妖精之里與艾爾羅大迷宮的距離，魔王等人不可能已經到達艾爾羅大迷宮。

「愛麗兒大人他們已經抵達艾爾羅大迷宮了。他們似乎是接收了妖精的兵器，直接搭乘那個

兵器過去的。」

不會吧？

自從來到這裡後，就不斷聽到令人驚訝的消息。

跳脫我常識的事情接二連三地發生。

「請問……您說的那種兵器長什麼樣子？」

「那是艘巨大的飛行船——宇宙飛船。我不曉得上面裝載著多少武器。但我這邊已經得到消息，據說在艾爾羅大迷宮附近的城鎮，收容了那些前去攻打妖精之里的帝國士兵。結合他們的證詞後，可以得知留在妖精之里的所有人都有搭上那艘宇宙飛船。」

竟然連宇宙飛船都出現了……

哈哈，這真的完全跳脫我過去的常識了……

「請問……安娜和哈林斯先生也在那些人之中嗎？」

「不好意思，這我就不知道了。」

雖然這可能不是現在該問的問題，但我還是很在意同伴的安危，忍不住開口發問。

可是，我得到的不是自己想要的答案。

原來如此，看來沒人知道安娜與哈林斯先生是否平安。

雖然很擔心他們，但我也無從確認。

話說回來，教皇到底是怎麼掌握遠方艾爾羅大迷宮的詳細情況的？

光從這件事就能窺見神言教這個組織的可怕之處。

既然連神言教都無法確認他們的安危，我應該也無能為力吧。

我只能祈禱他們平安無事。

一定沒問題的。

曾經在勇者團隊中擔任前衛的哈林斯先生就不用說了，安娜也是一流的魔法師。

……我知道在見識過蘇菲亞和京也的實力後，說這種話只不過是在安慰自己。

可是，我還是只能寄望於這種樂觀的想法。

「我們要前往系統中樞，但愛麗兒大人他們應該會設法阻止吧。神言教將會傾盡全力，與愛麗兒大人他們對抗。我已經派出使者到世界各國請求協助了。」

「你打算把全世界都捲入這場戰爭嗎！」

「大家早就被捲入了。畢竟這是賭上世界命運的一戰。」

我忍不住叫了出來，但教皇平靜地如此回答。

雖然事實確實是如此，但那不是問題的重點吧！

「不過，就算找來一堆烏合之眾，他們真的有辦法成為戰力嗎？」

羅南特大人指出這個問題。

這也是讓我在意的其中一個問題。

見識過蘇菲亞和京也的實力後，我不認為人數夠多就能對付他們。

憑我的攻擊力，都無法讓蘇菲亞受到半點傷害了。
換句話說，能力值不如我的人不管來了多少，也沒辦法對蘇菲亞造成任何傷害。
他們只會白白送死。
我不認為教皇不明白這個道理。
「老實說，我想應該很困難吧。」
而我沒有猜錯，教皇對此表示肯定。
「你到底有何目的？」
羅南特大人一臉嚴肅地追問。
他想知道教皇明知他們無法成為戰力，卻還是召集各國士兵的用意。
「這是心情上的問題。在系統崩壞的時候，擁有許多技能的人更有可能死亡。換句話說，就是擁有戰鬥能力的那些人。看是要坐著等待事情平息下來，還是要相信自己的力量親自參戰——我想讓那些人自己做出選擇。當然，我不會強迫他們加入。」
原來是這樣嗎……？
在這種情況下，確實應該會有不少人想要做些什麼，或是覺得自己必須有所行動。
因為我自己就是這樣。
所以替這些人準備戰場、讓他們有機會參戰，或許是個合理的做法。
因為自己什麼都做不到，只能咬著手指等待結果，也是很難受的事情。

「哼！那你的真心話又是什麼？」

「我想儘量回收更多的能量。」

「什麼！」

羅南特大人一臉不悅地再次質問，而教皇也很乾脆地如此回答。

可是，他若無其事地說出的這句話，實在是太過分了。

「你的意思是，要讓那些人去送死，變成系統的食糧？」

我知道自己板起了臉孔，語氣也變得低沉。

「沒錯。不管這一戰是贏還是輸，都需要用掉大量的能量。而且賭命戰鬥時也能快速提昇技能。他們的等級也會提昇，有機會讓系統回收更多能量。」

「你到底……把人命當成什麼了！」

因為教皇表現得太過平靜，說出只把人命視為能源的話，讓我握緊拳頭怒瞪著他。

「必要的犧牲。」

「嗚！」

我差點忍不住站起來，但羅南特大人把手伸到我眼前，阻止我這麼做。

「不管我們說什麼，都無法讓這個男人停手。現在還是先聽聽他的說法吧。」

「……好吧。」

我放鬆稍微抬起的身體，重新坐回椅子上。

羅南特大人說得沒錯，不管我在這裡說什麼，教皇應該都聽不進去。
而我沒有能力阻止教皇的行動。
現在還是默默聽他把話說完比較好。
跟若葉同學他們對話的時候也是一樣，我感情用事的意見無法改變任何事情。
反倒是只會破壞現場的氣氛。
不管我說什麼，都無法打動若葉同學他們的心，也改變不了任何事情。
我說的話並沒有說服力。
我只會說些冠冕堂皇的話。想要打動眼前的教皇與若葉同學他們那種做好覺悟的人的心，這些話實在太過空洞了。
這讓我覺得很不甘心！
「也就是說，那些士兵幾乎都是去送死的。而你們這支精銳部隊要以此作為掩護，直接殺進艾爾羅大迷宮對吧？」
「正是如此。」
「原來如此。關於這個作戰計畫的對錯與成敗，我現在不打算發表意見。我在意的是後面的事情。」
羅南特大人筆直注視著教皇的眼睛。
「如果能夠贏得這一戰，你們之後又有何打算？只要看過『禁忌』的內容就能明白，現在這樣情況只會越來越糟。白神陣營就是因為明白這點，才會想要用讓系統崩壞的瘋狂行動，創造扭轉局勢的機會。對於這個問題，你們黑神陣營的人又打算怎麼處理？可以告訴我答案嗎？」

「……真不愧是羅南特大人。你都已經看得這麼透徹了，還問了這個我很難主動說明的問題。」

教皇露出苦笑。

沒錯。雖然這是賭上世界命運的戰爭，但戰後還有其他問題要處理。

不如說，這場戰爭的目的反倒是為了解決之後的問題。

白神陣營打算犧牲超過半數的人類，讓這個星球完成再生。

那黑神陣營又有何打算？

「在世界任務的說明中，寫著這樣一段話——如果黑神取得勝利，就會犧牲女神莎麗兒，以及繼承其任務的黑神，藉此拯救人類與星球。這代表你們打算犧牲黑神對吧？」

「……那是我家主人的心願。」

面對羅南特大人的問題，庫溫先生一臉嚴肅地如此回答。

他口中的「我家主人」就是黑神吧。

教皇剛才也用「黑龍大人」來稱呼黑神，所以龍族或許都是黑神的眷屬。

「既然那是他本人的心願，我也不方便多說什麼。不過，這不是我想知道的事情。教皇啊，我想聽聽你毫無顧忌的想法。這樣足夠拯救人類與星球嗎？」

「……還不夠。」

「什麼！」

我忍不住輪流看向教皇與羅南特大人。

還不夠？

這代表就算黑神贏得勝利，犧牲自己的生命，能量也不足以拯救這個星球嗎？

還有，既然問了這個問題，就表示羅南特大人早就猜到能量會不夠了嗎？

「我想也是呢。如果這樣就足夠的話，就我間接得知的黑神個性，他應該早就去做這件事了。」

我驚訝得合不攏嘴。

該說真不愧是羅南特大人嗎？

他明明才剛取得「禁忌」不久，竟然就看穿黑神的個性與行為模式了。

聽到他這麼說我才發現，一個願意犧牲自己的神，過去卻一直沒去做這件事，確實應該有個讓他無法那麼做的明確理由。

而那個理由非常簡單明瞭，就是因為這樣還不夠。

「然後？那你們打算怎麼補足不夠的部分？」

「我要消滅神言教。」

……我的腦袋已經停止運轉了。

我無法理解教皇所說的話。

「這次的事件早就讓神言教的威信墜入谷底。神言教是一直隱瞞世界的真相，讓人族與魔族不停征戰、引發戰亂的元凶，也是害死女神莎麗兒大人的萬惡根源。神言教將會按照這樣的劇本，跟女神教全面對決，並且落敗。」

所以說，他到底想做什麼？

「意思是你們也要跟黑神一樣犧牲自己嗎？」

「正是如此。」

教皇肯定了羅南特大人的推測。

「……就算不需要犧牲半數的人類，應該也會出現許多犧牲者吧。」

「這也是必要的犧牲。現在已經沒有不付出犧牲就能解決問題的方法了。」

必要的犧牲……

教皇本人應該也算在這裡面吧。

如果按照他剛才所說的劇本去做，身為神言教領袖的教皇不可能全身而退。

神言教是世界最大的宗教，被許多國家信仰。

假如神言教與世界第二大的女神教出現紛爭，可以想見戰亂會變得更嚴重。

雖然就原本的勢力圖來看，神言教占有壓倒性的優勢，但站在女神教那邊的國家也很多。

而且雖然勢力遜於神言教，但女神教還是能一直與神言教為敵又不被消滅，因此實力絕對不會弱到哪裡去。

這應該會演變成讓世界一分為二的戰爭。

即便世界任務結束，離和平也還是很遙遠。

「話雖如此，我還是想要儘量減少犧牲者的數量。而我認為這是有可能實現的。」

「神……還有一個。」

聽到教皇這麼說，原本一直默默聽著的卡迪雅開口了。

就算把女神莎麗兒與黑神都獻祭，能量還是不夠用。

可是，這世界還有另一個神。

那就是正在與黑神戰鬥的白神，也就是若葉同學。

換句話說，教皇等人不只是打算擊敗若葉同學，還想要把她獻祭給系統。

「真狠。」

夏目小聲說出這樣的感想。

我也跟他有同樣的想法。

若葉同學是殺死尤利烏斯大哥的仇人。

曾被洗腦控制的夏目應該也對她懷有怨恨。

只是教皇的做法實在太過無情，讓我覺得有點太超過了。

但教皇應該還是會這麼做吧。

因為那是必要的犧牲。

就跟他自己說過的一樣，教皇打算殺死所有的神。

為了讓人類得以存活。

「不過，如果不能打贏這一戰，這一切都將失去意義。」

教皇露出看似與惡毒兩字無緣的和善笑容。

他怎麼有辦法露出這麼和善的笑容，讓我覺得很不可思議。

這已經超過我能理解的範圍，只覺得深不可測，而且詭異到不行。

「這就是我們的方針。我很清楚這種做法建立在巨大的犧牲之上，也知道這是對恩重如山的諸神恩將仇報，是恬不知恥的行為。即便如此，我還是必須打贏這一戰。」

可是，他後面說的這些話，像是在吐露自己心中的煎熬，跟那種詭異的和善笑容完全不搭調。

那種和善的笑容或許是他用來隱藏內心想法的面具。

他那彷彿隨時都會吐血般的口氣，讓我不由得這麼想。

教皇站了起來。

「為了讓人類贏得勝利，可以請各位助我們一臂之力嗎？」

然後，教皇低頭拜託我們。

我身為勇者，又是擁有「慈悲」這個技能的人。

而羅南特大人身為空間魔法師，又曾經踏進艾爾羅大迷宮下層。
只要羅南特大人願意幫忙，就能用轉移術入侵到艾爾羅大迷宮下層。
夏目也擁有「色慾」和「貪婪」這兩個技能。
如果要前往系統中樞阻止系統崩壞，擁有支配者權限的人越多，成功的機率也會越高。
雖然我們可能算不上戰力，但在其他方面非常重要。
教皇應該無論如何都想把我們拉進自己的陣營吧。
正因為如此，他才會向我們低頭。
如果是做事向來不擇手段的教皇，要他放下自尊向人低頭，應該並不困難吧。
羅南特大人給了我一個眼神。
這應該是要我親自回答的意思。
「請您把頭抬起來。」
聽到我這麼說，教皇抬起了頭。
「很遺憾，我們無法協助你的計畫。」
當我說出這句話的瞬間，房間裡的氣氛立刻緊張了起來。
彷彿有種被人拿刀抵住脖子般的緊張感。
我吞下口水，努力繼續說了下去。
「不過，我也不打算站在白神陣營那邊。我們不屬於任何一方，想要找出不用犧牲任何人的解決之道。」

那種壓迫感似乎減弱了。

不光是教皇，那些古龍族長也都用看著麻煩小鬼般的眼神看著我。

對他們來說，我這些話聽起來肯定像是癡人說夢吧。

完全沒有正視現實，只是小孩子的戲言。

即便如此，我也不會放棄。

「就算你們要說這只是作夢也好。就算要笑我這是不可能實現的戲言也行。可是，追求理想應該不是錯誤才對。我要創造一個大家都能笑著生活的和平世界。我會一直追尋這個理想，至死方休……這是我大哥——前任勇者尤利烏斯說過的話。」

聽到我這麼說，教皇稍微睜大了眼睛。

「尤利烏斯大哥的理想，就是我的理想。」

我的宣言讓教皇死心地閉上雙眼。

「哈哈！聽起來不錯嘛！那也算我一個吧！」

大聲說出這句話的人，正是自稱風龍族長的修邦先生。

「喂！」

「哈哈！我不久前才剛欠了臭蜘蛛一個人情！從一開始就不太想參加這次的行動！既然如此，那我只能抓住這個跳槽的大好機會了吧！」

雖然庫溫先生出聲斥喝，但修邦先生就像個酒鬼般興奮地站起來，接著跳過長桌在我背後落地，一把抱住我的肩膀。

這人（？）也未免太會裝熟了吧！

「那我也要加入你們那邊。」

又有一個人如此宣言。

就是那位有著慵懶氣質的美女——冰龍族長妮雅小姐。

「妮雅？」

水龍伊艾娜小姐用帶刺的口氣叫了妮雅小姐的名字。

「大姊，白神也對我們有恩。」

「妳只是懶得戰鬥吧。」

「沒那回事。」

伊艾娜小姐露出冰冷的眼神，看向態度曖昧的妮雅小姐。

我原本以為伊艾娜小姐是個溫柔的人，但看來我的第一印象可能錯了。

「慢著慢著。修邦、妮雅，你們真的知道自己在說什麼嗎？」

「當然知道！我早就做好覺悟了！」

「總之，該怎樣就怎樣吧。」

聽到修邦先生與妮雅小姐這麼說，庫溫先生像是頭痛難耐般伸手扶額。

「你們要違抗主人的命令？」

伊艾娜小姐用極度冰冷的口氣質問他們兩人。

「沒錯！我要抗命！」

修邦先生用毫無惡意的開朗聲音如此宣言。

伊艾娜小姐對此做出了反應。

她怒氣騰騰地緩緩起身。

「伊艾娜，先等一下。」

「我不等。」

「我們現在起內鬨，只會讓敵對的白神陣營因此得利喔？」

出面制止伊艾娜小姐的人是闇龍族長雷瑟先生。

伊艾娜小姐發出咂嘴聲，重新坐回椅子上。

……也許外表最溫柔的伊艾娜小姐，才是這裡最好戰的傢伙。

「讓修邦和妮雅離開，應該也不是壞事吧？」

可是，雷瑟先生的這句話又讓伊艾娜小姐立刻站了起來。

「雷瑟！」

「反正事情到了這種地步，他們兩個應該也會擅自離開。就算硬把他們留下來，毫無幹勁的傢伙也派不上用場。雖然我不認為他們會暗算我們，但與其留下這種不安因素，還不如讓他們離

開算了。」

說完，雷瑟先生聳聳肩膀。

「而且我能體會修邦與妮雅的心情。我也不希望主人死掉。」

「那是……」

聽到雷瑟先生這句話，伊艾娜小姐的表情也蒙上一層陰影。

其他古龍族長的表情也差不多。

看來他們應該都很仰慕那位黑神。

「只有這次不是用命令的，而是讓大家自行決定未來要走的路，應該也不是壞事吧？」

聽到雷瑟先生這麼說，古龍族長們都露出嚴肅的表情。

「就跟剛才說的一樣，我要跟這些小鬼頭一起行動。」

「我也是。」

修邦先生與妮雅小姐似乎沒有改變想法。

「……我果然還是要完成主人的命令。」

「……我也是。」

伊艾娜小姐與庫溫先生也沒有改變想法。

「雖然我不是很懂，反正只要殺掉愛麗兒就對了吧！」

雷龍族長寇卡先生似乎也打算聽從教皇的指示。

雖然他說自己不是很懂⋯⋯

眾人的目光很自然地集中在最後一個人，也就是雷瑟先生身上。

「勇者小弟。」

而雷瑟先生不知為何往我這邊看了過來。

「我想知道你是懷著多大的熱情在追尋那個理想。」

「熱情？」

「沒錯。我想知道你是無論如何都要實現理想，還是只是隨意想著『真希望能實現～』。」

聽到雷瑟先生這麼問，我稍微想了一下。

「老實說，我不知道自己能否實現這個理想。反倒覺得這個理想無法實現的機率比較高，應該幾乎不可能實現吧。可是，這並不能成為讓我放棄掙扎的理由。所以，就算覺得幾乎不可能實現，我也還是想要拚命去挑戰。」

我在說出口的同時，也知道這些話不是很動聽。

可是，這是我毫無虛假的真心話。

「我明白了。」

雷瑟先生閉上雙眼。

「我也要跟隨勇者小弟。」

當他再次睜開眼睛時，做出了這樣的宣言。

伊艾娜小姐與庫溫先生一臉驚訝地看著雷瑟先生。

從他們驚訝的樣子看來，雷瑟先生原本應該是個忠於黑神命令的人吧。

「就憑勇者小弟那句『拚命去挑戰』，讓我想要賭一把看看。」

說完，雷瑟先生用令人背脊發寒的銳利眼神看向我。

他的眼神讓我備感壓力，像是在說「如果你說要拚命挑戰是騙人的，我絕對不會放過你」一樣。

雖然那眼神讓我差點退縮，但我現在可不能表現出怯意。

為了證明我不是沒有做好覺悟就說出這種話，我硬是忍住恐懼，正面承受他的視線。

「……看來我得重新制定作戰計畫了。」

教皇用疲倦的口氣這麼說。

對教皇來說，現在等於是有三個戰力最強的人一起脫隊。

這想必讓他傷透腦筋了吧。

「……我已經無法改變自己要走的路了。不過，我會為勇於挑戰的你們加油。祝各位武運昌隆。」

教皇，我也要祝你武運昌隆。

我在心中對他這麼說。

不管是黑神陣營，還是白神陣營，我都無法支持，也不會支持。

可是，我不希望雙方有人犧牲。

所以，我暗自祈求教皇等人平安無事。

希望不會有任何人犧牲。

即便這是不切實際的荒謬結局，我還是如此希望。

巴魯多

這就是所謂的走馬燈吧。

記憶在腦海中閃過，而我冷靜地看著這一切，連自己都感到驚訝。

在腦海中閃過的記憶，是從我的孩童時代開始，一直延續到在魔王城裡工作的成年時代。

我出生在魔族的名門貴族家庭，身為菲沙洛公爵家的長子，一直走在無愧於顯赫家世的康莊大道上。

不過，那並非是因為我的努力與能力得到認同，而是因為人手不足。

我並不是看不起自己，也自認能力不會輸給別人。

但早已亡故的第一軍軍團長——亞格納大人確實在各方面都勝過我。而論武力是我弟弟布羅、論魔法技巧是第六軍軍團長修維、論權謀戰術則是沙娜多莉，他們各自的強項的確也都在我之上。

周圍有著許多比我更出色的人，我卻還是能夠順利地出人頭地，全是多虧了顯赫的家世與時代背景。

因為魔王下落不明，魔族又長期與人族征戰，因而失去許多上個世代的中流砥柱，才會處於人手不足的困境。

比起因此出人頭地的喜悅，被繁忙工作壓榨的痛苦要大得多了。

為了重振搖搖欲墜的魔族，我一直四處奔走。

即便現任的魔王大人就任魔王，這點也沒有改變。

我反倒變得更忙了。

好不容易才重新走上正軌的內政與軍務，也因為跟人族之間展開大規模戰爭，又被打回了原點。

雖然這讓我感到羞愧，但我也無法違抗魔王大人。

因為就算違抗魔王大人，我們也毫無勝算，還不如選擇跟比較有勝算的人族交戰。

而結果就是兩敗俱傷。

亞格納大人、修維還有我弟弟布羅，這三位軍團長都永遠離開我們了。

我不想知道魔族到底有多少人戰死。

可是，人族也失去了勇者，以及許多的強者。

雙方顯然都付出了巨大的犧牲。

一切都照著魔王大人的計畫在進行。

魔王大人的目的並不是讓魔族取得勝利。

她只是希望魔族與人族都多死一些人。

聽過魔王大人在世界任務裡的宣言，就能理解她這麼做的理由了。

但我們魔族對此也有話要說。

魔族一直在跟人族征戰。

畢竟在現存最古老的歷史書中就有紀錄，從那之後魔族與人族間就不斷戰爭。

我們一直戰鬥，打到自己滿身瘡痍，幾乎就要滅族的地步。

為了這個世界。

為了成為這個世界的礎石。

為了償還我們過去出於慾望把自己改造成魔族，並消耗掉大量ＭＡ能量的罪過。

做到這種地步還沒能達成目標，我也覺得很遺憾。

可是，我們魔族多年來的努力，被人說成是過著逍遙自在的生活，還說對我們毫無期待，實在讓我無法原諒。

那我過去的努力到底是為了什麼？

布羅到底為何而死？

亞格納大人與修維，還有在那一戰中死去的許多士兵，以及在歷史洪流中死去的無數魔族……

難道他們全都白死了嗎？

光是這樣還不夠，還要繼續剝奪我們魔族的生命嗎？

看到自己聽到布羅的死訊，在房間裡獨自流淚的光景，讓我感到怒不可遏。

我又看到了之後的記憶。

這是世界任務剛發布時的記憶。

「現在到底是什麼情況……」

我在會議室裡沮喪地這麼說。

在魔王大人外出遠征時，發生了前所未聞的大事。

也難怪我會那麼沮喪。

「就算你這麼問，也沒人知道答案吧？」

我的態度似乎讓沙娜多莉感到傻眼，她略顯困惑地嘆了口氣，還聳了聳肩膀。

除了沙娜多莉之外，其他軍團長也都到場了。

不過，也有不少軍團長並未到場，他們不是在之前的大戰中戰死，就是跟隨魔王大人前去遠征。

包括我在內，只有四個人在場。

第二軍軍團長沙娜多莉。

第三軍軍團長古豪。

第五軍軍團長達拉德。

還有我，一共四個人。

這次的議題當然是我們突然聽到的世界任務內容。

看是要阻止邪神的計畫，還是要協助邪神的計畫，這到底是什麼意思？

追根究柢，這個世界任務到底是什麼？

在魔族漫長的歷史中，應該還不曾發生過這種事情。

「……我想聽聽你們的看法。」

儘管內心感到沮喪，我還是努力擠出這句話。

「就算你說要聽聽我們的看法，我們手邊的情報也實在太少了。我們對這件事幾乎一無所知，不管怎麼討論，應該也不會有結果吧。」

沙娜多莉說出了合理的看法。

事情就跟她說的一樣。

《世界任務開始。爲了防止世界毀滅，請阻止企圖犧牲人類的邪神的計畫，或是要幫助邪神也行。》

我們突然就聽到了這些話，說實話我完全無法理解其中的意思。

根據我的調查，所有魔族好像都有聽到這些話。

當然，我並沒有對全體魔族展開調查，所以這可能是只發生在魔王城附近的現象。

即使魔族有聽到這些話，人族也有可能沒聽見。

但我無法立刻調查這件事。

我覺得就算對此展開調查，也不代表事情就會有所進展。

更重要的是，那個邪神到底是何方神聖？

如果我們要阻止或是協助邪神，又該做些什麼？

只聽到這段話，完全無法讓人找到答案。

因為不知道的事情太多了，讓我無法判斷該怎麼做才對。

魔王大人或許知道些什麼……

在魔王大人外出時發生這種事，實在太不湊巧了。

「就算搞不清楚狀況，我們也該有所行動。民眾都陷入混亂了。」

現在連我都搞不清楚狀況。

一般民眾也會不知所措吧。

其中應該會有不少人感到不安。

這是因為世界任務的內容聽起來很危險。

人魔大戰最近才剛結束，就又發生這種事情。

在最壞的情況下，不安的情緒可能會讓民眾平時累積的不滿爆發，最後變成暴徒。

強硬的徵兵與之後那場大戰，原本就讓民眾對政府非常不滿了。

政府之所以還能壓住民怨，全是因為民眾無不畏懼魔王大人。

現在魔王大人外出遠征了，只要一點小事就有可能引爆民怨。

為了防止民怨爆發，對於剛才的世界任務通知，政府必須做出某種反應。

「可是，我們不是也完全搞不懂狀況嗎？我們不能隨便亂說話敷衍民眾，也不能誠實地說政府什麼都不知道吧？」

「……妳說得對。」

這很可能變成引爆民怨的導火線。

簡直像在說政府無能一樣。

可是，既然我們真的完全搞不清楚狀況，這可能也是事實吧。

「……古豪，你有什麼想法嗎？」

「咦！啊……抱歉。我對這種複雜的事情不是很懂……」

雖然我原本就不抱期待，但古豪果然沒想到好主意。

「達拉德，那你呢？」

「嗯……雖然這種事平時必須請示魔王大人，但我們現在沒辦法那麼做。」

達拉德雙手抱胸，為此陷入煩惱。

雖然他是個魔王至上主義者，但撇開這個缺點，就是個文武雙全的優秀人才。

看來連他都沒辦法立刻做出判斷。

不過，其實我也是半斤八兩……

「話說回來，巴魯多大人說得沒錯，我們不能毫無作為。現在只能先對外宣布政府還在進行調查，要求民眾保持冷靜了。」

「……看來這就是最好的做法了吧。」

雖然只能爭取時間，但至少可以讓民眾知道政府正在努力調查。

我不認為這樣就能完全壓下民眾的不滿，但應該有一定程度的效果才對。

「是不是應該增加在市內巡邏的人力，讓國家進入戒嚴狀態？」

「可是，要是到處巡邏的士兵增加太多，不是會反過來刺激民眾嗎？」

「這也不是不可能……不過，我們可以藉口說要展開調查，讓士兵訪問每個家庭。畢竟我們有必要確認是不是所有人都有聽到那些話。」

「確實如此。這樣就算街上的士兵變多，也不會顯得不自然了。」

「沒錯。這樣也能讓民眾知道，政府正在努力展開調查。」

多虧了達拉德提出的解決方案，讓我們決定了現階段的方針。

雖然無法澈底解決問題，但應該可以控制住街上的混亂情況。

「我可以把這件任務交給第二軍執行嗎？」

「沒問題。」

「魔王城周邊區域就決定這樣處理了，那其他城鎮又該怎麼辦？」

「如果情況允許，我希望其他城鎮也能儘快比照辦理，但我們現在缺乏人手，頂多只能向各個城鎮分別派出一位傳令吧。」

「嗯，那這個任務就交給第五軍負責吧。」

「謝謝你的幫忙。」

我們很順利地決定好該做的行動。

雖然我在正式開會前完全不知道該怎麼做，但總算是讓我們找到最重要的大方向了。

……即使有個傢伙幾乎只是坐著旁聽，跟擺飾品沒兩樣就是了。

「問題在於，我們完全不曉得這個世界任務到底是怎麼回事。」

「的確是呢。」

那八成是神的啟示。

既然如此，其重要性恐怕難以估計。

我們不能因為對其一無所知就當作沒這件事。

「唉……我到底該怎麼做才好……」

我忍不住一邊嘆氣一邊抱怨。

就在這時——

《世界任務第一階段開始。開始對全人類安裝禁忌。》

「……什麼！嗚！啊！咕哇！」

我又突然聽到那種聲音了。

還沒來得及理解這句話的意思，我就突然感到一陣頭痛，趴倒在桌子上。

我無法忍受那種彷彿直接把滾水倒進腦袋裡的難受感覺，就這樣失去了意識。

我全都想起來了。

後來，重新睜開眼睛的我們親身體會到「禁忌」的真相，又在之後的世界任務第二階段與第三階段，得知魔王大人的真正想法。

然後，我做出了選擇。

我選擇戰鬥。

後面的事情進展得很快。

我親自快馬加鞭趕往人族的帝國，擔任了要求停戰的使者，負責留守的沙娜多莉也在這段期間招募自願參戰的人組成軍隊。

我原本還以為這個停戰協議恐怕不好達成，結果對方二話不說就答應停戰，甚至允許我們使用帝國擁有的轉移陣。

帝國的反應如此迅速。

讓我知道他們也豁出去了。

「如果我真的要自稱是魔王大人的忠臣，就應該阻止你們才對。」

在我們出發之前，第五軍軍團長達拉德用沉重的語氣對我這麼說。

巴魯多

「……看來我還是無法成為魔王大人的忠臣。」

達拉德露出寂寞的笑容。

我們這些軍團長並不團結。

有些軍團長像沙娜多莉那樣意圖推翻魔王大人，也有些軍團長像修維那樣被魔王大人澈底馴服。

可是，我們這些真正出身魔族的軍團長有個共通點，那就是幾乎沒有人是發自內心效忠魔王大人。

就連第一軍軍團長亞格納大人和我，都沒有真正效忠魔王大人。

如果我們不臣服，魔族就會被她消滅。

所以我們才不得不臣服。

在我們之中，只有達拉德是身為真正的魔族，卻又發自內心效忠魔王大人的軍團長。

這也是因為達拉德出身於極度崇拜魔王的家族。

儘管身為那種家族的成員，達拉德卻是誕生在沒有魔王的時代。

他一直夢想成為魔王的部下，好不容易才實現願望當上軍團長，得到待在魔王身邊的權利。

我實在無法想像他現在的心情。

不過，他的忠誠應該是貨真價實的吧。

就連像達拉德這麼忠心的軍團長，都不被允許加入魔王大人的陣營。

到頭來，魔王大人攻打妖精之里時帶去的部下，就只有那些她親自提拔的軍團長。
達拉德的忠誠無法打動魔王大人的心。
世界任務發布後，魔王大人的真正想法與目的公諸於世，而她也正準備前往最後的戰場。
「魔族領地的治安就交給我來維持，你們放心地去吧。」
達拉德被夾在對魔王大人的忠誠與身為魔族貴族的責任之間，最後做出了不參戰的結論。
就跟他本人說的一樣，如果他要堅持當魔王大人的忠臣，就應該阻止選擇與魔王大人為敵的我們。
可是，達拉德同時也是一個擁有領地與人民的貴族。
他無法對那些人民見死不救。
但他也無法對魔王大人拔刀相向。
我無法指責達拉德，批評他這種兩邊都不想得罪的做法。
雖然我為了與人族接觸，先一步離開魔族領地，但當我委託沙娜多莉處理遠征的準備工作時，有特別交代她只召集想上戰場的士兵就好。
對手可是那位魔王大人。
一旦跟她打起來，應該必死無疑吧。
就算把那些不想送死的士兵帶到必死無疑的戰場上，也只會扯我們的後腿。
我只打算帶走明知會死也決心一戰的士兵。

而我們召集到的魔族軍，人數竟然比我想的還要多。

「人數還真多。」

「就是說啊。」

我誠實地說出自己的感想，而沙娜多莉有氣無力地如此回答。

沒錯，另一件讓我意想不到的事情，就是沙娜多莉也在這裡。

「我還以為妳會選擇留在魔族領地。」

「……我也正在後悔自己為什麼要來到這裡。」

儘管沙娜多莉如此感嘆，卻沒有想要逃跑的意思。

「我好像曾經是世界級的知名女演員。」

「妳看過自己的轉生紀錄了嗎？」

「是啊。既然你有這樣的反應，難道你也看過了嗎？」

「看是看了。」

「禁忌」中有個叫做「轉生紀錄」的項目。

裡面是能讓人得知自己過去如何轉生的紀錄。

或許該說是喚回刻劃在靈魂上的記憶才對。

只要選擇其中記載的人生，就能讓人想起當時的記憶。

我選擇了第一段人生的記憶，並想起了那時候的一切，可是光是那些記憶的量，就已經非常

驚人了。

一瞬間回想起那麼多的記憶，讓我受到巨大衝擊，甚至懷疑自己的大腦可能會因此爆炸。

幸好我只有感到有些暈眩，還不至於昏倒。

光是想起一段人生的記憶就這麼難受了，想起所有記憶應該很危險吧。

我之所以沒受到太大的傷害，恐怕是因為我擁有「紀錄」這個技能。

更正確的說法是，這大概就是系統中存在著這個跟戰鬥幾乎無關的技能的原因吧。

「我還主演了好幾部電影喔。」

「那可真是厲害。」

「可是，現在已經找不到那些作品了。」

因為系統的效果，讓書本之類的儲存媒體都會迅速劣化。

雖然書本還能靠著抄寫勉強保留下來，但電影就無法如此保存了。

沙娜多莉在第一段人生中擔任女演員演出的作品，在世界上已經找不到了。

「死法也很無趣。看了那段記憶，我突然覺得很難過，不知道自己的人生到底有何意義。所以，我才會覺得自己現在不能逃避。雖然這樣一點都不像我就是了。」

「……原來如此。」

「那你呢？」

「我？」

「我都告訴你了，要是你都不說，不是很不公平嗎？」

「是妳自己要說的吧？」

「告訴我又不會少一塊肉。」

呼地輕輕嘆了口氣後，我用手指調整眼鏡的位置。

「我曾經是個小國的王族。」

「咦？原來你是王子嗎？」

「是啊。不過，那是個議會制的國家，我根本沒有實權。」

有別於手中握有魔族政治大權的今世，當時的我完全沒有實權。

只擁有身為王族的義務。

過著循規蹈矩的生活。

「可是，我很喜歡自己的祖國，還有住在那裡的國民。」

那個國家現在已經不存在了。

「所以，我這次想要守護這一切。」

即便這是恩將仇報的行為。

就算要我犧牲自己的生命。

放眼望去，不斷蠢動的黑影覆蓋住整片大地。

那些黑影全是蜘蛛型魔物。

而在黑影中央坐鎮的巨大魔物，正是女王蜘蛛怪。
儘管距離還很遠，那種壓倒性的威嚴還是令人望而生畏。
咕嚕──我聽到某人吞下口水的聲音。
那也可能是我自己發出的聲音。
我們魔族軍在艾爾羅大迷宮入口前方的平原上布陣。
而女王蜘蛛怪率領的蜘蛛軍團在艾爾羅大迷宮的入口附近擺陣。
人族軍也在離我們魔族軍有段距離的地方布陣。
我們雙方畢竟是不久前還在互相廝殺的仇敵，實在沒辦法在隔壁布置兵力。
可是，我們擺出了能左右夾擊蜘蛛軍團的陣型。
雖然無法並肩作戰，但這種陣型還是能讓我們幫助到彼此。
激烈的雷擊劈向女王蜘蛛怪。
那就是開戰的信號。
彷彿地面本身移動了一樣，蜘蛛軍團像是波浪般開始前進。
「快準備發動大魔法！舉盾！」
我大聲喊叫。
「還不是時候！讓敵人更接近一些！」
浪潮向我方襲來。

蜘蛛大軍讓我感到生理上的厭惡。

「射擊！」

在我的號令之下，從聯合軍的各個角落放出了大魔法。

大魔法擊中進逼而來的蜘蛛軍團。

即使如此，後續的蜘蛛怪又從被大魔法擊中的地方衝了出來。

「第二波！射擊！」

不過，我早就料到會有這種結果了。

我讓部隊分批輪流施展大魔法。

可是，蜘蛛軍團依然繼續前進。

敵軍越過大魔法的轟炸，來到舉著盾的前衛面前，也只是時間的問題了吧。

「別畏懼！單一敵人並不難對付！只要冷靜應付就行了！」

那些敵人似乎並不怕死。

可是，這點我們也是一樣。

「將我們的命！獻給魔族的未來！」

「巴魯多！巴魯多！拜託你振作一點！」

我猛然驚醒。

剛才是怎麼回事？

……啊，原來是走馬燈啊。

也就是說，我已經戰死，這裡是死後的世界嗎？

「巴魯多！你醒過來了吧！」

「嗚……沙娜多莉？妳也戰死了嗎？」

「你在說什麼傻話啊！我們兩個都還活著啦！」

原本模糊的意識逐漸恢復清醒，讓我總算搞清楚狀況了。

原來我還活著嗎？

「嗚！戰況怎麼樣了！」

「古豪擋住敵軍了。戰線還沒潰敗。」

我趕緊跳了起來。

頭上傳來一陣鈍痛。

看來我是在戰鬥時被擊中頭部，整個人昏死過去了。

這就是我長期只做文書工作，沒有親自上戰場的弊端吧。

畢竟我最近幾乎沒做過訓練，身手早就完全退化了。

我搖了搖頭，讓神智恢復清醒。

然後，我看到的戰況實在很難算是順利。

到處都能看到跟蜘蛛型魔物戰鬥的友軍。

陣型早就沒有太大的意義了。

這全是因為蜘蛛型魔物會跳過我軍的前衛，直接殺進陣型的內側。

而且身為上位種族的大型個體，其能力值遠遠強過小型個體。

雖然其數量比起小型個體並不算多，但是只要這種大型個體出現於此，我軍的陣型就會被強行突破。

而小型個體也會成群結隊從被突破的地方殺進來。

結果就是敵我雙方陷入混戰。

當我大致明白戰況時，雙腿突然軟了一下。

糟糕，看來我受到的傷害還沒完全恢復。

我下意識地伸出手，碰到了某樣東西，並藉此支撐住身體，成功免於摔倒在地上。

我看向自己伸手扶住的東西，大吃一驚。

那是隻巨大蜘蛛型魔物的屍體。

……我想起來了。

我就是被衝過來的這傢伙打中頭部……

看來在我昏倒之後，這傢伙也倒下了。

也就是說，在這段期間負責指揮軍隊的人，就是在場的沙娜多莉了吧。

「沙娜多莉，不好意思給妳添麻煩了。」

「不客氣。」

我再次使勁搖頭，重新鼓起鬥志。

我把手伸向還在痛的頭，對自己施展治療魔法。

「巴魯多，我們的治療魔法師都累壞了。如果你能使用治療魔法，可以去幫他們的忙嗎？」

「妳是說治療魔法師嗎？」

「沒錯。雖然那些傢伙的個體戰鬥力並不強，但毒很難應付。」

「毒啊……」

這確實是個麻煩的問題。

那些小型個體乍看之下都很弱。

我軍的士兵都能只用一擊輕易擊倒。

可是，對方的數量太多了。我軍無法在受到攻擊之前擊倒全部的敵人。

雖然因為那些小型蜘蛛的能力值不高，就算被好幾隻圍在一起咬，也不會受到太大的傷害，

但如果對方的牙齒有毒，情況就變得不一樣了。

「我明白了。我去幫大家施展解毒魔法吧。」

「麻煩你了。」

在那之後，我在戰場上到處遊走，對那些臉色難看的士兵施展解毒魔法。

那些小型個體並不難纏。

雖然牠們身輕如燕，可以無視我軍陣型到處亂跳，讓我軍在開戰時陷入混亂，但熟悉之後就有辦法對付了。

只要冷靜處理就不成問題。

因為牠們的能力值並不高，就算被咬到也只會受到輕傷。

如果有人不小心中毒，我和其他治療魔法師也會幫忙治好。

我軍就這樣慢慢找回紀律，在古豪的奮戰之下，前線的戰況也逐漸穩定下來。

但大型個體與體型更大的上位種族，則讓我們陷入苦戰。

那些疑似上位種族的巨大個體，實力強到足以一擊打飛好幾位士兵，不過我軍也全都是些無懼死亡的人。

在他們不惜犧牲自己的勇猛奮戰之下，我軍連那些上位種族也能擊敗。

即使那得犧牲許多士兵的生命，我軍的士氣也絲毫沒有下降。

不但如此，我軍的士氣甚至越來越高昂。

異常高昂的鬥志在士兵之間散播開來。

那種異常高昂的鬥志，讓人連自己的命都不要了。

照理來說，讓部隊在這種鬥志之下持續戰鬥，是很危險的事情。

儘管戰果會因此提昇，但那種玉石俱焚的打法也會讓戰死的人變多。

如果把眼光放遠一點，現在最好暫時撤軍，讓大家冷靜下來。
可是，來到這裡的這些士兵，全是寧願捨棄自己的未來，也要保護重要之物的勇士。
既然如此，我應該讓他們保持士氣繼續戰鬥才對。
超越自己的極限，勇往直前！
我自己也被這種氛圍感染。

可是，這種高昂的士氣被冷水澆熄了。

「發生什麼事了？」
我之所以能發現這點，全是因為我沒有親自戰鬥，一直專心指揮部隊與治療別人。
因為要負責指揮，讓我隨時注意周圍的狀況，才能發現這件事。
艾爾羅大迷宮的入口附近好像有點狀況。
那裡是女王蜘蛛怪與身為黑神眷屬的古龍展開激戰的地方。
雷光與雷聲甚至能傳到這個遙遠的地方，我還看到火龍在空中飛舞，同時往地面吐出火球的景象。
那種地獄般的光景正在現實中，而且還是在我眼睛看得到的地方上演。
那個地獄出現了變化。

我疑惑地看了過去，結果看到一股白色的浪潮湧出艾爾羅大迷宮。

那股浪潮其實是一群白色的蜘蛛。

「啊，是惡夢殘渣！」

那是人族那邊事前就提醒我們要注意的危險魔物。

據說光是要討伐一隻，就能讓勇者團隊陷入苦戰。

那種強大的魔物居然跑出了那麼多……？

儘管白色浪潮被捲入女王蜘蛛怪與古龍的戰鬥中，但還是穿越了那個地獄，在這片大地逐漸擴散開來。

牠們竟然能穿越那個我們甚至無法接近的地獄！

沒、沒救了。

我們毫無勝算。

我的腦海中閃過「白白送死」這個詞彙。

「我、我來殿後！大家！快點逃！」

當我茫然地望著那群逐漸逼近的惡夢殘渣時，有名男子在前線大聲吶喊。是古豪。

「嗚！全軍撤退！動作快！」

聽到古豪的吶喊，我回過神來，大聲下達指示。

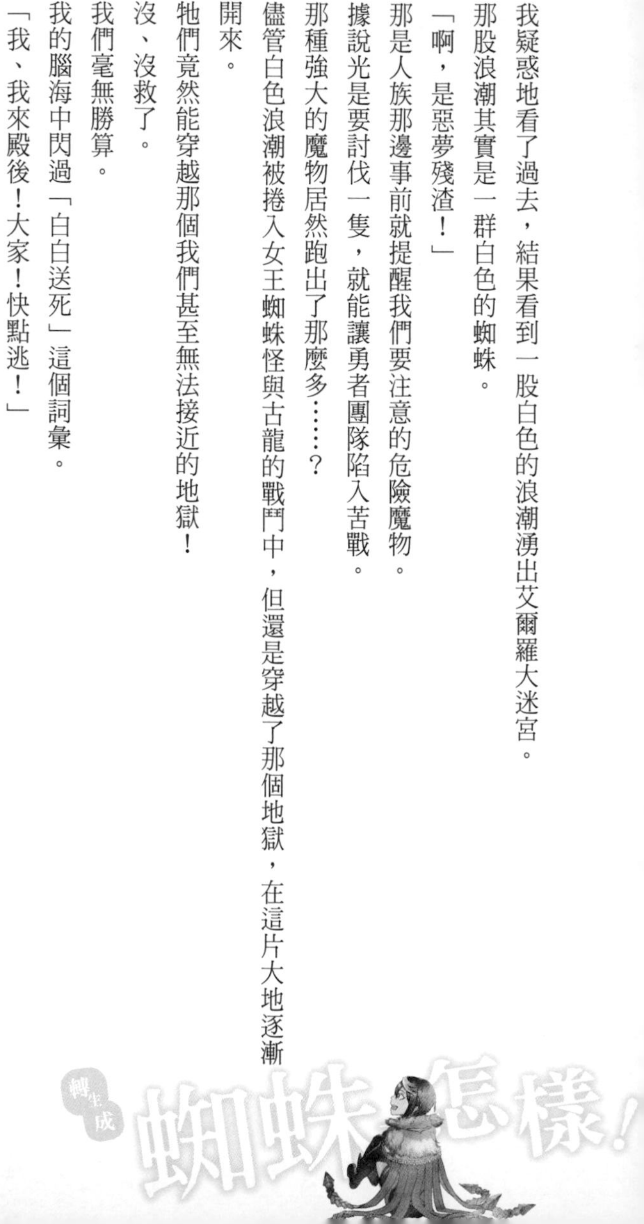

惡夢殘渣軍團離我們還很遠。

現在撤退還來得及！

「快撤退！」

我催促士兵快點撤退。

就在這時，我看到一群人正往反方向前進。

「古豪！」

那是古豪率領的部隊。

「巴魯多先生！剩下的就交給你了！」

「古豪！嗚！」

我吞回說到嘴邊的話語，放棄叫他逃命，專心率軍撤退。

古豪是個只靠武力爬到現今地位的愚鈍男子。

然而，他卻是個性軟弱，討厭戰爭的傢伙。

而這個男人竟然出於自己的意志參加這一戰，現在又打算留在死地殿後。

我不能踐踏他的覺悟。

戰鬥的聲響從身後遙遠的地方傳來。

我還聽到人死前的慘叫聲。

即便如此，我也沒有回頭。

「大家快逃！跑起來！」

為了讓更多人活著逃離這裡，我大聲激勵士兵。

魔王大人，我有問題想要問妳。

對妳來說，就連這樣拚命戰鬥的我們，都是可以被犧牲的嗎？

我們真的非死不可嗎？

難道妳覺得我們魔族過去那些贖罪的日子，全都只是白費力氣嗎？

請妳告訴我答案吧。

「可惡啊！」

不知道是誰這樣大吼。

那個人或許就是我也說不定。

Kogou Mean

古豪

本名是古豪·梅恩。他雖然出身平民，卻努力得到爵位，成為貴族的一員，還得到梅恩這個姓氏。他原本只是個普通士兵，卻憑著武力不斷建功，一直爬到軍團長的位置。因為他全憑武力當上軍團長，所以不擅長指揮與兵法。古豪經常自己到前線作戰，把指揮工作交給能幹的部下去做。結果讓大家都能發揮自己的長處，創造了良好的工作環境，再加上他本人剛毅木訥的個性，使他深受部下愛戴。不過，他也有許多缺點，像是容易被別人的意見牽著走等等，是個優點和缺點都很明顯的人。

蘇菲亞

「女王開始交戰了。」

愛麗兒小姐小聲呢喃。

這裡是艾爾羅大迷宮的最下層。

在我視線範圍內，看不到女王正在戰鬥的跡象。

也就是說，她是用萬里眼在觀察外面的戰況嗎？

愛麗兒小姐因為先前的戰鬥變弱了許多，連日常生活都受到影響，現在還使用萬里眼真的沒問題嗎？

不過，既然她還能使用，應該就代表沒問題吧。

雖然我有些擔心，但也只能讓她本人去判斷自己的身體狀況。

那我也發動萬里眼，確認一下外面的戰況吧。

雖然從這個最下層到外面的直線距離相當長，但只要發動萬里眼就看得到外面。

然後，我看到女王正在艾爾羅大迷宮的入口附近陷入激戰。

對方是一隻外型像豹的魔物，以及一頭紅色的巨龍。

雙方應該都是古龍。

那個像豹的傢伙會操縱雷電，巨龍則會吐出火焰。

他們應該是雷龍跟火龍吧？

女王正在跟那兩個傢伙戰鬥，人類軍隊則是在有段距離的地方布陣。

雖然對方兵分二路，但其中一方似乎是魔族軍。

因為裡面有幾個熟悉的面孔。

這就代表另一方是人族軍。

而女王底下的蜘蛛軍團正朝向人類軍團前進。

雙方馬上就要發生衝突了。

「要把另一隻女王叫來這裡嗎？」

我暫時從那幅光景移開目光，看向艾爾羅大迷宮的另一個入口這麼問。

艾爾羅大迷宮是連接兩個大陸的巨大迷宮。

換句話說，在兩個大陸都有入口。

雖然其中一方成了戰場，但另一方卻依舊和平。

不過，因為那裡有女王與其部下坐鎮，或許很難算是和平。

看來人類軍團是打算把戰力都集中在其中一邊進攻，於是我提議把配置在另一邊的女王也叫過來。

「先不要。我打算暫時觀察一下，再找個適當的時機召喚另一隻女王。」

愛麗兒小姐立刻如此回答。

召喚啊……

「妳沒問題嗎？」

「嗯，勉強還行。」

召喚術對身體造成的負擔，不是比萬里眼還要大嗎？

想到這點讓我忍不住這麼問，而愛麗兒小姐的回答也肯定了我的想法。

畢竟她召喚出女王的時候看起來也很難受……

配置在艾爾羅大迷宮入口的女王，當然是愛麗兒小姐召喚出來的。

雖然我們是搭乘那艘宇宙飛船前往各個入口，但愛麗兒小姐召喚出女王後就累垮了。

不過，這麼辛苦還是值得的。

「召喚術真的很方便呢。」

「妳也可以把梅拉佐菲召喚到自己身邊不是嗎？」

光是可以瞬間叫出戰力就是一項優勢了。

要是突然召喚出女王這種神話級魔物，對手肯定會無法抵擋。

而且女王的厲害之處還不只如此。

「召喚出來的部下又能召喚出更多部下，感覺就跟犯規沒兩樣。」

「是啊。」

女王擁有許多部下。

而女王也能用召喚術叫出自己的部下。

光是叫出一隻女王，就等於是叫出整個蜘蛛軍團。

不管是個體戰力還是群體戰力都超強，這還不算犯規嗎？

「不過，如果要說犯規的話，妳這個吸血鬼比我還要犯規吧？畢竟只要妳有那個意思，隨時都能讓自己的部下以指數規模增加。」

確實如此。

吸血鬼只要吸別人的血，就能把對方變成吸血鬼。

而且只要利用「眷屬支配」技能，就能操控對方。

我還能讓自己操控的吸血鬼去吸別人的血，讓吸血鬼變得更多。

而那些因為被襲擊而變成吸血鬼的人，又能再去吸別人的血，結果就是吸血鬼數量呈指數性成長。

這種能力的可怕之處，是可以把敵人強制變成我方的同伴。

然而，我不打算使用這種能力。

「蘇菲亞，只要妳想這麼做，隨時都做得到喔？」

「不要。我的眷屬有梅拉佐菲一個就夠了。」

我不想把那些亂七八糟的傢伙變成眷屬。

因為這會讓我的眷屬這個身分變得沒那麼特別。

愛麗兒小姐小聲說了句：「瓦爾德被人遺忘了，真是個可憐的傢伙。」但被我強化過的聽覺聽到了。

……我才沒有忘記他！

只是……沒錯！我只是不認為他跟梅拉佐菲一樣罷了！

「嗯……話說回來，正在跟女王交戰的傢伙應該是火龍庫溫和雷龍寇卡吧。」

跟女王對戰的那頭巨龍似乎是火龍庫溫，而那隻豹型魔物則是雷龍寇卡。

「……看來要對付兩頭古龍還是太勉強了。」

愛麗兒小姐說得沒錯，女王目前處於劣勢。

即便是身為神話級魔物的女王，要同時對付兩頭同為神話級魔物的古龍，果然還是太勉強了吧。

可是，這好像不是愛麗兒小姐擔心的地方。

「不知道其他古龍跑到哪裡去了？」

正在跟女王交戰的只有兩頭。

但古龍應該還有四頭才對。

分別是水龍伊艾娜、風龍修邦、冰龍妮雅和闇龍雷瑟。

其中的風龍修邦和冰龍妮雅是我也認識的傢伙。

不過，雖說我們認識，但也只是在事件中有過一面之緣，沒有更多的交情。

雖然身為古龍上司的黑在魔族軍第九軍擔任軍團長，但那些傢伙都有自己負責管理的地盤，我也有自己的生活，所以我們在事件結束後就沒機會碰面了。

但是，既然我們現在變成敵人，當初沒有變成朋友或許反倒是件好事。

要是我們不小心有了交情，現在雙方都會很為難吧。

「該不會已經入侵艾爾羅大迷宮了吧？」

「我無法斷言沒有，但目前還沒接到這樣的報告。」

艾爾羅大迷宮裡已經布滿愛麗兒小姐的蜘蛛型魔物眷屬。

一旦有異狀發生，愛麗兒小姐應該會立刻接到通知。

既然還沒接到通知，就表示艾爾羅大迷宮裡還沒發生異狀。

「可是，我總覺得不太對勁呢～」

有古龍還沒現身。

艾爾羅大迷宮裡也還沒出現異狀。

這原本應該是件好事，但我也覺得有點不太對勁。

就好像在我們不知道的地方，有事情正在發生⋯⋯

「怎麼了嗎？咦？水？」

就在這時，愛麗兒小姐有些緊張地小聲低語。
話才剛說完，事情就發生了。
看來她好像收到眷屬的報告了。
「發生什麼事了？」
「我也不太清楚，只知道肯定出事了。」
可是，看來她收到的報告並不是很清楚。
愛麗兒小姐的絕大多數眷屬本來就不聰明。
所以傳來的報告也大多說得不清不楚，可是，「水」到底是什麼意思？
「啊！」
當我忙著思考「水」這個字的意義時，愛麗兒小姐驚呼了一聲。
「那個混帳怎麼會做出這種蠢事啊！」
然後她叫了出來。
「用水攻也太誇張了吧！」
……咦？
「嗚哇……」
我急忙趕到現場，卻看到被水淹了一半的上層。

雖然我是利用從下層筆直通往上層的縱穴來到這裡，但那個縱穴已經因為從上層流下去的水，變成一道壯觀的瀑布。

那可說是一幅絕景，但我現在沒時間欣賞。

至於事情之所以變成這樣，其實是有人打穿了艾爾羅大迷宮的天花板。

艾爾羅大迷宮位在海底。

一旦上層的天花板開了洞，海水當然會灌進來。

為了避免發生現在這種狀況，天花板應該非常堅固而厚實，不過憑古龍的力量也不是無法打穿它呢。

真的很扯！想不到敵人會使出這種誇張的手段！

竟然對這個艾爾羅大迷宮發動水攻，他們腦袋還正常嗎？

正常人就算想到這招也不會去做吧？

對迷宮發動水攻其實是常見的手段。

我在魔族學校裡也有學過。

如果是無處可逃的密閉型地下迷宮，水攻是一種非常有效的做法。

多虧了水系魔法的存在，讓這個世界比地球更容易發動水攻，如果敵人不會游泳，這招就能確實殺死對方。

而迷宮通常是魔物的住處，人們想要殲滅魔物時往往會發動水攻。

缺點就是那個迷宮會被水淹沒，變得再也無法出入，以及無法回收魔物的屍體。

如果純粹是以殲滅魔物為目的，應該找不到比水攻更有效的手段了。

反過來說，這也是想要保衛迷宮的那一方最討厭的戰法。

不過，我和愛麗兒小姐這次也沒料到敵人會發動水攻。

我們以為敵人不可能對艾爾羅大迷宮發動水攻。

因為艾爾羅大迷宮是全世界最大的迷宮，面積大得離譜。

就算把世界各地的其他迷宮全部加起來，也可能沒有艾爾羅大迷宮這麼大。

當然，如果想要對這種地方發動水攻，就需要用到大量的水。

如果使用水系魔法，ＭＰ肯定不夠用。

這樣就必須準備真正的水才行，而能弄到這麼多水的方法，也就只有像現在這樣直接在海底打洞。

雖然並不是沒有方法進行水攻，但考慮到對方的目的，我和愛麗兒小姐都認為他們不可能這麼做。

畢竟對方這次的目的是前往艾爾羅大迷宮最下層的最深處，然後抵達那扇通往系統中樞的門。

他們非得前往那裡不可不是嗎？

然而，他們竟然要用水淹沒那裡？

他們腦袋壞掉了吧？

而且要是把足以填滿艾爾羅大迷宮的水灌進這個廣闊的空間，做出這種影響力超強的事情，應該也會讓某些地方崩壞吧？

如果只有迷宮的一部分崩壞倒是還好，但艾爾羅大迷宮很可能整個垮掉。

我再說一次喔？

他們非得前往那裡不可喔？

然而，他們卻做出會把那個地方壓垮的行為？

這也未免太蠢了吧？

根本就是瘋了。

可是，對方應該是認為，如果他們不做到這種地步就沒有勝算吧。

雖然不曉得對方是否知道愛麗兒小姐變得虛弱的事，但就算不考慮到這點，我方的戰力還是很強。

以女王為首的蜘蛛型魔物軍團。

艾兒、莎兒、莉兒和菲兒這四位操偶蜘蛛怪。

我、京也同學和梅拉佐菲。

這些都是一騎當千的強者，只有古龍有能力對抗。

而且菲米娜率領的第十軍，似乎也在艾爾羅大迷宮之外獨自展開行動。

艾爾羅大迷宮內部也有野生的魔物。

雖然絕大多數魔物都是中立的，但那些名叫惡夢殘渣的白色蜘蛛型魔物似乎跟我們站在同一陣線。

對付。

白色的蜘蛛型魔物……

不管怎麼想，那些傢伙都跟主人脫不了關係吧？

……不過，既然牠們站在我們這邊，那我也無話可說。

要是主人做的每件事都要吐槽，根本沒完沒了。

真是的！她到底是怎麼在不知不覺中準備好那種戰力的！

啊，我剛才那句話可不是吐槽喔？沒錯，這不是吐槽。不是吐槽……

不過，就算是那些惡夢殘渣，應該也很難應付這種水攻吧。

雖然絕大多數的敵人應該都能交給這群惡夢殘渣去解決，但這次的敵人與其進攻手段都不好

看來我的動作得快點了。

我把腳放在水面上。

下一瞬間，水面就從被我踩著的地方開始凍結。

這是「凍結攻擊」的應用技巧，可以讓碰觸到的東西結凍。

屬性攻擊系的技能威力取決於能力值的高低。

如果有我這種程度的能力值，就能讓碰到的一切事物瞬間凍結。

只要就這樣在水面上奔跑，我經過的地方全都會結凍。

往我這邊衝過來的水也會結凍，因而無法繼續入侵迷宮深處。

就算是我也沒辦法把灌進來的水全部結凍。

可是，只要我把視野內的水全部凍結，就能在某種程度上阻止水的入侵。

再來只要斬斷讓水灌進來的根源就行了！

想要做到這件事，就只能擊敗讓海水湧入的元凶！

我在前方捕捉到一隻正在對付惡夢殘渣的人魚身影。

那隻人魚自由自在地操縱湧進來的海水，確實地解決掉那些惡夢殘渣。

我看到一隻惡夢殘渣被水球包住身體，然後身體就從內側炸開來。

那傢伙明明有著人魚的外表，使用的招式卻非常殘忍。

那招應該是先用水入侵敵人體內，然後讓水在體內炸開。

畢竟生物的肉體幾乎都是由水分組成，只要那傢伙操縱的水從嘴巴或耳朵鑽進去，就有辦法從內部進行破壞。

在這種被水淹沒一半的地方，這種能力就跟犯規沒兩樣。

跟擁有這種危險能力的傢伙正面對決可不是個好決定。

就用這招解決她吧！

我從對方背後迅速接近，朝向她的脖子揮出大劍！

但對方沒有轉過身來，只扭轉身體避開劍尖，同時放出水流反擊。

我把那些水凍結了。

「「啐！」」

我和人魚同時發出咂嘴聲。

我在這段期間依然持續讓周圍的水凍結，用冰塊堵住了天花板上的大洞。

從洞裡灌進來的大量海水直接變成冰柱。

這樣就不會馬上又有水灌進來了。

寒氣的餘波讓這一帶的水全部凍結。

人魚趕在被凍結前慌張地從水裡跳出來，原本是魚的下半身也變成普通人類的雙腿。

等一下！那衣服要怎麼辦啊！

我本來還在擔心這個問題，但對方並非一絲不掛。

雖然那身衣服不管怎麼看都是泳裝就是了。

不但變身的速度快，就連換衣服的速度都很快呢。

原本是人魚的泳衣女郎飄浮在空中，避免碰到那些冰塊。

「我本來想用剛才那招幹掉妳的，算妳厲害。」

「憑那種程度的攻擊就想要解決我，我還真是被看扁了呢。」

我們雙方都出言挑釁彼此，同時觀察對手的反應。

泳裝女郎斜眼看向那群開始撤退的惡夢殘渣，於是我對她發動了鑑定，試圖轉移開她的注意力。

因為鑑定會讓對方覺得不舒服，所以遇到這種情況時還能順便轉移對方的注意力，可說是非常好用。

當泳裝女郎因為覺得不舒服而板起臉孔時，惡夢殘渣們全都成功撤退了。

看來牠們打算避開被水淹沒的上層，朝向迷宮外面前進。

反正繼續待在這個被水淹沒、凍結的地方也無濟於事，選擇出去外面是個不錯的判斷。

至於鑑定的結果……

水龍伊艾娜……原來就是這傢伙啊……

雖然我早就猜到了，但看來這傢伙就是擔任水龍族長的古龍。

根據愛麗兒小姐的說法，她是古龍中最難纏的傢伙。

只要看過她的能力值，就能理解愛麗兒小姐這麼說的原因。

所有能力值都超過兩萬五千。

這已經比女王還要強了吧！

雖然我也跟神話級魔物交手過幾次，但還是頭一次面對這麼強的傢伙呢。

最強的古龍絕非浪得虛名。

了。

……不過，我並不認為自己打不贏。

我擊敗了世界各地的神話級魔物，又有接受過主人的特訓，能力值早就已經超過水龍伊艾娜了。

只要別掉以輕心就不會戰敗。

既然如此……

「我要迅速解決掉妳！」

「別這麼說嘛。陪我跳支舞吧。」

只能速戰速決了！

我用纏繞著寒氣的大劍砍了過去。

水龍伊艾娜就跟她說的一樣，用跳舞般的身法躲過這一劍。

她還配合那種跳舞般的動作從雙手噴出水柱，像是幾十隻撲過來的蛇一樣，沿著變化自如的軌道向我襲來。

這是水舞表演嗎！

「快來跳舞吧！永遠不要停！」

「妳別太囂張！」

水龍伊艾娜舞蹈一般的動作和她放出的水流有種神祕感，將這看成表演的話，我覺得算是相當不錯。

可是，我現在沒時間看她表演！

我用大劍斬斷襲來的水流。

水流瞬間凍結，碎裂四散。

拿劍去砍處於液態的水原本應該毫無意義，我的結局不是被水球裹住身體淹死，就是被入侵體內的水從內側把身體炸開。

不過，屬性相剋就是如此殘酷。

讓水結凍並失去效果對我來說並不困難。

不管是能力值還是擅長的屬性，我都處於優勢，可說是贏定了！

真是太遺憾了呢！

水龍伊艾娜似乎也明白這點，表情看起來有些焦急。

雖然水流接二連三地向我襲來，但我還是一邊揮劍砍開水流，一邊越過凍結並粉碎的冰塊衝過去。

但是，我前進多少距離，水龍伊艾娜就後退多少距離，不讓我有機會接近。

雖然我想一口氣縮短雙方的距離，但水流又會向我襲來，阻止我那麼做。

真是煩死人了！

「妳知道嗎？水龍一直負責管理遼闊的海洋喔。」

水龍伊艾娜對感到惱火的我這麼說。

隻。

「那又如何！」

我把進逼而來的巨大水流全部凍結粉碎，努力衝向前方。

龍族都有各自負責管理並守護的地區。

水龍負責管理的是大海。

因為大海的盡頭是崩壞的大地，為了避免人類誤闖那種地方，水龍才會擊沉試圖出海的船隻。

「因為大海過於寬廣，就需要許多負責監視的眼線。」

她到底想說什麼？

水龍伊艾娜的表情從剛才就沒有改變。

儘管看起來有些焦急，卻還能保持從容。

她竟然還能保持從容？

在這種對她壓倒性不利的戰況下？

「換句話說，在所有龍族之中，數量最多的就是水龍。」

就在我有種不好的預感時，一陣劇烈的搖晃向我襲來。

「當然，古龍的數量也是最多的喔？」

這陣晃動就代表在某個地方發生了大爆炸……

我難以置信地發動萬里眼確認情況，結果看到好幾個地方的天花板都開了大洞，從洞裡流進大量的海水。

「喂喂喂，不會吧？」

「我們這邊一共有三十七頭水龍的古龍，憑妳一個人有辦法阻止得了嗎？」

這代表除了水龍伊艾娜之外，還有三十七隻神話級魔物正在對這裡發動水攻。

草間忍

唉～

事情怎麼會變成這樣～？

世界的命運之類的對我來說太過沉重，其實我不是很想跟這種事扯上關係。

不過，早在我身為轉生者的時候，就注定會被完全捲入這件事，所以這可能也是沒辦法的事吧～

我不但是個轉生者，父親還是神言教的特殊部隊成員，會有這種結果也很正常。

我有個身為神言教的特殊部隊成員且地位頗高的父親。

該說是幸運還是不幸呢？因為這個緣故，我在嬰兒時期就被人發現是個轉生者，很早就被教皇老頭加以保護。

這也害我被迫接受特殊部隊的訓練，好幾次都覺得氣憤。

畢竟訓練是很辛苦的事情。

可是，聽說過其他轉生者的境遇後，我覺得自己還算是幸運的，也對此心懷感激。

要是神言教沒有保護我，我早就被那些妖精軟禁了吧？

我可不想變成那樣～

「事情就是這樣～教皇老頭對我有恩。雖然我不想跟世界的命運扯上關係～但也不能還沒對老頭報恩就落荒而逃。」

「是這樣嗎？」

「就是這樣。所以，我不能讓妳去找他。」

「那我只好靠實力硬闖了。」

說完，這位白衣大姊就丟出那種圓形的……好像叫做「戰輪」的武器。

唉～事情怎麼會變成這樣呢～？

其實不用想也知道，原因就是教皇老頭跟若葉同學他們作對～

所以若葉同學的部下們才會前來襲擊。

我是搭乘巨大的ＵＦＯ從妖精之里飛到達斯特魯提亞大陸，在那裡被人放了下來。

可是，當我還在煩惱接下來該怎麼做時，認識的特殊部隊成員跑來找我，我就乖乖跟著對方走了。

畢竟轉生者的同伴們都對我很不友善嘛～

我知道自己沒有被軟禁在妖精之里，跟其他人會有點格格不入也很正常，但那些在前世交情不錯的傢伙表現得那麼冷淡，我還是會感到寂寞呢。

我在那裡實在待不下去，才會決定跟著特殊部隊的成員離開，也是很合理的事情吧？

結果不知為何聚集了越來越多的人，最後變成前去攻打艾爾羅大迷宮的軍團。

而這個軍團的後方司令部本部，正受到白衣人軍團的攻擊。

我避開飛射過來的戰輪。

我好歹接受過特殊部隊的訓練，還擁有轉生者的外掛技能。

雖然實力比不過若葉同學和笹島，但我有信心不會輸給那些普通人。

問題在於，我的對手不是普通人呢～

跟我對峙的敵人是若葉同學手下的魔族軍第十軍。

據說他們是若葉同學親自鍛鍊的魔族精銳。

全員都身穿招牌的白衣，是群危險的傢伙。

而這些傢伙正前來攻打這個司令部，也就是老頭——神言教教皇可能駐留的地方。

若葉同學他們不是防守方嗎？

怎麼會反過來發動攻擊？

我明明是因為不想參加艾爾羅大迷宮的關鍵之戰，才會主動說要在司令部留守。

話說那個臭老頭應該有料到會發生這種事吧？

難怪當我說要在這裡留守時，他很乾脆地就答應了。

因為他答應得太過乾脆，讓我覺得其中一定有鬼，想不到真的被我猜中了。

絕大多數的戰力都被派往艾爾羅大迷宮了。

這個司令部現在只有沒上前線的各國大人物，以及他們的護衛。

還有我這種負責留守的傢伙。

在負責留守的人之中，還有包含我父親在內的特殊部隊成員。

而這些特殊部隊成員與大人物們的護衛，正在聯手對抗前來攻打的白衣人集團。

至於現在的戰況……看來是沒救了……

不管怎麼想，我們都毫無勝算。

每個白衣人都強得離譜。

神言教的特殊部隊成員都是從小就接受嚴格訓練的精銳。

但白衣人的實力並不遜於這些精銳，甚至還要更強。

而且對方的人數更多。

如果是一對一的話，我們還勉強能想辦法應付過去，但對方還占有人數上的優勢，讓我們無計可施。

雖然在那些大人物的護衛之中，有些實力很強的傢伙，然而那些大人物會成為他們的絆腳石……

儘管他們都在努力奮戰，也只能稍微爭取時間。

哈哈～這就是所謂的必敗之戰嗎？

……這實在讓人笑不出來。

草間忍

看來我該用自己的外掛能力扭轉戰局了！

……要是我做得到，事情就好解決了，但這件事很難辦到。

因為正在跟我戰鬥的白衣人首領大姊實在太強了。

戰輪跟我擲出的手裏劍在空中碰撞。

我趁機拉近雙方的距離，揮舞忍者刀攻擊，卻被對方用裝在手臂上的戰輪擋住。

我使出火遁術，從嘴裡噴出火焰，但也被對方使出的闇系魔法抵銷掉。

經過前面的攻防，我明白雙方的實力幾乎不相上下。

這讓我有些喪失自信。

我可是撐過了特殊部隊的嚴苛訓練喔？

而且還是從孩童時期，就因為身為轉生者而被迫開始接受訓練。

雖然比不上若葉同學和笹島那種賭命求生練就的實力，但我對自己的實力還算有點信心～

但我現在失去自信了。

「你是轉生者。只要你願意說出教皇人在哪裡，我們絕對不會傷害你的。」

儘管嘴巴上這麼說，這位大姊依然對我有所提防。

我跟這位大姊的實力幾乎不相上下。

我不知道如果我們認真打起來誰會獲勝。

而且若是我們認真打起來，不管是贏還是輸，都無法保證能全身而退。

戰況是敵方占有壓倒性優勢。

只要戰鬥的時間拉長，這位大姊的同伴就會前來助陣。

所以，這位大姊不需要勉強自己。

既然知道戰況對自己有利，就不會太過拚命。

因為只要維持現況，自己就必定能取得勝利。

這位大姊應該是在勸我投降吧。

「我也很想這麼做，可是～」

我偷偷移開視線。

結果看到自己的父親正在跟三名白衣人奮戰。

在戰鬥開始之前，他對我說了這句話——

「你想逃就逃吧。」

他是這麼說的。

因為教皇老頭不在這裡。

雖然覺得對這些白衣人過意不去，但他們白跑一趟了。

但是，如果可以在這裡擋住這些白衣人，就能分散若葉同學他們的戰力。

他們被擋在這裡越久，就會越晚回到主戰場。

不過，就算不勉強擋住他們，早在他們來到這裡時，我們就已經爭取到夠多的時間了。

所以，我們沒必要賭命戰鬥。

……雖然沒那個必要～

「如果不靠著戰鬥報答恩情，一點也不帥氣呢～」

父親還在賭命戰鬥，我這個兒子也不能背對敵人逃走吧。

畢竟是神言教一直養我到現在呢～

「希望妳手下留情。」

「是嗎？那我就痛下殺手吧。」

「我不是叫妳手下留情了嗎！」

唉……

事情怎麼會變成這樣……

菲米娜

如果替魔族著想，我應該站在黑神那邊才對。

畢竟我身為貴族，應該把國家與人民擺在第一位。

我出生在地位崇高的貴族世家，而且還是公認特別嚴厲的家族，所以經常被人灌輸這樣的觀念。

我自認過去一直都有遵守這樣的教誨。

沒錯，即便我後來被逐出家門，又被第十軍收留，走在跟貴族無緣的人生道路上，這點也從來不曾改變。

如果沒有發生意外的話，我現在應該早就已經跟前未婚夫瓦爾德大人結婚，以妻子的身分操持家務。

真不曉得我是在哪裡走錯，才會踏上變成超一流暗殺者的人生道路。

我覺得自己應該沒做錯什麼事情……

不管怎麼想，原因果然都是出在蘇菲亞身上。

因為那女人拐走了瓦爾德大人的心，我才會被陷害，並且背負莫須有罪名，最後還被父親趕出家門。

而且因為蘇菲亞身為魔王大人的親信，讓許多貴族家庭擅自揣摩上意，才會事前決定將我逐出去。

沒錯，我知道……直接陷害我的人是瓦爾德大人。

可是！我覺得造成這件事的主因果然還是蘇菲亞。

我無法原諒她。

咳哼。

其中夾雜著不少私怨，但即便心中懷有怨恨，我也沒有失去身為貴族的驕傲，自認一直為了魔族犧牲奉獻。

我會待在第十軍做事，也是因為我認為這麼做能對魔族有所貢獻。

因為我覺得自己無論如何都敵不過身為第十軍軍團長的白大人，以及身為魔王的愛麗兒大人。

沒錯，我剛開始時還對白大人與魔王大人懷有敵意。

雖然我會被逐出家門是瓦爾德大人幹的好事，但這件事能夠實現，是因為蘇菲亞是魔王大人的親信。

為了排除掉跟蘇菲亞作對的我，那些畏懼魔王大人的貴族於是採取了行動，才會導致那樣的結果。

這等於是間接幫了瓦爾德大人一把。

當然，因為魔王大人並沒有實際參與這件事，我也明白自己不該恨她。

雖然心裡明白這點，但我還是對她沒什麼好印象，這也是沒辦法的事吧？

對於我被逐出家門後，她讓我加入第十軍的這件事，我很感謝她。

不過，那是我父親向白大人低頭拜託的結果。

即便承受著來自許多貴族家族的壓力，不得不把我逐出家門，父親依然試著幫助我。

正因為如此，我才能夠繼續貫徹父親的教誨，沒有失去身為貴族的驕傲。

但是……

在重新編制的魔族軍之中，第十軍是負責執行地下工作的部隊。

即使這不是明確劃分給第十軍的任務，但因為身為軍團長的白大人一直在世界各地暗中行動，讓我們經常負責執行暗殺與諜報之類的地下工作。

而只要隸屬於這樣的第十軍，就不可避免地會看到這個世界的黑暗面。

那都是一些知道得越多，就讓我越感挫折的事情。

雖然我身為地位崇高的貴族，自認比別人優秀，也知道更多的事情，但我的這種自信應聲瓦解了。

我過去看到的一切，只不過是魔族這個種族的貴族家庭所能知道的程度。

光是了解這個極度狹窄的世界，我就以為自己知道了一切。

不過，儘管得知那些事情，我還是一直為了魔族犧牲奉獻。

……至少我自認過去是這樣沒錯。

「不過，看來只能到此為止了。對不起，父親大人……」

我向父親道歉。

我很清楚身為高階貴族的他，一直為了魔族犧牲奉獻。

他還是讓我誕生在這個世界，並且扶養我長大的恩人。

但我沒有報答這份恩情，還做出背叛魔族的行為。

即便如此，我仍然決定加入白神陣營展開行動。

我決定犧牲包含魔族在內的半數以上人類。

儘管我也明白，如果為魔族著想的話，就應該加入黑神陣營。

「黑神陣營應該會去攻打艾爾羅大迷宮吧。神言教教皇大概也在那裡。如果我們可以殺掉擁有支配者權限的傢伙，白神陣營的勝算就會大幅提昇。因此，我要去殺掉神言教教皇。我不會強迫你們，想跟來的人就跟來吧。」

在愛麗兒大人向大家說明完畢後，我召集第十軍的成員，說出了這些話。

加入白神陣營就等於是背叛魔族。

正因為明白這點，我不打算逼迫任何人參加。

可是，結果一個人都沒有選擇離開。

「你們真的願意這麼做嗎？」

「現在還說這種話就太見外了。當我們被捨棄的時候，是軍團長收留了我們。既然如此，我想把這條命獻給軍團長。」

第十軍的成員很難算得上是人才，只不過是一支雜牌軍。

這個軍團原本並沒有實體，只是虛有其名。

當愛麗兒大人一聲令下，其他軍團開始重新編制的過程中，人才都被編號較小的軍團先選走了，留給最後面的第十軍的人，都是被其他軍團說了「不需要」的傢伙。

不是因為素行不良而被驅逐的士兵。

就是因為三餐無以為繼而自願從軍、體格瘦弱的傢伙。

白大人沒有捨棄這支由廢物組成的第十軍。

她制裁那些素行不良的傢伙，讓他們洗心革面。

還給予那些營養不良的傢伙充分的食物。

然後讓他們全都接受地獄般的特訓。

……沒錯，就是因為經歷過那種地獄般的特訓，才讓我們第十軍變得團結。

不管是自尊心很強的人，還是自尊心不強的人，全部都被打進地獄之中，澈底體會到自己是多麼渺小的存在。

我們甚至連對被打入地獄懷恨在心的力氣都被耗盡。

可是，儘管白大人親手把我們打進地獄，卻沒有捨棄任何一個人。

她一直很有耐心地指導我們，直到第十軍的所有人都練就足以被稱作精銳的實力。

……雖然偶爾能聽到團員大喊「妳乾脆殺了我吧！」就是了。

順帶一提，那位團員後來當然又被抓去接受更可怕的特訓。

而且還因為連帶責任，順便把第十軍的所有人都拖下水！

……咳哼。

不過，即便有過這樣的遭遇，我還是無法討厭白大人。

她不愛說話，總是面無表情，讓人搞不懂她到底在想些什麼。

即使如此，只要看到別人遇到麻煩，她總是會不著痕跡地出手幫忙。

明明對別人不感興趣，不對，或許就是因為對別人不感興趣，她才會輕易做出大幅改變別人人生的行為。

不管是好是壞。

有些人因為白大人的緣故，人生澈底被打亂了。

可是，沒有捨棄我們第十軍、接受被人捨棄的我們的人，同樣也是白大人。

我想起在那些難熬的地獄特訓之中，那隻突然伸向我的救贖之手。

儘管那些難熬的地獄特訓，同樣也是白大人施加在我身上的東西。

這種兩面手法還真是過分。

不過，我還是無法討厭她。

這不光是因為白大人幫助了我們，也是因為我們親眼看到她為了愛麗兒大人四處奔走的模樣。

對於一個能為了別人那麼拚命的傢伙，我實在沒辦法一直討厭下去。

她成功抓住了我的心。

我身為一個貴族，一直認為替魔族犧牲奉獻是自己的義務。

可是，仔細想想就會發現，讓我失去貴族地位的元凶，同樣也是貴族。

既然這樣，那我應該可以放下義務，照著自己的想法做出選擇吧。

不是出於必須為魔族貢獻的義務，而是因為我想要幫助那個不惜與全世界為敵，就只是為了一個人的傢伙。

菲米娜

「哈啊！哈啊！這樣你打算……哈啊！告訴我教皇在哪裡了嗎？」

而我現在已經把一位轉生者逼入絕境，準備從他口中問出情報。

名叫草間忍的轉生者躺在地上，跟我一樣喘著大氣。

我們雙方都滿身是傷，且呼吸急促、汗流浹背。

自從加入第十軍以後，我還是頭一次在實戰中被打得這麼慘。

這傢伙真不愧是轉生者。

因為他感覺起來沒什麼鬥志，我還以為只要隨便應付一下，他遲早會選擇逃跑，想不到他竟然會把我逼到這種地步……

「啊～香汗淋漓的大姊姊還真是性感呢。」

「你找死嗎？」

草間明明連站起來的力氣都沒有了，卻還是對我說出這種蠢話。

不對，難道他是因為沒力氣站起來了，才會放棄掙扎，直接說出心裡想說的話嗎？

「很抱歉～其實我也不知道教皇老頭人在哪裡。」

「你說謊。」

在轉生者之中，草間跟教皇的關係較為密切，可說是教皇的心腹。

他不可能不知道教皇的下落。

「我是說真的啦。忍者不會說謊。」

可是，他無力地笑了笑，對我如此說道。

……不管他是不是說謊，應該都不可能說出教皇的下落吧。

「我要撤退了。」

「……妳確定？」

我集合第十軍，並且下令撤退。

「確定。看樣子就算拷問你，也問不出任何情報。你也可能是真的不知情，這只是浪費時間。我們擊潰敵方的司令部了。這樣的成果也還算可以接受。」

他剛才那句「……妳確定？」，肯定也是在懷疑我是不是真的要放過他吧。

草間在轉生者之中也算是個強者，如果讓他用治療魔法治好身上的傷勢，重新回到戰場上，應該會是個不小的阻礙。

趁現在給他致命一擊肯定比較好。

但是……

轉生者被無端捲入這個世界的問題裡，我覺得自己不該殺掉他們。

白大人肯定也不希望我這麼做。

「我要找出教皇的行蹤。」

我重新整理心情。

白大人還在奮戰。

既然如此，我們也只能繼續戰鬥下去。

「第十軍，準備出擊。」

菲米娜

梅拉佐菲

這個世界並不公平。

能力值的高低、技能的強弱，以及種族的差距都十分顯著。

弱者很難勝過強者。

就算挑戰實力高人一等的對手，也很難取得勝利。

艾爾羅大迷宮的入口前方已經變成戰場。

在這個戰場上，實力比別人高上一截的是女王蜘蛛怪，以及與其對峙的兩頭古龍。

雖然這三位強者直到剛才都還在進行激烈的戰鬥，但女王的戰敗為這場戰鬥劃下了句點。

即便強如女王，也無法一直抵抗兩頭古龍的猛攻。

可是，兩頭古龍似乎也消耗了許多體力，擊敗女王後就轉身撤退了。

因此，殺戮劇並沒有在這個戰場上演。

要是兩頭古龍還留在現場，動手掃蕩我方軍隊的話，我們應該會受到極大的損失吧。

沒有發生那種事實屬萬幸，對我們是一大利多。

就算跟那種實力超強的敵人戰鬥，也很難改變勝敗的結果。

即便採用人海戰術，結果也不會改變。
哪怕讓十個能力值近千的人，去挑戰一個能力值近萬的強者，也很難取得勝利。
應該只會被瞬間擊潰吧。
在有著這種超級強者的戰場上，勝敗就取決於能否擊敗那個超級強者。
但當戰場上有著這種太過強大的強者時，其他人通常都只能束手無策。
這個戰場上已經沒有那種超級強者了。
不過，個人的戰鬥力差距依然存在。
在這種情況下，該如何壓制那些戰鬥力強大的敵人，就變得很重要了。
結果就是自然演變成強者之間的對決。
因為就算讓弱者去對付強者，通常也無法造成太大的傷害，只會被強者瞬間擊敗。
不過，數量的暴力依然不可小看。
就算一個人能造成的傷害微乎其微，一旦有幾十、甚至幾百個人加起來，累積起來的傷害也讓人無法忽視。
而我方在數量上的優勢已經被逆轉了。
足以覆蓋整片大地的蜘蛛怪幾乎都死光，變成不會動的屍體。
只剩下上級蜘蛛怪與超級蜘蛛怪這些強大的個體。
但這些強大的個體也因為大量敵軍的奮戰而陷入劣勢。

上級蜘蛛怪被許多人類團團包圍，受到的傷害也不斷地慢慢累積。

而人族與魔族中戰鬥力特別出色的傢伙也挺身而出，雖然默契不是很好，也還是試著聯手對付那些超級蜘蛛怪。

其中還有不少熟悉的面孔。

巴魯多大人就算了，沙娜多莉大人與古豪大人也有參戰這件事，讓我感到有些意外。

雖然我們過去都是魔族軍的軍團長，有著身為同僚的交情，但現在卻處於敵對狀態。

我不可能對此毫無感覺。

可是，我早就發誓要永遠跟隨大小姐了。

就算是認識的老朋友，我也完全不打算手下留情。

但就算我早就做好覺悟，也還是沒辦法心無罣礙。

幸好因為惡夢殘渣及時出現，讓魔族軍選擇撤退，我才不用被熟人的血弄髒自己的手。

雖然人族軍還留在這裡奮戰，但戰況又再次變得對我方有利。

惡夢殘渣不但數量眾多，而且個體的戰力又強大，讓人族軍毫無反抗之力，只能處於劣勢之中。

他們遲早會跟魔族軍一樣選擇撤退吧。

……不過，看來還是有人想要繼續打下去。

「像這樣跟你對峙，已經變成一種慣例了呢。」

「是啊。」

身為轉生者的少年與少女站在我面前。

他們名叫田川邦彥與櫛谷麻香。

我跟他們兩人已經對上好幾次了。

第一次是我親手摧毀他們居住的部族村子的時候。

他們當時還很年幼，我因為他們是轉生者而放過他們。

第二次是先前那場大戰的時候。

我跟成長後的他們展開對決。

後來我又在妖精之里，透過分體與他們對決。

交手過這麼多次，我們已經可以算是宿敵了吧。

考慮到雙方目前殘存的戰力，對方應該無法忽視我的存在。

這並非是我自以為是。還留在戰場的兩軍之中，我應該是戰鬥力最強的人吧。

所以這兩位轉生者才會前來阻止我。

「我想了很多，煩惱了很久。可是，我還是決定要跟你一戰。」

「……是嗎？」

我在妖精之里跟他們談過了。

他們後來應該也想了很多吧。

而在經過深思熟慮後，他們選擇了戰鬥。

「我沒辦法手下留情。」

我向他們提出忠告。

在此之前，我因為他們是轉生者，所以一直沒有痛下殺手。

可是，我在這一戰裡不會留情。

許多轉生者都不曉得這個世界的內情，只是無端受到牽連。

但他們已經知道一切了。

面對自己選擇了戰鬥的對手，我不需要保留實力。

我原本就沒那麼厲害，可以在不殺死敵人的情況下取勝。

要動手的話，我就要殺了他們。

「如我所……」

邦彥氣勢逼人地這麼說，但話才說到一半就不自然地停下。

他的身體也緩緩倒下。

「抱歉了，邦彥。」

痳香從邦彥身後打昏他，還向他如此道歉。

「……妳這是什麼意思？」

「我要投降。」

麻香平靜地這麼告訴我。

「因為我還不想死，也不希望邦彥死掉。」

麻香扶著昏倒的邦彥，轉身背對著我邁出腳步。

她竟然光明正大地臨陣脫逃。

這讓我愣在原地好一陣子。

可是，麻香的判斷是正確的。

我對他們兩人沒有私怨。

雖然他們應該對我懷恨在心，但我並不會主動想要殺了他們。

正因為明白這點，麻香才敢這樣光明正大地背對著我吧。

而且只要我們打起來，我幾乎是肯定會殺了他們。

我並沒有厲害到可以不殺死他們就取得勝利。

一旦實際動手，我就會用必殺的手段殺死對手。

考慮到我和他們之間的能力值差距，恐怕一瞬間就會分出勝負了吧。

結果必定是他們死在我手上。

因此，她選擇在開戰前就投降是正確的。

雖然最正確的答案是從一開始就別踏上這個戰場，但看到邦彥的反應，我覺得她應該也做不到吧。

我目送著麻香離去的背影。

我覺得放棄戰鬥也是一種了不起的選擇。

雖然親手毀滅他們故鄉的我沒資格說這種話，但我還是希望他們兩人能得到幸福的未來。

邦彥

聽完魔王的說明後，我陷入煩惱。
很多事情都讓我煩惱不已。
我沒想到魔王竟然是那種比我們還要嬌小的女孩。
愛刀折斷了，我今後該如何是好？
知道世界的命運後又該怎麼做？
我該怎麼跟梅拉佐菲做個了斷？
我絞盡腦汁拚命思考這些問題。
就算把前世算進去，我也可能從來不曾這麼煩惱。
因為我的腦袋沒那麼好。
我總是認為想太多也沒用，很快就會放棄思考。
畢竟我過去這樣走過來都沒問題，要是情況不對的時候，麻香也會設法把我拉回正軌。
多虧有麻香總是幫我踩剎車，我才能不用思考太多，想怎麼做就怎麼做。
不過，這次連我都不得不陷入煩惱。

雖然我覺得煩惱過頭好像會讓人想歪，但這也是一個要煩惱的事情。

咦？我越是煩惱，要煩惱的事情是不是也會跟著越來越多？

……不行了。

我煩惱過頭，腦袋都快要燒起來了。

當我怎麼都想不通，抬頭仰望天空時，我突然有個想法。

那就是我實在不希望人類死掉一半呢～

想到這裡，我就做出決定了。

嗯！我要為了黑神陣營戰鬥！

我煩惱了這麼久，卻因為一個突然冒出來的想法就做出決定，連我都覺得自己欠缺思慮。

可是，這是我發自內心的感想。

我對這個生活十幾年的世界有感情了。

而且在這裡活了這麼久，當然也經歷過各式各樣的相逢與離別。

我從事冒險者這樣的職業，也經常見識到人類的死亡。

那種經驗每次都讓我感到悲傷，也曾經後悔自己沒有多跟對方交流。

想到我那些還活在這個世界上的朋友有可能死掉一半，我就覺得自己應該阻止若葉同學他們

的行動。

我把這個想法告訴其他轉生者後，就向大家告別了。

啊，麻香當然也有跟著我一起走！

雖然我們都失去了愛用的武器，但在人族中依然算是強者。

我們肯定能成為戰力。

我懷著這種想法，勇敢地踏上戰場，只是……

「啊！」

「啊，你醒了嗎？」

咦？麻香？

「咦！奇怪！我剛才是在睡覺嗎！」

「是啊。可是現在時間還早，你可以再多睡一下。」

這樣啊……那我就接受她的好意，繼續睡回籠覺吧……

「睡得著才有鬼啦～！」

我想起來了！

我不是應該在戰場上嗎！

現在不是睡覺的時候吧！

我猛然起身環視周圍，卻發現這裡不是戰場。

「……奇怪？」

這裡是一個陌生的房間，而我就躺在房裡的床舖上。

「……這裡是哪裡啊？」

「烏班貝迪尼亞。」

「……那又是什麼鬼地方啊？」

我根本沒聽過這個地名……

「這裡是個小村子，你沒聽說過也很正常。」

「等一下，那我們怎麼會在這裡？」

為什麼我會一覺醒來，卻發現自己躺在聽都沒聽說過的村子的床上？

「因為是我一拳把你打昏帶來這裡的。」

「咦咦咦咦？」

這樣更莫名其妙了吧！

為什麼事情會變成這樣！

「因為要是繼續打下去，我們都會被殺掉不是嗎？」

麻香聳聳肩膀，一臉若無其事地這麼說。

「……我們真的會被殺掉嗎？」

「早就被殺掉了。」

「這樣啊……」

我無力地倒在床上。

既然麻香都這麼說了，就一定會是那種結果吧。

麻香就是因為明白這點，才會用這種方式阻止我。

「我還真沒出息。」

我忍不住說出這句話。

結果我只負責煩惱，還讓麻香替我做出的錯誤決定收拾善後。

我什麼都做不到。

不但如此，我還給麻香添了這麼大的麻煩。

「……你不生我的氣嗎？」

「為什麼我要生妳的氣？就算我要生氣，也是對沒出息的自己生氣吧。」

「因為……我阻礙了你想做的事。」

「要是我因為自己想做的事而死，不就得不償失了嗎？」

我也不想死。

我會選擇參戰，確實是因為不希望熟人死掉。

可是，在做出這個決定之前，我煩惱了很久。

邦彥

既然我會煩惱，就代表我無法立刻做出決定。

因為對於若葉同學等人的主張，我在某種程度上是認同的。

而且跟梅拉佐菲談過後，我也沒那麼恨那傢伙了。

雖然恨意並非完全消失，但也不會想要跟他拚命。

「我原本以為自己能有一戰之力，但妳認為我們跟梅拉佐菲打起來就會死掉對吧？」

「沒錯。必死無疑。」

「這可真是教人沮喪～」

即使我知道梅拉佐菲的實力比較強，但我認為只要跟麻香聯手就有勝算。

可是，麻香否定了我的看法。

每當我和麻香的看法有出入時，通常都是她的看法比較正確。

換句話說，如果我跟梅拉佐菲打起來，我們早就沒命了。

「這樣啊～」

儘管覺得沮喪，但我也不知為何能夠接受。

「看來我的復仇人生就此結束了呢。我也該從悲劇的英雄畢業了。」

前世的我很討厭平凡的自己。

我一直期待遇到更有趣的事情，卻沒有主動行動。

而我終於實現願望，轉生來到了異世界，之後出生長大的部族被人消滅，因而為了復仇不斷

磨練自己。

我在族人全被殺光時的痛哭，還有誓言復仇時的憤怒，當然都是貨真價實的。

可是，如果問我是不是沉醉於這樣的處境，我也沒辦法立刻否認。

跟梅拉佐菲談過後，我被迫面對現實，心中的各種情感都失去了出口。

接著就發生了這場賭上世界命運的戰爭。

這讓我思考自己是否也能做些什麼。

「不過，我應該沒那個資格吧。」

我原本就是個毫無長處的平凡高中男生。

就算轉生到異世界，也無法成為拯救世界的英雄。

事情就是這麼簡單罷了。

「麻香。」

「什麼事？」

「謝謝妳。」

「不客氣。」

「還有就是……雖然我是這種人，還是想要跟妳共度一生。」

「你在說什麼廢話啊？這不是當然的嗎？」

「是這樣嗎？」

邦彥

「當然是這樣。我們今後也要一起活下去，結婚生子，在孫子的圍繞下衰老而死。最後還要說我們度過了美好的人生。」

「聽起來真不錯。到時候我們就手牽著手一起死去吧。」

「能這樣就太好了呢。」

啊啊……

雖然我無法成為英雄，但我今後必須努力成為麻香的好丈夫才行呢……

不過，為了悼念那個沒出息的自己，現在就讓我暫時哭一下吧。

麻香

「辛苦你了。」

邦彥哭累睡著後，我輕輕撫摸他的頭。

想到他竟然跟個孩子一樣哭到睡著，我就覺得有點好笑，輕聲笑了出來。

雖然他嘲笑自己，說要放棄當個復仇者與悲劇英雄，但一直陪伴在他身邊的我，很清楚他過去有多麼努力。

我知道他前世只是個普通的高中生，看到他那種逼著自己拚命努力的樣子，讓我感受到巨大的反差。

我實在學不來。

我討厭努力，也不想奮鬥。

我認為凡事都該適可而止。

平常得過且過就好，有必要的話就稍微努力一下。

我覺得這樣生活比較剛好。

拚命努力奮鬥這種事，並不符合我的個性。

我沒有那種熱情。

正因為如此，我才會尊敬能辦到那種事的人。

因為自己辦不到，我才會佩服那些拚命努力的人。

……雖然我無法理解就是了。

邦彥選擇了艱難的生存之道。

我甚至懷疑那股熱情會不會把他的身心都燃燒殆盡。

如果對方不是邦彥，我應該沒辦法堅持到最後吧。

事實上，我好幾次都差點開口說出「放棄吧」。

但我還是沒有把話說出口，這全是因為我想讓邦彥做自己想做的事。

我喜歡看著他勇往直前的樣子。

在背後支持他，其實意外地並不辛苦。

儘管為了跟隨邦彥的腳步，讓我不得不付出自己最討厭的努力。

待在邦彥身邊讓我感到內心平靜，完全不想離開。

我想放慢腳步，但邦彥想要全速奔跑。

我們的步伐明明不可能對上，卻還是兩人三腳地一起走到今天。

這肯定是個奇蹟。

要是中間有個環節出錯，就算這種關係徹底瓦解、無法復原也不奇怪。

麻香

有可能是我跟不上邦彥的腳步，也可能是他受到重傷，甚至是丟掉性命……

因為有著身為轉生者的優勢，讓我們得以一帆風順。

可是，我們今後不見得也能走得這麼順利。

我看到極限了。

跟魔族打仗的時候，我在跟梅拉佐菲的戰鬥中體認到這點。

即便我和邦彥兩人聯手也處於劣勢，靠著老師中途參戰，以及來自要塞的遠距離狙擊，才勉強跟他打成平手。

梅拉佐菲獨自對付我們四個人，還能保有撤退的餘力。

我們毫無勝算。

要是我們再次跟梅拉佐菲對決，我和邦彥應該都會被殺掉吧。

在妖精之里跟梅拉佐菲談過後，我的預測就變成確信了。

因為他跟若葉同學等人認識，才一直沒殺掉身為轉生者的我們。

我們拚盡全力都打得那麼辛苦了，他卻還留有能對我們手下留情的餘力。

他的實力深不可測。

我和邦彥應該也還有成長的空間。

不過，我們現在跟梅拉佐菲對決的話肯定毫無勝算，就算再過一段時日，也無法保證我們追得上他。

而且也沒有能讓我們立刻變強的手段。
剩下的時間也不夠。
在這種瞬息萬變的局勢中，我們什麼都做不到。
我只是個毫無幹勁的凡人。
無法抵抗巨大的潮流，也無力抵抗。
甚至不想跟這些事扯上關係。
如果情況允許，我想要遠遠地旁觀這一切。
我希望賭上世界命運之戰這種大事，能在我看不到的地方上演。
我想逃跑。
但是，邦彥沒有逃跑，而是為此陷入煩惱。
他平常明明不曾煩惱這麼久，這次卻皺起眉頭陷入沉思。
而他得到的結論，是要為黑神陣營而戰。
這就代表他要跟白神陣營為敵，也代表他要跟梅拉佐菲再次對決。
我過去一直讓邦彥做自己想做的事。
也認為支持他是自己的任務。
這讓我也陷入煩惱，不知道該怎麼做。
應該讓邦彥做自己想做的事，就算會死也要堅持戰鬥嗎？

麻香

還是應該用強硬的手段阻止他呢？

這是個困難的選擇。

因為我不得不做出選擇，看是要保護邦彥的自尊，還是要保住他的生命。

所以我也陷入迷惘，直到最後關頭才做出決定。

面對梅拉佐菲時，我覺得我們死定了。

然後我幾乎是下意識地做出行動。

我打昏邦彥直接逃走。

幸好梅拉佐菲沒有追殺我們。

他應該也沒理由追殺我們吧。

雖然梅拉佐菲對我們來說是仇人，但我覺得他反倒有些同情我們。

到頭來，邦彥的熱情就只是他的一廂情願。

邦彥也在妖精之里體認到這點，給我一種熱情找不到出口的感覺。

不過，邦彥在難得煩惱了這麼久之後，卻還是選擇了戰鬥，肯定是因為他也有著無法退讓的信念吧。

但我踐踏了他的信念。

我覺得我們可能到此為止了。

我有信心我們的關係很難遭到破壞。

即使如此，這次的事件很有機會會造成這個結果。
因為我親手毀掉了邦彥這輩子最重要的舞台。
我早就做好當他醒來後會痛罵我的心理準備。
我們很可能再也無法和好如初。
可是，就算事情會變成那樣，我還是希望邦彥活下去。
不過，結果我白擔心一場了。
他不但沒有罵我，反倒還向我道歉。
在我覺得自己才應該道歉，並對此感到歉疚的同時，我也發現連這種事都無法斬斷我們的羈絆，為此感到放心與歡喜。
部族被梅拉佐菲毀滅後，我們狼狽地逃到城鎮。
當時就是邦彥牽著我的手。
也是他陪伴著我。
因此，我下定決心要永遠陪在他身邊。
……只要不被邦彥本人甩掉。
比起部族莫名其妙地被人毀滅，害我們走投無路的時候，我現在更難預料未來會是什麼樣子。
前方可能是我追求的平凡人生，也可能是邦彥追求的冒險人生。

麻香

說不定根本沒有那樣的未來，我們的人生再過不久就要宣告結束。

可是，正因為如此，我才要一直待在邦彥身邊。

直到死亡將我們分開。

拉斯

「咕哇！」

對方是同時兼具龍與魚特性的人型生物。

我一劍砍飛對方的手臂。

「可惡啊！」

眼前這個要叫做半魚人或龍人都行的敵人，揮舞牠剩下的那隻手。

牠揮舞手臂的動作捲起一道水流，準備把我整個人吞沒。

面對敵人的攻擊，我擲出匕首大小的炸裂劍。

炸裂劍應聲爆炸，與那道瀑布強烈碰撞。

面對分量驚人的水流，炸裂劍的爆炸頂多只能在一瞬間擋住水流。

但這樣就足夠了。

我利用那一瞬間拉近跟敵人的距離，準備砍下對方的腦袋。

對方移動上半身避開這一劍，結果只被劃傷脖子。

可是，我用的是二刀流。

我用另一把魔劍刺向敵人的心臟。

就在劍尖即將碰到對手的瞬間，一道瀑布打在我身上，把我推了開來。

真可惜。

對手不愧是古龍，沒那麼好對付。

不過對方已經失去一隻手，而且遍體鱗傷。

一群水之古龍殺進艾爾羅大迷宮上層。

雖然剛開始時是蘇菲亞小姐一個人對付牠們，但她不可能獨自守住面積廣大的艾爾羅大迷宮上層，我才會趕來助陣。

地形狹窄且複雜的艾爾羅大迷宮上層不是我擅長的戰場。

我最擅長的戰法是利用炸裂劍與魔劍展開大範圍破壞攻擊，但這種戰法在上層會造成崩塌，讓我不得不放棄這種戰法。

所以我希望把這裡交給蘇菲亞小姐獨自防守，但現在也別無選擇了。

因為有好幾頭古龍同時從不同地方，打穿了從上層通往海底的大洞，讓整個艾爾羅大迷宮都開始被水淹沒。

雖然考慮到艾爾羅大迷宮的寬廣面積，應該不會馬上出問題，但也不能就這樣放著不管。

我們必須儘快排除掉這些水龍。

可是，對手可是古龍。

在實力原本就很強悍的龍族之中，這些古龍又是活得更久也更強悍的傢伙。
不但很難擊敗，就算反過來幹掉我們也不奇怪。
儘管我原本是這麼想的，但看來是我想錯了。
「這怎麼可能！我竟然打不過人類！」
「很遺憾，我不是人類。」
我是鬼族。
也許是把我這句話當成挑釁，水龍發出吼聲操縱水流。
我也在同時衝向前方，與水龍擦身而過。
水龍的頭顱飛了出去。
牠正在操控的狂暴水流噴出水花，然後又逐漸平息下來。
看著水龍的屍體沉進水底後，我離開現場找尋下一個對手。
這些水龍很強大。
牠們在海中君臨於生態系的頂點，把大海變成誰也無法穿越的魔境。
實力不可能不強。
可是，那種強大反倒招來了惡果。
牠們太過強大了。
因為牠們在自己的地盤上所向無敵，過去肯定都是單方面蹂躪敵人。

所以，牠們缺乏戰鬥的經驗。

因為牠們根本不需要戰鬥，就能讓對手沉進海底。

力量強大，戰法卻很單調。

十分容易對付。

更何況，這裡不是牠們的地盤——海洋。

這裡不像海中有用不完的水，雖然開始淹沒了，但也還是陸地。

地形對我也不算有利，但牠們的實力受到了限制。

此外，牠們原本身為龍族的身體應該非常巨大吧。

但我看到的水龍全都變成人型了。

雖然龍可以變成人型，但如果要發揮真本事，應該還是用原本的模樣比較好。

在有著這麼多限制的情況下，缺乏實戰經驗的牠們打不過我也很正常。

老實說，我有些同情無法完全發揮實力，就結束古龍漫長生涯的牠們。

可是，牠們也沒有白白送命。

牠們在上層打穿的海底洞穴，至今也還沒被堵起來。

儘管蘇菲亞小姐有辦法讓海水凍結，暫時把洞穴堵上，但我只能用火焰與雷電進行破壞。

實在沒辦法把洞堵起來。

早知道會這樣，我就應該學習土系魔法，但現在為此後悔也無濟於事。

現在這身本領明明是出於我自己的希望，卻只能用在破壞上，讓我覺得很空虛。
總之，我必須儘快消滅所有水龍，把被打穿的洞穴堵起來。
在我們之中有能力堵住洞穴的人，就只有蘇菲亞小姐了。
既然如此，我就應該接手對付蘇菲亞小姐正在交戰的水龍首領，讓她去堵住那些破洞。
所以我才會一邊前往蘇菲亞小姐她們那邊，一邊打倒在途中遇到的水龍。但她們在戰鬥的同時不斷移動。
雖然我也在全速追趕，卻遲遲無法縮短距離。
這是因為水龍首領一邊戰鬥一邊逃離蘇菲亞小姐身邊。
而蘇菲亞小姐也發起火來不斷追殺她。
那位水龍首領還真是聰明。
她八成是發現自己打不贏蘇菲亞小姐，才決定全力爭取時間。
她應該無法爭取到足以讓艾爾羅大迷宮完全淹沒的時間，但她還是想要儘量活久一點，試圖把我們逼入絕境。
蘇菲亞小姐應該也明白這點。
但是，她還是無法徹底解決對手。
而且我們也不能把水龍首領放著不管。
要是放任力量如此強大的水龍首領自由行動的話，她又會在其他地方鑿開大洞，讓這裡提早被淹沒。

所以，即便明知對方使用拖延戰術，她還是只能去追趕到處逃竄的水龍首領。

……我想她應該不是單純覺得不爽，就不顧一切追著對方。

雖然理想情況是讓蘇菲亞小姐和我一起夾擊水龍首領，兩人聯手秒殺敵人，但這件事沒那麼容易。

從她們目前正在不斷遠離我的舉動便可得知，水龍首領很快就發現我的存在，並且做出了反應。

可見她很擅長掌握情況，做出判斷的速度也很快。

實在是個難纏的對手。

既然如此，就算沒辦法夾擊敵人，我也應該儘快跟蘇菲亞小姐會合。

然而，海水擋住了我的去路。

有些地區已經完全被海水淹沒。

上層的地形原本就很複雜，讓人難以全速移動，而在被海水淹沒的通道前進，又會讓速度變得更慢。

這實在讓人很不耐煩。

此外，前方還傳來水龍的氣息，像是要擋住我的去路。

如果我在這裡跟對方交戰，又會被耗掉一些時間，變得更晚才能追上蘇菲亞小姐。

即便明知如此，我還是無法無視水龍繼續前進。

「煩死人了。」

我忍不住小聲咒罵。

看來只能把這股不滿發洩在眼前的水龍身上。

想到這裡，我立刻繃緊神經，準備與敵人交戰。

可是，有四道人影從後面追過我，撲向在前方埋伏的水龍。

那不是操偶蜘蛛怪四姊妹嗎？

她們不是正在保護愛麗兒小姐嗎？怎麼會在這裡？

不，答案不用想也知道。

肯定是愛麗兒小姐看到目前的戰況，認為人手不足，才會派她們前來助陣。

這真是幫了大忙。

可是，這樣愛麗兒小姐身邊的守備沒問題嗎？

敵人也很可能利用上層陷入混亂時，對下層與最下層發動奇襲。

以前還沒關係，但現在的愛麗兒小姐幾乎沒有戰鬥能力。

天曉得這種減少愛麗兒小姐身邊護衛的決定，造成的後果是吉還是凶。

要是愛麗兒小姐有個萬一，白小姐的反應應該會很可怕吧。

看來我必須加快腳步的理由又多了一個。

「這裡就交給妳們了！」

對操偶蜘蛛怪四姊妹這麼說後，我把水龍交給她們對付，一個人繼續前進。

如果她們四個人聯手，就算面對實力較強的水龍應該也不會戰敗。

而且，水龍因為地形因素無法發揮本領，但是身為蜘蛛的她們，卻擅長在地形複雜的地方戰鬥。

換句話說，這個上層是她們的獵場。

雖然這裡正在淹水，應該會稍微阻礙她們的行動，但也不會是太大的問題。

畢竟她們甚至有辦法追上我。

儘管在能力值上是我的速度比較快。

這就代表她們比我還要擅長利用地形跳躍移動。

想到這裡，又想到我無法堵住洞穴這件事，讓我發覺自己還太嫩了。

這明明是最後一戰了，竟然還讓我體認到自身的不足。

可惜我以後也沒機會活用這樣的經驗。

……我竟然會覺得可惜？

既然還有這種想法，就表示我心中還有眷戀嗎？

我不打算活著打完這一戰。

因為我的雙手沾了太多鮮血。

這樣應該夠了吧？

早在殺掉布利姆斯替哥布林們報仇時，我就失去活下去的意義了。

不但如此，當初死在那間教室裡時，我或許應該就那樣死去比較好。

今世的我只是在苟且偷生。

如果只有自己苟且偷生就算了，我還害死了許多人。

既然如此，我就必須付出代價。

而我能夠付出的代價就只有這條命。

所以，不管這一戰是贏還是輸，我都不打算活下來。

然而……

腦海中閃過過去那段熱鬧的日子。

蘇菲亞小姐跑來找我麻煩，不知所措的梅拉佐菲先生躲在她身後，愛麗兒小姐說著「算了算了」出面調解，白小姐置身事外地旁觀著一切，偶爾還會一腳踹飛蘇菲亞小姐。

那段日子儘管吵鬧，但我並不討厭。

可是，那種生活已經結束了。

那段日子再也不會回來。

我很久以前就做好這樣的覺悟。

所以，我不能鬆懈。

我要集中精神。

完成自己的使命。

為了完成使命，我要先接手對付水龍的首領！

看到了！

我全速奔跑，時而游過被水淹沒的通道，終於趕到蘇菲亞小姐和水龍首領交戰的地方。

水龍首領一直邊打邊跑，讓蘇菲亞小姐拚命追趕。

雙方的遠距離攻擊對決難分軒輊。

不過，因為冰與水的屬性特點，讓蘇菲亞小姐看起來很難有效進攻。

雖然蘇菲亞小姐有辦法凍結敵人的水，讓那些冰也會變成幫助水龍首領逃跑的牆壁。

可是，如果不把水凍結起來，又會讓可以自由操縱水的水龍首領能夠行動自如。

也難怪這會讓她耗掉這麼多時間。

縱使最後應該還是實力較強的蘇菲亞小姐會贏，但要是把這個敵人交給她對付，在雙方分出勝負之前，艾爾羅大迷宮可能就淹沒了。

「蘇菲亞小姐！」

「……啐！」

看到我出現後，蘇菲亞小姐發出咂嘴聲。

「這裡就交給我吧！請妳去堵住洞穴！」

「……好啦！我明白了！那就交給你了！」

大聲這麼說後，蘇菲亞小姐轉身離開。

考慮到蘇菲亞小姐的個性，她應該想要親手分出勝負才對。

可是，正是因為她把我們全體的勝利擺在個人的勝利之前，才會把這一戰託付給我。

若非如此，自尊心強的蘇菲亞小姐絕對不會把自己的獵物讓給別人。

蘇菲亞小姐把陣營的勝利擺在自己的心情之前，我絕對不能辜負她的心意。

「看來局勢對我很不利呢。」

水龍首領開口了。

「但是，這樣真的好嗎？你們不聯手對付我嗎？」

「沒那個必要。很快就會結束了。」

聽到我這麼說，水龍首領不悅地板起臉孔。

「這種說法是不是有點太看不起我了？」

「沒那種事。就是因為沒有看不起妳，我才要使出全力，速戰速決。」

水龍首領的實力應該相當強大。

如果是在她能發揮本領的海裡戰鬥，蘇菲亞小姐和我應該也有可能戰敗吧。

她的戰鬥技巧比其他水龍還要好。

從她面對蘇菲亞小姐還能取得優勢爭取時間這點，就能看得出來了。

可是，正因為如此，我才要全力以赴。

我不得不使出全力。

「我要擊垮你那種過度的自信！」

我並沒有過度自信。

正因為對水龍首領有著很高的評價，我才會使出這張王牌。

名為「憤怒」的王牌。

「喝啊啊啊啊啊啊啊啊啊啊啊！」

在我發動憤怒的瞬間，世界立刻變得一片赤紅。

大腦、心臟、身體和每個細胞，都在叫我殺盡所有生物。

我放任這股難以抗拒的衝動，朝向眼前的水龍首領揮出魔劍。

雖然水龍首領有一瞬間被我的怒吼和氣魄震懾，但她不愧是古龍，很快就重新振作，對我使出水流攻擊。

洪水完全淹沒狹窄的通道。

根本無處可躲。

可是，我不需要閃躲。

我完全解放火焰與雷電魔劍的力量，並且纏繞在自己身上。

火焰與雷電包覆住我的身體，讓進逼而來的洪水應聲消失。

「騙、人……」

雖然洪水蒸發時產生的衝擊波向我襲來，但我無視那些阻礙繼續前進，把水龍首領一刀兩斷。

當我發動憤怒時，所有能力值都會高達９９９９。

這已經是最大值了，只論數值的話，甚至還超越全盛期的愛麗兒小姐。

尋常攻擊完全傷不了我，也幾乎沒有我斬不斷的東西。

只是代價也很巨大。

「哈啊！哈啊！快給我冷靜下來啊！」

我解除「憤怒」，讓差點就要被吞噬的精神恢復平靜。

「憤怒」會讓人失去理智。

一旦精神被「憤怒」吞噬，我就會變成毫無理智、見人就砍的怪物。

即便我鍛鍊了能減輕對靈魂與精神造成之影響的「外道抗性」，甚至將它昇華為「外道無效」，也還是無法消除「憤怒」造成的負面影響。

只是短時間的話，我有辦法像這樣靠自己的力量復原，但如果繼續使用這招，我很肯定自己絕對無法找回理智。

系統八成有做過特殊的設定，讓人無法消除「憤怒」的負面影響吧。

雖然我一直儘量避免發動「憤怒」，但這位水龍首領讓我不得不使出這張王牌。

蘇菲亞小姐和我的實力差不多。

如果我要在短時間內，擊敗她花了許多時間都無法擊敗的敵人，就只能拿出這招。

「咕嗚！對不起，我輸了……我要奉、獻……」

上半身與下半身早已分家的水龍首領小聲呢喃。

然後，她的身體立刻化為塵埃消失不見。

……我懂了。

她剛才應該是獻出自己了吧。

讓自己的靈魂變成系統的食糧。

只要把靈魂本身獻給系統，就能讓其中的所有能源都回歸系統。

因為靈魂本身會消失不見，當然就再也無法輪迴轉生。

那甚至不算是死亡，而是回歸虛無。

然而，她依然在死前獻出自己的靈魂。

這代表她也是做好這樣的覺悟面對這一戰。

跟我一樣。

「妳先去那邊等我吧。我也會在這一戰中獻出靈魂的。」

不管這一戰是贏還是輸，我都決定要獻出自己的靈魂。

我不認為光是死亡就能替自己贖罪。

所以我要獻出自己所有的一切。

可是，現在還不是時候。

為了不讓被我親手葬送的人們白死，我要努力讓白神陣營取得勝利。

即便結局會是我的消滅。

在水龍首領消失的地方短暫默禱後，為了擊敗剩下的水龍，我繼續往前邁進。

Iena

水龍伊艾娜

本名是伊艾娜。她是廣闊海洋的霸主，也是統率所有水龍的古龍族長。在各種龍族的族長之中，她擁有最多的眷屬。此外，其實力也是龍族最強，可說是古龍之中的首領。她原本的模樣是全長將近兩百公尺的東方型巨龍。她能操縱大量海水淹沒一切，把敵人沖進水裡淹死。只要是在海上戰鬥，不光是其他古龍，所有神話級魔物都不是她的對手，可說是海之霸主。雖然其人類型態是一位外表文靜的女性，但個性跟外表相反，是個說話不留情，而且動不動就使用暴力的武鬥派。這也是其他古龍族長都無法違抗她的原因。

菲莉梅絲

我該怎麼做才好？

聽到妖精和波狄瑪斯的所作所為後，讓我明白自己以為是在保護學生的行為，其實反倒害得他們陷入危險。

過去所做的一切，全都只是徒勞無功。

我還來不及為此後悔，就遇上世界任務這種怪事。

已經無法思考了。

我好想放棄思考盡情哭喊，縮起身體躲在被子裡。

然後一覺醒來時，就發現回到自己位在日本的房間。

我希望自己能在睡醒的同時，因為發現過去那些事只是惡夢而放心。

可是，那種事不可能發生。

這裡不是夢境，而是現實。

所以我無處可逃。

只能抱著膝蓋縮起身體，關閉自己的心扉。

「老師！請妳振作一點！」

然而，情況甚至不允許我這麼做。

工藤同學拉住我的手，硬是逼我站起來。

「我們難道不能飛走逃命嗎！」

「我又不知道這東西要怎麼駕駛！」

「我找到發射光線的按鈕了！總之趕快射擊就對了！」

學生們的怒吼聲響徹駕駛艙。

我們現在就坐在據說是由妖精製作的ＵＦＯ上。

這是我們離開妖精之里時，魔王所使用的交通工具。

魔王說我們可以隨意使用後，就丟下這東西離開了。

田川同學和櫛谷同學說要為黑神陣營戰鬥後就走了，草間同學也說他要回神言教那邊一趟後就離開了，剩下的轉生者幾乎都長年在妖精之里生活，因此沒有可以回去的地方。

逼不得已，我只好召集剩下的轉生者，大家一起搭上這架ＵＦＯ，討論今後的計畫。

就在這時，魔物對這架ＵＦＯ展開攻擊。

之後魔物變得越來越多，才演變成現在這種情況。

「可惡！為什麼會有這麼多魔物聚集過來！」

「不就是因為這是禁忌的產物嗎？」

為什麼會有這麼多魔物聚集在這架ＵＦＯ旁邊？

答案八成是因為這架ＵＦＯ是這個世界不該有的機械兵器。

就算魔物都被設定成對這種東西懷有敵意，也一點都不奇怪。

雖然魔物會積極襲擊人類，但我從未見過，也不曾聽說過魔物會這樣不顧一切地跨越種族隔閡一起襲擊人類。

或許是世界任務對魔物造成了某種影響，才會讓牠們像這樣發動攻擊。

也可能兩者都是。

為了設法操縱這架ＵＦＯ，學生們在駕駛艙裡做了各種嘗試。

看來他們似乎找到用來防衛的迎擊武器，從ＵＦＯ射出光線，把魔物一掃而光。

照理來說，這樣應該就能讓魔物害怕而逃走，但牠們反而發動了更激烈的攻勢。

大型魔物用身體衝撞ＵＦＯ發出巨響。

儘管這架ＵＦＯ比那隻大型魔物還要巨大，讓那股衝擊無法傳到這個駕駛艙，但還是讓學生們嚇得縮起身體。

對於過去都在妖精之里生活，與這種危險事情無緣的他們來說，這幅光景應該很有震撼力吧。

「老師也快去找看看有沒有教人怎麼起飛的說明書！這是你們妖精做出來的東西不是嗎！」

工藤同學硬把我帶到駕駛艙裡的操縱面板前面，讓我坐了下來。

菲莉梅絲

就算她這麼說，但我並不曉得妖精做出了這種東西，當然也不知道該怎麼駕駛。

即便我坐在這邊不知所措，時間也不會等我，我只能茫然地看著學生們手忙腳亂地迎擊魔物的樣子。

我受夠這一切了。

腦袋裡莫名地一片空白，讓我完全不想行動。

連在這種時候都說不出一句好話，也沒有採取行動的鬥志。

看來我果然沒資格當老師……

「老師！」

「班長！別管她了！先解決這邊的問題吧！」

「可是！」

工藤同學等人好像在爭執。

即便如此，我還是沒有行動。

我不想行動。

我已經努力夠多了。

但那些努力都是白費力氣。

全是徒勞無功。

既然這樣，那我不管做什麼都沒用。

既然都是白費力氣，那我放棄行動不也無所謂嗎？

「嗚……嗚……」

我在椅子上抱著膝蓋哭泣。

我明明是個成年人，還讓學生看到這麼沒出息的樣子，卻完全不會感到羞恥。

看來我的心靈也變得跟妖精的嬌小身體一樣幼稚了。

「啊！外面竟然有人！」

其他人的驚呼聲讓我抬起頭，接著透過螢幕看到兩個人在跟魔物戰鬥，保護著這架ＵＦＯ。

對方是一個舉著盾牌擊退魔物的男人，以及一個躲在那男人身後施展魔法的女人。

他們不就是俊同學的同伴——哈林斯先生和安娜小姐嗎！

就算哈林斯先生是前任勇者的同伴，安娜小姐也是老練的魔法師，也還是寡不敵眾。

「老師！」

想到這裡，我的身體自然動了起來。

我剛才明明還那麼不想動。

我衝出駕駛艙，前往ＵＦＯ的出口。

打開出口的艙門衝出去後，我才想起自己手無寸鐵。

可是，我還能使用魔法。

「快趴下！」

我就這樣衝到哈林斯先生和安娜小姐身後，同時施展魔法。

狂暴的風系魔法將魔物捲進去，製造出一個空白地帶。

「趁現在進去裡面！」

「別管我們了！你們快點起飛吧！」

「我們不知道該怎麼起飛！你們也快點進到裡面！應該比待在外面安全！」

「妳說什麼！可惡！至少也該教會他們怎麼駕駛再離開吧！」

哈林斯先生一邊咒罵，一邊拉著安娜小姐的手拔腿就跑。

雖然躲過風系魔法的魔物追了上去，但我和安娜小姐又再次施展魔法加以牽制。

我們就這樣跑到開著沒關的艙門前面，三個人一起衝進ＵＦＯ。

當哈林斯先生準備手動關閉艙門時，魔物也試圖衝進來。

我再次用風系魔法擊退牠們。

然後，艙門被哈林斯先生親手關起來了。

「呼……不對，現在還不是休息的時候。」

哈林斯先生立刻前往ＵＦＯ內部。

儘管他毫無猶豫的步伐讓我略感困惑，我還是追了上去。

「老師好厲害喔！」

當我回到駕駛艙時，學生們都出言稱讚我，但情勢依然無法預測。

「大家別停下來！繼續動作！」

「沒問題！」

「了解！」

回給我士氣高昂的答覆後，學生們又重新面對自己負責的操縱面板。

「老師，看來妳振作起來了呢。」

縱使工藤同學對我這麼說，但我也不是很清楚自己是否振作起來了。

剛才只是身體在情急之下動了起來，我擔心自己或許很快又會重新癱坐不起。

哈林斯先生無視於我們的互動，開始操縱其中一個控制面板。

他操作的速度很快，就好像他知道該怎麼使用一樣。

「哈林斯先生？」

就在我呼喊他名字的同時，ＵＦＯ也發出震動浮到空中。

「我們飛起來了！」

「大家抓緊了！」

哈林斯先生的呼喊聲讓我回過神來，伸手抓住附近的牆壁。

下一瞬間，ＵＦＯ急速上升。

我們甩開魔物飛起來了。

也許是拜妖精的技術所賜，雖然ＵＦＯ動得很激烈，但駕駛艙內部卻沒有感受到衝擊。

就算我沒有抓住其他地方，應該也不會被甩飛出去。

地面離我們遠去。

魔物們的身影很快就消失不見。

目送著魔物的身影不見蹤影，學生們總算鬆了口氣。

「呼……總算是搞定了。」

看到這一幕，哈林斯先生也放鬆了僵硬的肩膀。

「那個……哈林斯先生，你怎麼會……？」

為什麼他知道這架ＵＦＯ的操縱方法？

出於這樣的疑惑，我問了這個問題。

「也對，事情到了這種地步，也沒必要繼續隱瞞了。我是哈林斯・克沃德。此事絕無虛假。可是，我還有另一個身分。我是在世界任務中提到的那個黑神，也就是這個星球的管理者——邱列迪斯提耶斯的分體。」

結果哈林斯先生說出了不得了的爆炸性發言。

「因為黑神無法直接干涉人類社會，才會為了觀察而創造出分體。黑神就是透過我的雙眼在觀察人類社會。不過，他的目的不是監視人類，更像是為了排解漫長歲月的無聊。所以，我的任務對這個世界來說幾乎毫無意義。就算事情演變成這樣，這點也沒有改變。畢竟我本身的實力就跟真正的普通人類沒兩樣，就只有哈林斯本身的力量。而且雖然我擁有黑神的記憶，也能暫時跟黑神本人同步化，但整體來說還是一直以哈林斯的身分活著。即使黑神可以對我做出干涉，但我完全無法反過來干涉他。所以，我現在也無法跟他取得聯絡。」

說完，哈林斯先生聳聳肩膀。

也就是說，他之所以有辦法操縱這架ＵＦＯ，是因為他擁有黑神的記憶。

安娜小姐似乎也不知道哈林斯先生是黑神的分體，始終都是一副驚訝的表情。

「把剛才那些話結合起來，意思就是你是名為哈林斯的人類，不是黑神對吧？」

「妳要這樣想也行。對了，我可能就跟你們這些轉生者差不多吧。我只是擁有名為黑神的前世記憶的普通人類，這樣想就八九不離十了。」

原來如此，對我們這些轉生者來說，這個比喻真的很容易理解。

「那……你要為黑神而戰嗎？」

「……不，我剛才也說過了，我只有普通人類的實力，沒辦法介入這場戰爭。所以，我並不打算做些什麼，只是碰巧看到這艘飛船遭到襲擊罷了。」

哈林斯先生苦笑了一下。

我不認為他在說謊。

「不過，雖然我不會站在黑神那邊，但我會為他加油。因為我擁有黑神的記憶，很能體會他的心情。」

「你明明能體會他的心情，卻不願站在他那邊嗎？」

「正因為能體會他的心情，我才不認為黑神陣營的做法正確。黑神本人應該也這麼認為吧。可是，就算他不認為這種做法正確，卻有不得不這麼做的理由，才會選擇這麼做。所以，就算我會為他加油，也不會實際幫助他。」

……原來是這樣嗎？

看來黑神的心情也相當複雜。

即便我算是半個局外人，看過禁忌的內容後，也很難判斷到底哪一邊是對的，心情有些複雜。

黑神身為當事者，可以想見他的心情肯定比我還要複雜。

「因為這個緣故，我不打算介入這場戰爭。所以，我對擁有支配者權限的妳也沒有任何想法。我會負責保護這艘飛船的。」

哈林斯先生舉起雙手，表示自己人畜無害。

「不過，我想要跟岡小姐單獨聊聊，可以嗎？」

「當然可以。」

「先等一下。」

我答應了這個要求，但工藤同學阻止了我。

「我們可以相信他嗎？」

工藤同學在我耳邊小聲問道。

「我想應該沒問題才對。」

我沒有從哈林斯先生身上感覺到邪念。

「……我信不過妳看人的眼光。」

……多年來一直被波狄瑪斯隨意擺布的我，實在無法反駁。

「如果妳會擔心，我們就在妳看得見的地方交談吧。假如是這個駕駛艙的角落，應該就聽不到我們說話的聲音了。這樣妳們同意嗎？」

就跟哈林斯先生說的一樣，這個駕駛艙很寬廣，只要走到角落，別人應該就聽不到我們說話的聲音了吧。

而且那裡是其他人都看得到的地方，確實是個好選擇。

「我無所謂。」

「……男生們做好準備，要是他對老師動手，你們就立刻趕過去。」

工藤同學對男生們這麼說，男生們也一臉嚴肅地點頭，但我想就算他們所有人聯手，應該也打不過哈林斯先生。

前任勇者的同伴可不是當假的。

這些學生一直都在妖精之里生活，幾乎不曾提昇過等級，應該沒辦法跟哈林斯先生對戰吧。

在我們之中，頂多只有我和安娜小姐有辦法對付哈林斯先生。

如果哈林斯先生心懷鬼胎，早在讓他踏進這架ＵＦＯ時，就已經來不及阻止他了。
要是他另有所圖，到時候也只能由我來阻止。
雖然我個人覺得他應該可以信任就是了……
我跟哈林斯先生一起走到駕駛艙的角落。
「我不想被人偷聽到這些話，接下來我們就用念話聊吧。」
「好的。」
『妳聽得到嗎？』
『聽得到。』
我們改用念話開始交談。不知道哈林斯先生到底想說什麼？
難道是讓他不惜改用念話交談，也不想被學生們聽到的話題嗎？
『岡小姐，我猜妳應該擁有能得知轉生者未來的技能，我想知道那個技能現在是如何描述轉生者們的未來的？』
『你怎麼會知道這件事！』
我應該不曾告訴哈林斯先生，說我擁有「學生名冊」才對。
「學生名冊」是我的專屬技能。
其效果是可以得知轉生者們過去、現在與未來的粗略情報。
就是因為在關於未來情報的項目中，提到許多轉生者死亡的未來，我才會想要把他們帶到妖精之里加以保護。

我也是透過關於過去情報的項目，找到轉生者們出生的地點。

『這並不難推測。既然妳可以從這個廣大的世界精準找出轉生者的位置，並把他們帶到妖精之里保護，就表示妳擁有能取得轉生者情報的手段。此外，如果妳確信自己必須保護轉生者，就表示妳也擁有關於他們未來的情報。比如說，轉生者們死亡的未來之類的。』

……被他猜中了。

『可是，妳卻沒有說出這件事。這就代表妳被禁止說出這件事。這樣一想，一切就說得通了，我有說錯嗎？啊，要是妳連這個問題都不方便回答，就不用回答我了。』

……這件事也被他猜中了。

『如果不能告訴別人的話，妳什麼都不用告訴我。不過，我希望妳能確認一下，看看那個技能現在是怎麼描述轉生者們的未來。』

『……我明白了。』

這麼說來，因為最近發生了許多事，讓我在妖精之里那一戰後就不曾確認過「學生名冊」。

當時在「學生名冊」上，那些擁有許多技能的轉生者，死因都是因為技能被剝奪而死亡。

此外，由古——夏目同學的死因則是在妖精之森戰死。

可是，夏目同學並沒有死在妖精之森，他成功活了下來。

未來從那時候就改變了。

所以，「學生名冊」上記載的其他轉生者的未來，也很可能有所改變。

更何況，現在還發生了世界任務這種怪事，沒有出現變化反倒奇怪。

我戰戰兢兢地閉上眼睛，發動「學生名冊」。

學生們的情報浮現在我眼前。

結果……

「咦！哇！」

我連續發出兩次驚呼聲。

第一次發出驚呼，是因為「學生名冊」上的內容。

第二次發出驚呼，則是因為ＵＦＯ的晃動。

「敵人來襲！敵人來襲！」

其中一位學生叫了出來。

因為他的叫聲，於是我看向駕駛艙裡的巨大螢幕，結果就看到一群會飛的魔物團團圍住這架ＵＦＯ。

「牠們竟然追到這種地方！」

工藤同學脫口說出我內心的感想。

「看來我們應該晚點再聊。」

「啊……」

哈林斯先生離我遠去。

既然遭到敵人攻擊，確實應該晚點再聊比較好。

可是，這個情報很重要！

我拉住哈林斯先生的手。

「怎麼了嗎？」

哈林斯先生驚訝地回過頭來。

現在不是說話的時候。

不過，這件事我非得馬上說出來不可！

「不是這樣的！這樣是不行的！再這樣下去，人類會滅亡的！」

「妳說什麼！」

「我們都誤會了！白神不是邪神！」

「……妳這話是什麼意思？」

我們都誤會了！

我們搞錯世界任務裡提到的邪神身分了！

《世界任務開始。爲了防止世界毀滅，請阻止企圖犧牲人類的邪神的計畫，或是要幫助邪神也行。》

當系統發布世界任務時，曾經提到過邪神的存在。

在之後的任務階段中，我們得知白神打算犧牲超過半數的人類，藉此解放女神莎麗兒。

同時還得知我們可以透過祈禱協助白神。

這讓我們擅自認定白神就是邪神。

可是，事實並非如此。

《邪神D敲響最後審判的鐘聲。半數的人類被邪神D親手消滅。》

「學生名冊」上不知為何寫著這一句話。

「邪神D會敲響審判的鐘聲！想要犧牲半數人類的人是邪神D！」

「喂喂喂……不會吧……」

哈林斯先生用顫抖的手摀著嘴巴。

「這種事有可能發生嗎？不……那位大人很可能做出那種事吧？那麼做反倒比較像是她的做風！可惡！想不到事情竟然會是這樣！」

哈林斯先生粗魯地弄亂自己的頭髮。

「不管白神和黑神最後是誰得勝，D大人都打算犧牲半數人類嗎！」

那現在這場戰爭到底是為何而戰？

「為什麼『學生名冊』上會出現這種訊息……」

「想也知道。因為那個名叫『學生名冊』的技能，就是D大人交給妳的東西。」

「就算是這樣，她傳遞這種訊息給我有何意義？」

「也許是故意給我們提示吧。她想要給我們一絲希望，讓我們得以免於滅亡。」
就算他說這是一絲希望，我也不知道該如何是好。
「啊！」
就在我和哈林斯先生談話的時候，外面的戰況似乎出現變化了。
螢幕上出現激烈的閃光，讓我忍不住閉上眼睛。
然後，當我怯怯地睜開眼睛時，我在螢幕上看到一位騎在竜背上的熟人。
「俊同學！」
「修！」
我和哈林斯先生同時發出驚呼聲。
出現在螢幕上的人，正是擊敗空中那群魔物的俊同學一行人。

俊2

跟教皇見面後，我開始思考今後的計畫。

老實說，我已經不知道該如何處理這種狀況了。

白神陣營的魔王等人都躲在艾爾羅大迷宮裡，想見也見不到。

雖然我曾想過要去看看情況，也實際前往現場附近，但女王蜘蛛怪已經鎮守在那裡，而且到處都是牠率領的蜘蛛型魔物。

完全感受不到可以對話的氛圍。

更何況，我和夏目都擁有支配者權限，隊伍中還有隸屬於黑神陣營的古龍——風龍修邦先生、冰龍妮雅小姐與闇龍雷瑟先生。

要是我們貿然接近，很可能會被對方當成敵人攻擊。

正當我不知所措時，我偶然發現遠方的天空有架ＵＦＯ遭到魔物襲擊。

我第一時間當然不相信自己的眼睛，又重新確認了一次。

因為這裡是奇幻世界，但卻出現了ＵＦＯ這種東西？

不光是我，蘇和夏目也看傻了眼。

可是，當我們跟教皇談話時，就曾經聽說魔王等人搭乘妖精製造的宇宙飛船前往艾爾羅大迷宮的事情，讓我立刻察覺那架ＵＦＯ就是他口中的宇宙飛船。

因為想要碰碰運氣，看看能不能見到白神陣營的成員，我們決定保護那架ＵＦＯ。

接下來發生的事情，根本就是單方面的蹂躪。

『哇哈哈哈哈！憑你們也想在空中打贏本大爺，回去練個百年……不！回去練個千年再來吧！』

即使身軀巨大，但風龍修邦先生依然以驚人的速度在空中縱橫馳騁。

修邦先生變回原本的龍型姿態後，轉眼間就消滅那些圍攻ＵＦＯ的魔物了。

雖然我也有騎在菲的背上幫忙戰鬥，但其實根本就不需要我。

修邦先生的實力就是如此強悍。

這就是古龍族長的實力嗎……？

我覺得自己毫無勝算。

而打算跟這些古龍族長對決的白神陣營，同樣也不是我能戰勝的對手。

就這點來說，我選擇不加入任何一方，並不是個錯誤的決定。

就算我加入其中一方，也算不上是戰力，應該早就沒命了吧。

因為那些魔物都被消滅，ＵＦＯ就在空曠的地方降落了。

然後，我看到熟悉的面孔從裡面走出來。

那就是以老師為首的轉生者們，還有哈林斯先生與安娜！

「各位！」

我騎在菲的背上揮手，逐漸向大家接近。

「大家都平安無事吧！」

「那是我要說的話！你們到底跑去哪裡了！」

老師看起來一副氣沖沖的樣子。

經她這麼一說，我才明白她為何生氣。

因為站在老師的角度來看，我就像是突然失蹤一樣。

「其實我是被這傢伙轉移到不知名的地方……」

我拿出一直擺在口袋裡的白蜘蛛。

雖然有幾位女生看到牠都嚇得後退，但老師的眼睛反而為之一亮。

「牠還活著嗎？」

「好像還活著，只是一直動也不動。」

就算輕輕戳幾下牠的身體，白蜘蛛也毫無反應。

當時這傢伙突然掉到我頭上，下一瞬間我就被轉移到不知名的沙灘。

而且蘇早就埋伏在那裡了……

雖然多虧了羅南特大人的幫忙，讓我成功逃離那個地方，但因為我們是利用轉移術離開，所

以依然不知道那裡是什麼地方。

不過，反正我再也不會回到那裡，這種事並不重要。

我把動也不動的白蜘蛛重新放回口袋。

即使牠是把我轉移到那個地方的犯人，但我不知為何就是不想丟掉牠。

「如妳所見，我們全都平安無事。妳們那邊呢？我好像沒看到田川和櫛谷同學……」

「田川同學和櫛谷同學說要加入黑神陣營就離開了。草間同學也是。」

「這樣啊……」

田川和櫛谷同學都曾經當過冒險者，所以選擇挺身而戰了吧。

而草間原本就是神言教的手下，會這麼決定也很正常。

那神言教的另一個手下小荻呢？

「你說我嗎？我是因為在妖精之里潛伏久了，也算不上是戰力，所以就留下來了。」

小荻無奈地聳聳肩膀。

據小荻所說，他擁有名為「無限通話」的專屬技能，可以突破保護妖精之里的結界，透過念話從內部傳送情報給外面的人。

他就是利用這種能力，把妖精之里的內部情報偷偷告訴神言教。

可是，因為小荻在妖精之里生活久了，就算回到神言教也無事可做，所以就決定留下來了。

我覺得這也是一種選擇。

「總之，幸好你平安無事。看來你們那邊也發生了不少事情。」

看著我身後的古龍族長們，哈林斯先生這麼說道。

「我也很高興看到你們平安無事。」

自從我在妖精之里醒過來後，都還沒見過哈林斯先生與安娜。

尤其是安娜還被京也殺掉，是我用「慈悲」讓她復活的。

看到她平安無事的樣子，讓我終於鬆了口氣。

「修雷因大人，上次給您添麻煩了。」

「別客氣。妳沒事就好。」

安娜向我道謝，而我也向她點頭示意。

「我想大家應該都有很多話要說，但現在還有更重要的事情。這件事說不定會變得很嚴重。」

哈林斯先生露出一反常態的嚴肅表情。

既然能讓向來隨興的他露出這種表情，就代表發生了很嚴重的事情吧。

「到底發生了什麼事？」

「邪神不是白神。」

……你說什麼？

我們被帶到UFO內部。

哈林斯先生在那裡告訴我們的事情，全是令人驚訝的消息。

包括哈林斯先生是黑神的分體這件事。

還有雖然無法說明情報的出處，但他發現白神其實並非邪神。

真正的邪神是一位名叫D的神。

而那個D就是系統的創造者，也是負責維持並管理這個星球的上位管理者。

這些新情報實在太多，讓我有些頭痛。

雖然跟教皇對話時也是如此，但自從世界任務開始後，我得知的新情報實在太多，腦袋有些消化不了。

不過，其實早在世界任務開始之前，聽若葉同學等人解釋這一切時，就已經是這個樣子了……

「總之，如果情況沒有改變，不管白神與黑神之戰的結果會是如何，D大人都會親手消滅半數人類。」

哈林斯先生一臉沉痛地這麼告訴我。

「……我們沒辦法阻止這件事嗎？」

「我覺得應該有。」

聽到他這麼說，讓我鬆了口氣，但他不敢說得太篤定，又讓我感到有些不安。

「D大人是個做事公平的人。她會給所有人機會。就算是這次的事情，她應該也有保留某條活路給我們。若非如此，她也不會刻意留下線索。可是，我也不知道那個方法到底是什麼。」

哈林斯先生雙手抱胸，在皺起眉頭的同時閉上眼睛。

既然沒有任何提示，那確實不會有人知道該怎麼做。

「那個……難道我們就不能打倒那個邪神D嗎？」

悠莉提出了激進的建議……

「不可能。」

「不試試看又怎麼知道結果！」

「那我問妳。妳覺得人類有能力阻止太陽下山嗎？」

……那是不可能的事情。

「這件事就是這麼困難。就算白神與黑神聯手，也絕對沒有勝算。」

身為黑神分體的哈林斯先生都這麼說了，那應該就不會有錯了吧。

「你的意思是，我們只能坐著等死嗎？」

「……」

面對我的質疑，哈林斯先生一臉嚴肅地保持沉默。

「……沒有提示的話，就只能問她本人了吧。」

一直靜觀其變的羅南特大人開口了。

「問她本人？」

哈林斯先生一臉不可思議地這麼問。

「沒錯，那個叫做D的傢伙是系統的創造者吧？既然如此，她跟系統之間應該有著很深的連結。我們可以沿著她跟系統之間的連結，用空間魔法轉移到她本人的所在之處。」

「那種事情……等等，難不成你辦得到嗎？」

聽完羅南特大人的說法，哈林斯先生驚訝地睜大眼睛。

羅南特大人曾經利用我和菲之間的從屬契約的連結，把大家轉移到我身邊。

他八成是從這件事想到這個方法的吧。

「……在理論上確實有可能辦到。畢竟讓轉生者們轉生到這個世界的起因，是發生在異世界的爆炸意外，而那場意外又是這個世界的次元魔法高手幹的好事。」

「你說什麼！」

我又聽到令人驚訝的新情報了。

原來在我們轉生這件事的背後，還藏有這樣的真相。

「這件事不是不可能辦到。可是，難度相當高喔？」

「哼！臭小鬼，你以為我是誰啊？我可是人族最強的魔法師！你就相信我這個指導過尤利烏斯的人吧！」

「哼，你都這麼說了，那我也不能不相信你了。」

也許是在無意中表現出身為黑神的那一面，哈林斯先生又恢復原本那種目中無人的態度。

對了，哈林斯先生是尤利烏斯大哥的同伴，當然認識身為尤利烏斯大哥老師的羅南特大人。

我都忘記這件事了。

「我接下來要不斷嘗試，看看能不能轉移到那個叫做D的傢伙身邊。你們負責告訴教皇剛才那件事。只要利用這艘飛船，就算不用轉移術也能快速移動。趕快結束這場無謂的戰爭吧！」

在羅南特大人的號令之下，大家都動了起來。

於是，我們開始準備對付真正的邪神。

我利用萬里眼即時觀察戰況，又利用「眷屬支配」下達命令，操控那些蜘蛛怪眷屬。
雖然我本人已經幾乎毫無戰力，但是像這樣在後方指揮軍隊，也是一種重要的工作。
而且因為寬廣的艾爾羅大迷宮裡到處都有事情發生，讓我無法關閉萬里眼。
老實說，我現在忙得不得了！
不過，我的努力沒有白費，戰況變得對我們有利多了。
出現在上層的那些水龍已經大致處理完畢。
雖然看到蘇菲亞被水龍族長伊艾娜甩得團團轉時，我手中滿是冷汗，但後來拉斯及時趕到，頂替蘇菲亞的位置後，戰鬥很快就結束了。
看到那個伊艾娜被輕易幹掉的時候，連我都驚訝得說不出話。
伊艾娜在古龍族長之中也算是個強者，而且八成是最強的人。
她是海洋的霸主，擁有把敵人全部變成海中碎藻的實力。
她不但擁有足以擊垮對手的蠻力，還十分狡黠，擅長運用各種以水為武器的戰法，把對手玩弄於股掌之中。

伊艾娜操縱的水流變化自如，因為水是會流動的液體，所以防不勝防。

我以前曾經見識過伊艾娜戰鬥的模樣，她當時就是把水灌進敵人體內，殘忍地從內側炸開敵人的身體。

畢竟那可是水，要是從耳朵或眼睛裡流進體內，就回天乏術了。

如果要抵擋這招，就必須躲過全部的水，但是要把那些能夠自由變形、流動的水流全部看穿，實在是很困難的事情。

雖然全盛期的我只要用「暴食」吃掉所有的水就行了，但如果做不到這件事，就只能用壓倒性的力量把水轟飛，或是直接打散。

而如果要做到這件事，就必須擁有比伊艾娜更強大的力量。

要是在力量上輸給她，就會反過來被水流滅頂。

實力較弱的人絕對打不贏她，實力較強的人也無法避免陷入苦戰。

這就是我對伊艾娜實力的評價，可是……

想不到她竟然會被秒殺……

不過，拉斯應該也是覺得如果不那麼做，就很難解決掉她吧。

正因為他完全明白伊艾娜的威脅性，才會不惜發動有風險的「憤怒」，也要趕快分出勝負。

這個判斷是正確的。

拉斯的火焰與雷電很難完全擋住伊艾娜的水。

而蘇菲亞的冰就很適合拿來對付伊艾娜。

拉斯跟蘇菲亞不一樣，沒有能擋住伊艾娜的水的手段，只有那麼做才有勝算。

可是，想不到結果竟然會是秒殺……

這樣會不會太極端了點？

不過，能順利擊敗古龍之中最難纏的傢伙，對我們來說仍然是件好事。

即便是活過漫長歲月的古龍族長，最後也是隨隨便便就死掉了。

就這層意義來說，可以如願擊敗波狄瑪斯的我，或許算是很幸運了。

至少我還能完成自己最低限度的任務。

因為伊艾娜而淹水的上層地區，也多虧蘇菲亞到處遊走，努力凍結湧進來的海水，而逐漸恢復原狀。

由於她還順手擊敗了途中遇到的水龍，所以上層的淹水現象很快就能得到解決。

雖然我在剛開始時被嚇出一身冷汗，但結果是敵方失去一員大將，而我方的損失十分輕微。

而且……我切換視點，看向其他地方。

那是女王過去從下層打穿、能夠直通地面的縱穴。

那裡正在上演一場激戰。

敵人是火龍庫溫與雷龍寇卡。

在外面跟女王打過一架的兩頭古龍族長，又再次發動攻擊了。

而這次負責迎戰他們的，也同樣是女王。

女王蜘蛛怪一共有五隻。

其中，過去負責鎮守這個艾爾羅大迷宮的那隻被小白擊敗，另一隻也在妖精之里的決戰中敗給波狄瑪斯的兵器。

可是，剩下的三隻依然健在。

為了迎接這一戰，我把那三隻女王都召喚過來了。

其中一隻已經在跟火龍庫溫與雷龍寇卡決戰時死去，所以還剩下兩隻。

而這兩隻女王的其中之一，又再次對上火龍庫溫與雷龍寇卡。

順帶一提，勇者尤利烏斯在人魔大戰中擊敗的女王，其實是小白創造出來的分體，並不是原本就有的女王。

敵人是已經擊敗過女王的兩頭古龍族長。

因此這一戰又會是同樣的結局，以女王的落敗劃下句點……會這樣才怪。

雷龍寇卡被鋪設在縱穴裡的蜘蛛絲纏住身體，不停地掙扎。

女王毫不留情地對他發動猛攻。

寇卡那副以龍族來說算是嬌小的身體，像是灰塵一樣被轟飛出去。

庫溫在縱穴內部飛舞，還噴出火焰想要燒掉蜘蛛絲，但看到被蜘蛛絲困住的寇卡，就能明白他根本來不及燒毀。

蜘蛛型魔物的長處，就是在狹窄的地方利用蜘蛛絲戰鬥。

因為剛才那一戰是發生在外面的空曠場所，讓女王無法發揮真正的實力，但如果戰場是這個縱穴，那就另當別論了。

儘管女王身軀巨大，卻能利用敏捷的身手在縱穴內部縱橫馳騁，不管是牆壁還是空中，都無法阻礙牠的行動。

不但要防備鋪設在各處的蜘蛛絲，還要面對會利用空間機動性在空中到處奔跑的女王，讓寇卡與庫溫都處於被動狀態。

而且女王手底下的超級與上級蜘蛛怪，也會從縱穴底下發動遠距離攻擊。

庫溫與寇卡都被縱穴裡的蜘蛛絲擋住去路，無暇去對付那些超級與上級蜘蛛怪。

反倒是我方能把那些蜘蛛絲當成盾牌，也能當成踏腳處。

雖然庫溫與寇卡也讓他們手下的龍發動攻擊，但那些龍絕大多數都已經被蜘蛛絲困住，喪失了行動能力。

由於這個縱穴是從地面直通下層，所以能讓敵人一口氣殺到最下層附近。

但我們不可能不對這個絕佳的進攻路線進行防守。

女王早就在這裡鋪好蜘蛛絲，做好萬全準備，等著要迎擊敵人。

這個縱穴就像是一座要塞，而且是難以攻陷的那種。

女王的實力原本就強過庫溫與寇卡，又是在有利的地形跟部下並肩作戰。

而且庫溫與寇卡已經在外面跟另一隻女王打過一場。

雖然中間經過短暫休息，但應該還沒完全恢復。

如果敵人處於這種狀態，現在會是這種局面也很正常。

……情況不太對勁。

不管是縱穴裡有伏軍，還是庫溫與寇卡的狀態並不完美，達斯汀都肯定明白才對。

雖然他可能是想要配合伊艾娜的行動一口氣發動攻勢，但這種戰法還是太拙劣了。

目前都還沒看到其他古龍族長出現，我不懂他在這種局面下保留戰力有何意義。

雖然對方應該也想不到伊艾娜會這麼快就戰敗退場，但讓庫溫與寇卡直搗黃龍實在太過無謀了。

庫溫與寇卡的實力並不弱。

可是，他們也沒有強到能在這種局面下突破女王的防守。

庫溫是一頭實力穩定的火龍。

他在攻守兩端都有著高水準的實力，而且還長著翅膀，要打空戰也不成問題。

不過，反過來說就是缺乏特長，雖然能穩定戰勝實力不如自己的敵人，卻絕對打不贏實力強過自己的敵人。

正因為實力穩定，所以也缺乏爆發力。

儘管他是一頭火龍。

因為這樣的特性，他原本在屬性上勝過女王，就算女王的實力比較強，他也應該要占有優勢，但結果卻是現在這樣。

而寇卡則是跟庫溫完全相反，是一頭專攻型、能力很極端的古龍。

他的能力值特別強悍，如果只看能力值，他可能在古龍族長之中排行第一吧。

只論能力值的話，他說不定跟女王一樣強悍，甚至可能勝過女王。

但他在技能這方面並不成熟，只會靠著超強的能力值蠻幹。

可是，千萬不能因為這樣就小看他。

正因為靠著強悍的能力值蠻幹是一種單純的戰法，所以才不好對付。

普通的小伎倆只會被正面擊破。

如果是只會攻人不備的傢伙，在設下陷阱之前，就會被那種暴力擊敗。

至少必須擁有跟他正面對決也不會被秒殺的實力。

他主要是使用雷擊這種破壞力強大的攻擊手段，本體也會靠著強大的能力值迅速移動，用尖牙與利爪撕裂對手。

這種戰法十分單純，但破壞力與突破力在古龍中都是第一。

不過，那種強大的破壞力也有代價，那就是他很快就會耗盡體力，有著不太適合打長期戰的缺點。

正因為如此，跟女王的二連戰應該讓寇卡很吃不消。

就算中間有經過休息，ＳＰ之類的數值也無法立刻恢復。

事實上，他的動作確實不太俐落。

所以才會立刻就被女王布下的蜘蛛絲抓到。

……不對，寇卡會被蜘蛛絲抓到，都是因為他沒經過思考就到處亂跑。

畢竟他擅長利用嬌小的體格與敏捷的速度，對敵人使出一擊脫離的戰法。

在行動受到蜘蛛絲限制的縱穴裡戰鬥，原本就不符合他的風格。

達斯汀應該也能看出這個問題，我實在不懂他為何刻意把寇卡送到對其不利的戰場。

而庫溫的屬性是火，很適合拿來對付蜘蛛絲，讓他繼續上場戰鬥，這個我還可以理解。

假設要完全發揮寇卡的實力，這種時候應該讓他休息才對。

如果要對縱穴發動進攻，應該還有更適合的人選。

換作是我，應該會派出冰龍妮雅吧。

妮雅可以讓蜘蛛絲凍結，在屬性上占有優勢，而且那傢伙還擅長利用超級低溫與詛咒慢慢耗死敵人。

一旦遇到那種攻擊，原本只要防守的我方就會被迫反過來發動攻勢。

到時候我方事先設下的蜘蛛絲陷阱，絕大多數都會變得失去作用。

我原本還在擔心，要是妮雅出現的話，就只能讓蘇菲亞和拉斯趕快過來處理，結果對方沒有採用這個有效的策略，讓我覺得非常奇怪。

難道對方會趁機從其他地方展開攻擊嗎？

還是說，其實已經發動攻擊了？

不對，目前就算我找遍整個艾爾羅大迷宮，也找不到奇怪的地方。

如果是這樣的話，難道敵人接下來才要開始進攻嗎？

但這樣也未免太慢了吧。

我們已經成功擊退伊艾娜，庫溫和寇卡也被女王壓著打。

戰況對我方非常有利。

我不懂拖到現在還不派出其他古龍族長有何意義。

難不成我看漏了什麼嗎？

最下層現在確實只有我一個人，要是敵人對這裡發動奇襲就不妙了。

可是，我放眼望去都找不到這樣的跡象，就算那種事情真的發生，只要我把負責鎮守艾爾羅大迷宮另一個入口的另一隻女王召喚過來，應該就能爭取到讓蘇菲亞或拉斯趕回來的時間。

目前應該沒有問題才對。

我方正逐漸取得優勢。

只是，我心中還是不知為何有種難以抹去的不安？

對方陣營肯定出了某種狀況。

既然我想不到能讓達斯汀保留戰力到這種地步的戰略理由，就應該能認為他是出於某種原因而不得不這麼做。

就跟伊艾娜一樣，庫溫與寇卡都不是應當被作為棄子的重要戰力。

既然這裡只剩下我一個人，對方也沒有任何動作，應該就能認為對方其實是無法行動。

難道那些沒出現的古龍族長都背叛他們了嗎？

想到這個可能性，我就能理解庫溫與寇卡勉強自己發動攻擊的原因了。

就是因為手中只有這些棋子，才會不得不讓他們勉強攻擊。

雖然他們在擊敗第一隻女王後有經過休息，但也很快就再次進攻，應該是因為對方覺得必須趁著伊艾娜還活著的時候展開攻勢。這樣一切就說得通了。

不過，因為伊艾娜已經被我們擊敗，就算庫溫與寇卡在這時候勉強自己，也無法殺出一條血路。

如果只剩下伊艾娜、庫溫與寇卡這三頭古龍留在達斯汀身邊，那對方就毫無勝算了。

伊艾娜已經倒下，只靠庫溫與寇卡無法突破這裡的防守。

假如那些尚未現身的古龍族長，都只是還沒被派出來作戰，事情就另當別論了，但我不管怎麼想都覺得敵方沒理由不派他們上場～

因為伊艾娜與那群水龍對上層展開攻擊的瞬間，就是最好的進攻時機，既然錯過了那個機會，那結果就只是白白失去伊艾娜這員大將。

儘管這就表示剩下的古龍族長很可能沒有參戰，但他們這麼做的理由又是什麼？

妮雅我還可以理解。

畢竟那傢伙是個天生的宅女。

不過，我想不通修邦和雷瑟這麼做的理由。

雖然看起來不像，但修邦是個重情重義，而且忠於任務的傢伙。

雷瑟則是願意為了守護魔王劍，獨自跟著魔王劍一起遭到封印的忠臣。

我實在很難想像，雷瑟竟然會背叛邱列的陣營。

如果事情真的這樣發展，就代表對方陣營發生了大事。

不知道到底發生了什麼事，讓我覺得有點可怕。

說不定也會對我方陣營造成巨大影響的事情，正在我完全不知道的地方發生嗎？

難道那是能讓修邦與雷瑟都不得不棄戰的事情嗎？

……這讓我有種不好的預感。

畢竟躲在這種地方無法得到外界的情報，也很難調查外面的情況。

話雖這麼說，我也不能離開這裡。

我不能因為無法證實的推測，就改變當初定下的方針。

我要貫徹初衷。

盡全力保衛這個艾爾羅大迷宮。

說不定發生在對方身上的意外狀況，對我方只有好處。

我現在要專心指揮這一戰。

不過，看來勝負已經揭曉。

我方原本就處於優勢，現在操偶蜘蛛怪四姊妹又跟女王會合了。

不但有一隻女王，還有四隻操偶蜘蛛怪。

而且還有九隻超級蜘蛛怪與三十一隻上級蜘蛛怪，以及數不盡的小兵。

相較之下，庫溫與寇卡那邊只剩下兩頭火龍的古龍，以及一頭雷龍的古龍。

其他龍都已經倒下。

雖然神話級魔物的數量平分秋色，但我方陣營的其他戰力實在太過充足。

就算只有一隻女王，庫溫與寇卡也無法突破，現在又多了操偶蜘蛛怪四姊妹，他們已經沒機會翻盤了。

庫溫應該也明白這點。

只是頭腦簡單、四肢發達的寇卡可能不明白就是了。

庫溫現在能做的最好決定就是撤退……他到底會怎麼選擇？

庫溫大吼一聲。

我只是透過萬里眼觀察戰況，因此聽不到他咆哮的聲音，但卻可以感受到那股氣魄。

他用火焰吐息燒掉蜘蛛絲，迎戰撲向他的操偶蜘蛛怪四姊妹。

他不打算逃走嗎？

這就足以證明對方陣營沒有餘力了。

如果對方還保留著剩下的古龍族長，就會因為分批投入戰力而被我方各個擊破。

我不認為達斯汀會做出那種蠢事。

庫溫沒在這時選擇撤退，應該是因為撤退後就無力再戰。

看來應該可以認定剩下那些沒有現身的古龍族長，都已經脫離對方的陣營。

庫溫等人唯一的勝算，就只有在這裡突破女王等人的防守。

可是，我們也沒有傻到讓他們得逞。

操偶蜘蛛怪四姊妹從四方撲向庫溫。

她們的配合天衣無縫。

庫溫從口中噴出火焰吐息，襲向四姊妹中的艾兒。

艾兒也噴出毒水迎戰。

因為庫溫的實力比較強，在屬性上又占有優勢，讓他贏得最後的勝利。

艾兒被火焰吐息轟飛出去。

但剩下的三姊妹也趁機襲向庫溫。

操偶蜘蛛怪的六隻手臂都拿著劍，同時砍在庫溫堅硬的鱗片上。

三個人各拿六把劍，一共砍了十八下。

因為庫溫的能力值比較強，每一劍能造成的傷口並不深。

但那些傷口也沒有淺到可以忽視的地步。

身上多了十八道那樣的傷口，加起來就會變成巨大的傷害，大幅削減掉ＨＰ。

庫湓被迫從全身噴出火焰，藉此逼退操偶蜘蛛怪，但他會這麼做，就代表他不想被敵人貼近身邊。

這就證明剛才的攻防讓牠受到了重創。

艾兒、莎兒、莉兒、菲兒……

這四隻操偶蜘蛛怪是我方的精銳。

操偶蜘蛛怪這個種族本身就不是蜘蛛怪系統的正常進化結果，而是直屬於我的特製精銳部隊。

然而，身為精銳部隊的操偶蜘蛛怪數量減少了許多，現在就只剩下這四隻。

許多操偶蜘蛛怪都在戰鬥中喪命了。

……雖然牠們絕大多數都是死在小白手上，但現在就別去計較這個了吧。

存活到最後的這四個傢伙，可說是精銳中的精銳。

這也是因為她們四個在操偶蜘蛛怪中原本就算是特別優秀，所以直到最後都一直在擔任我的護衛。

拜此所賜，她們才沒被小白殺掉，成功活了下來。

而且她們在之後的戰鬥也都活了下來。

她們的成長速度比不過身為轉生者的蘇菲亞和拉斯，甚至連梅拉佐菲都比不上。

可是，經歷過那麼多戰鬥，她們的實力還是有在慢慢成長。

不光是能力值與技能那種顯而易見的部分有所成長。

不會顯示在那些東西上的技術，以及她們之間的默契也提昇了不少。

她們四個是存活到最後的操偶蜘蛛怪。

同時也是相處時間最久的四隻操偶蜘蛛怪。

她們的默契不會輸給任何人。

就算不用念話溝通，她們也能完美地互相掩護。

莉兒與菲兒放出蜘蛛絲，迅速拉回被轟飛出去的艾兒。

雖然艾兒的身體表面有些燒焦，但操偶蜘蛛怪的本體是躲在人偶內部的小蜘蛛。

不管人偶受到多少傷害，只要本體平安無事就不會死掉。

因為艾兒等人成功會合，讓位在她們對面的莎兒變得孤立無援。

庫溫沒有放過這個機會，朝向莎兒衝了過去。

然而，另外三隻操偶蜘蛛怪撲向他的背後。

庫溫察覺到她們的行動，轉過身體準備迎擊。

但莎兒趁著這時迅速發動攻擊。

莎兒的劍撕裂了庫溫的翅膀。

儘管現在是四打一，但她們還是把實力較強，而且屬性占有優勢的庫溫玩弄於股掌之間。

為了拯救陷入危機的庫溫，寇卡衝向操偶蜘蛛怪四姊妹。

可是，他撲了個空。

操偶蜘蛛怪四姊妹不但會在蜘蛛絲上奔跑，還會透過拉扯蜘蛛絲，快速地上下左右移動。

這種有別於正常飛行的獨特空中移動法，把能力值占有優勢的寇卡耍得團團轉，完全無法追上她們。

如果是在這種能充分活用蜘蛛絲的地方，只要對手不是古龍中速度最快的修邦，應該很難抓到操偶蜘蛛怪四姊妹吧。

而且只要暫時停下腳步，身體就會被蜘蛛絲纏住。

由於操偶蜘蛛怪四姊妹在自己眼前兵分二路，讓寇卡有一瞬間不知道到底該追哪邊，而停下了動作。

蜘蛛絲就在那一瞬間纏住寇卡的身體。

劍也在同時劈了過去。

寇卡讓雷電包覆住自己身體，硬是燒掉那些蜘蛛絲，並且趁機逃走。

但他無法完全避開攻擊，身上多了幾道撕裂傷。

雖然庫溫吐出火焰吐息，阻止操偶蜘蛛怪四姊妹繼續追擊，但她們依然占有優勢。

操偶蜘蛛怪四姊妹之所以可以在戰鬥中占有優勢，除了她們配合得天衣無縫之外，庫溫與寇卡配合得很差也是一大原因。

庫溫跟不上速度飛快的寇卡，而寇卡則是完全沒想過要配合庫溫。

因為寇卡是個頭腦簡單、四肢發達的傢伙……

拜此所賜，現在的戰況不像是四打二，比較像是四對一對一。

而且女王牠們也會用遠距離攻擊幫忙掩護，讓庫溫與寇卡難以行動。

畢竟女王是現場最有威脅性的敵人，讓庫溫與寇卡無法不去提防牠的動向。

可是，在跟操偶蜘蛛怪四姊妹戰鬥的同時，還把注意力擺在女王身上，是不是太小看對手了？

不光是小看操偶蜘蛛怪四姊妹，這也是在小看女王。

操偶蜘蛛怪四姊妹同時使出黑暗魔法。

為了避開這一擊，庫溫與寇卡想要往左右兩邊閃躲，卻突然停了下來。

他們露出驚訝的表情。

因為肉眼看不見的超細蜘蛛絲，纏住了他們的身體。

在操偶蜘蛛怪四姊妹奮戰時，女王偷偷地用蜘蛛絲纏住庫溫與寇卡的身體。

在跟操偶蜘蛛怪四姊妹戰鬥的同時，還得把注意力放在女王身上，怎麼可能會發現那些肉眼看不到的細絲已經偷偷纏到自己身上呢？

即便是超級細絲，仍能讓庫溫與寇卡瞬間停下動作。

操偶蜘蛛怪四姊妹放出的黑暗魔法直接擊中庫溫與寇卡。

魔法對擁有龍鱗系技能的龍族沒什麼效果。

但也不是完全無效。

魔法貫穿龍鱗，在他們身上造成傷害。

操偶蜘蛛怪四姊妹趁機展開攻擊。

庫溫與寇卡被超級細絲纏住身體，又剛被黑暗魔法直接擊中，沒有餘力抵擋操偶蜘蛛怪四姊妹的攻擊。

他們無法閃躲也無法防禦，只能看著四人的各六隻手——一共二十四把劍砍向自己。

庫溫與寇卡全身都被砍傷，噴出大量鮮血。

兩個都死定了。

可是，他們是立於龍族頂點的古龍族長。

庫溫身上噴出猛烈的火焰，寇卡的身體也冒出紫電。

他們身邊的操偶蜘蛛怪四姊妹無法躲開這一擊。

操偶蜘蛛怪四姊妹被火焰與雷電直接擊中，人偶的部分化為焦炭。

雖然庫溫與寇卡沒有發現，但操偶蜘蛛怪四姊妹的本體早就從人偶中跳出來了。

四隻拳頭般大小的蜘蛛在空中飛舞。

那四隻小蜘蛛放出的蜘蛛絲化為斬擊，撕裂了庫溫與寇卡的身體。

操偶蜘蛛怪四姊妹的人偶部分只是普通人偶。

儘管那是她們的鎧甲和武器，但反過來說也就只有那樣。

即使操偶蜘蛛怪四姊妹的本體很小、看起來很弱，但能力值與技能都是本人擁有的東西，不是附加在人偶上的東西。

換句話說，雖然操偶蜘蛛怪四姊妹體型嬌小，卻是能力值破萬的強者。

就算失去人偶也很強大。

操偶蜘蛛怪四姊妹的斬擊絲成了致命一擊。

庫溫與寇卡都不動了。

因為他們的身體被蜘蛛絲纏住，讓他們看起來像是被吊在空中凌遲。

庫溫的嘴巴稍微動了一下後，身體就化為塵埃消失不見。

寇卡看到這一幕後，也跟庫溫一樣動了動嘴巴，化為塵埃消失不見。

……他們都獻出靈魂了嗎？

我跟他們沒什麼太深的交情。

可是，他們算是我的老朋友。

兩位老朋友在我眼前離世。

這讓我感到些許的寂寥感，清楚地感覺到終點總算就在眼前。

為努力奮戰的庫溫與寇卡默禱後，我又接著出言慰勞操偶蜘蛛怪四姊妹。

「辛苦妳們了。」

雖然人在遠方的她們聽不到這句話，但心意才是最重要的。

操偶蜘蛛怪四姊妹悲傷地看著烤焦的人偶。

那些人偶是小白製造的特製品。

它們是以小白的蜘蛛絲作為材料，外表也跟人類完全一樣，是超越人偶範疇的傑作。

即使操偶蜘蛛怪四姊妹也能自行製作人偶，但她們只能做出普通的人偶。

就算重做也無法達到原本的品質。

儘管我想讓小白替她們重做一個，但沒人知道這一戰結束後，她還有沒有那樣的餘力。

「這也是為了操偶蜘蛛怪她們，請妳一定要平安回來。」

我暗自替還在奮戰的小白祈禱，希望她平安無事。

就在這時……

『啊～啊～啊～不好意思，請問有聽到我的聲音嗎？』

腦海中突然響起了聲音。

這是念話嗎？

我看向周圍，卻找不到對我發送念話的人。

對方應該是在艾爾羅大迷宮外面發送念話給我。

看來對方的技能等級相當高。

神言教擁有許多技能等級很高的念話高手，透過把這些人分派到許多城鎮與村子裡，以傳話的方式建構起一個念話網路，就能把世界各地的情報傳送到遠方的神言教大本營。

如果對方的技能等級高到足以從艾爾羅大迷宮外面傳送念話給我，那人毫無疑問應該是神言教底下的念話高手。

『你是誰？我猜應該是神言教的人對吧？』

『咦？這個嘛……妳只猜對了一半。啊，我們還是頭一次這樣交談，請妳多多指教。不過，其實我們早就見過面了。我是轉生者，名叫荻原健一，擁有「無限通話」這個專屬技能。』

因為這通念話，讓局勢往我意想不到的方向發展。

達斯汀

作戰司令部瀰漫著沉重的氛圍。

戰況可說是糟糕至極。

我軍配置在戰場附近的另一個作戰司令部，被一群白衣人襲擊毀滅了。

雖然庫溫大人與寇卡大人在戰場上成功擊敗女王蜘蛛怪，但途中出現的惡夢殘渣大軍重創了人族聯合軍與魔族軍，讓雙方都不得不撤退。

不過，我本來就不期待人族聯合軍與魔族軍能成為戰力。

考慮到愛麗兒大人陣營的主要戰力，他們實在很難算得上是戰力。

可是，敵方也無法忽視他們的進攻。

敵方還是必須派出些許戰力迎戰，如果讓伊艾娜大人趁機進攻，我方之後的攻擊行動應該也會變得輕鬆一些……原本應該是這樣才對。

我們已經聯絡不上伊艾娜大人了。

即使我有讓萬里眼高手調查艾爾羅大迷宮上層內部的狀況，但據說每個地方都被凍結了。

這就代表伊艾娜大人已經戰敗，我方為了發動水攻而灌進去的海水都已被凍結。

我不並認為真的有辦法讓整個艾爾羅大迷宮都淹沒，但我覺得憑伊艾娜大人的實力，應該有辦法解決掉一兩位敵方的主力戰將。

就算連這個都做不到，至少也能為我們爭取到不少時間。

但是，既然迷宮上層這麼快就被凍結，就表示伊艾娜大人連爭取時間都做不到就敗下陣來。

我原本是打算等待庫溫大人和寇卡大人恢復體力，讓伊艾娜大人拖住或是擊敗幾位敵方的主力，然後才發動攻勢。

因為伊艾娜大人敗下陣來，讓我提前派出庫溫大人和寇卡大人，但結果連這兩位大人都被擊敗。

我方陣營已經不可能打下艾爾羅大迷宮。

失去修邦大人、妮雅大人與雷瑟大人，在戰力上的損失實在太過巨大。

再來只能祈禱黑龍大人贏得勝利了。

在這種情況下，轉生者之中的荻原健一又帶來最壞的消息。

『這件事千真萬確嗎？』

『我會拿這種事騙人嗎？就算是開玩笑，這種玩笑也太惡劣了吧。』

雖然我出於保險起見再次向他確認，但我並不認為他是在說謊。

不過，我可能是因為希望他在說謊，才會不小心說出這句話。

我知道荻原小弟不是會在這種時候說謊的人。

他擁有「無限通話」這個「念話」的高級版技能，並且長年以來一直利用這個技能，把妖精之里的內部情報洩漏給我。

雖然我們只為了達成通話條件而見過一次面，但我們平常都會定期通話，所以我很清楚他的為人。

『再這樣下去，不管最後是哪個陣營取得勝利，邪神都會消滅半數的人類。』

聽到這個噩耗，我忍不住扶著額頭嘆息。

想不到在我們黑神陣營只能祈禱黑龍大人戰勝的情況下，竟然會收到這樣的噩耗。

如果我們可以更早得到這個情報，伊艾娜大人、庫溫大人和寇卡大人或許就不用白白犧牲了。

『啊，請你稍等一下……好了！設定完畢！群組通話開始！』

荻原小弟語音剛落，我腦海中就變得熱鬧了起來。

就好像腦海中能聽見好幾個人的呼吸聲一樣。

『這是怎麼回事？』

『咦？這個聲音是達斯汀嗎？』

我聽到愛麗兒大人的聲音了。

『這是群組通話，可以讓許多人同時用念話交談，是我的特殊能力。』

『原來你還能辦到這種事嗎？』

『其實我並不打算隱瞞，只是一直沒機會用到。』
看來這種叫做「群組通話」的能力，可以透過荻原小弟讓許多人同時用念話交談。
想不到我會以這種形式再次跟愛麗兒大人對話。
不過，根據我在腦海中聽到的聲音，加入這場對話的人似乎不是只有愛麗兒大人。
『接下來……就請被我叫到名字的參加者依序自我介紹。先從俊開始吧。』
『呃……好的，我是轉生者之中的勇者——修雷因。叫我修就可以了。請大家多多指教。』
『太死板了吧。』
『我才不想被小荻這樣講。』
率先做出自我介紹的人是修雷因大人。
原來如此，關於邪神的情報，就是他帶來的嗎？
為了同時實現黑神陣營與白神陣營的願望，他果敢地面對這個無謀的挑戰。
或許就只有他能得到關於邪神的情報。
只有直到最後都不願放棄，也不願妥協的他，才能辦到這件事。
『接下來換哈林斯先生。』
『大家好，我是哈林斯．克沃德。不過，我現在應該自稱是黑神邱列迪斯提耶斯的分體才對。我本人也打算以這個身分參加這場會議。請大家多多指教。』
下一個自我介紹的人是哈林斯大人。

他是前任勇者尤利烏斯大人的同伴，也是現任勇者修雷因大人的同伴。
不過，就跟他本人說的一樣，現在應該把他看成是黑龍大人的分體。
黑龍大人的分體平常只會努力扮演普通的人類，如果沒有遇到什麼大事，通常一輩子都不會說出自己是分體的事實。
他們會把保持普通人類的觀點過生活這件事擺在第一位。
既然他不惜違背這個原則，也要出席這場會議，就代表這件事非常重要。
『然後～接著輪到老師了！岡姊！不對，呃，菲莉梅絲小姐！』
『荻原同學，你剛才是不是忘記老師的名字了？』
『因為在我們的心目中，妳永遠都是岡姊啊。』
『你們兩個別爭了，現在可不是說這種話的時候。』
聽到這段毫無隔閡的師生對話，就能明白他們這些轉生者前世的感情有多好。
讓這些轉生者反目成仇，把他們丟進亂世之中，也是這個世界的罪過。
此外，不得不借助這些轉生者的力量，也證明了生活在這個世界的我們有多麼沒出息。
這實在太丟臉了。
『大家好，承蒙主持人的介紹，我是菲莉梅絲。因為我是個轉生者，前世又當過老師，所以大家都叫我老師，或是用前世的名字「岡姊」來稱呼我。今後請大家多多指教。』
我記得菲莉梅絲大人是妖精族的轉生者。

既然妖精之里的妖精都被殺光，那她八成是唯一倖存的妖精了吧。

如果菲莉梅絲大人能在這一戰結束後活下來，應該會遇到很多麻煩，但這不是現在應該煩惱的問題。

『讓我們速戰速決吧。接著是代表古龍的雷瑟先生。』

『我是闇龍雷瑟，請多指教。』

嗯。

既然雷瑟大人也能參加這場會議，就代表荻原小弟也見過雷瑟大人了。

荻原小弟的「無限通話」有個使用上的限制，那就是只能跟實際見過面的對象通話。

換句話說，既然跟著修雷因大人離開的雷瑟大人見到了荻原小弟，就代表荻原小弟已經跟修雷因大人會合。

『接著是神言教教皇達斯汀先生。』

終於輪到我了嗎？

『我是神言教教皇達斯汀。請大家多多指教。』

因為世界任務中的雙方陣營宣言，大家應該都認識我才對。

我現在根本沒必要說太多，做個簡短的自我介紹就夠了。

『最後是魔王愛麗兒小姐。』

『我是魔王愛麗兒，請多指教。』

愛麗兒大人用不太高興的口氣，做了簡短的自我介紹。

站在她的角度來看，出席這場會議的傢伙全是敵人，這也是沒辦法的事。

『我是負責發動群組通話，讓各位能齊聚一堂的轉生者荻原健一。我只負責開場，之後將會改由哈林斯先生主持會議。』

『交給我吧。事情就是這樣，我想要馬上切入正題。我想大家應該都聽荻原小弟事先說過了，世界任務中提到的那個想要犧牲半數人類的邪神，雖然我們原先都以為是白神，但我透過從某個管道得知的情報，發現這是個天大的誤會。邪神的真實身分是系統的創造者，也就是超越黑神的上位管理者D大人。』

『我可以發問嗎？請問那個情報的提供者是誰？那個情報的可信度夠高嗎？』

『我不能說出情報提供者的身分。不是我不說，而是不能說。此外，如果大家能猜到那人的身分，也請不要說出來，放在心裡就好。這點希望大家都能心領神會。』

哈林斯大人立刻回答我的問題。

……原來如此。

他不是不說，而是不能說。

他還拜託我們就算猜到了情報提供者的身分，也不要將其說出來，看來應該是存在著某種限制才對。

而從對方背負著這種限制這點來看，就能猜到那人應該就是有參加這場會議的菲莉梅絲大人。

既然波狄瑪斯有辦法搶在我們神言教之前迅速找出轉生者，就代表菲莉梅絲大人肯定擁有某種能蒐集情報的技能。

考慮到這次的情報也可能是菲莉梅絲大人帶來的，那她參加這場會議也很合理。

『至於情報的準確度，我認為應該不會有錯。』

『原來如此。既然您都這樣掛保證了，那我就相信您吧。』

既然身為黑龍大人分體的哈林斯大人敢這麼說，那我就相信這個情報並採取行動吧。

雖然其他人有可能被騙，但黑龍大人活得比我還要久，也一直守護著這個世界。

我應該不用擔心身為黑龍大人分體的哈林斯大人，會在面對世界危機時被人欺騙。

『可惜的是，我們只知道邪神其實是D大人，卻不曉得該怎麼避免讓半數的人類被她消滅。而且站在黑神的角度來看，如果D大人要與我們為敵，很可惜，我們也無法與之抗衡。』

D大人是系統的創造者。

她是賜給我們拯救這個星球的方法的人，也是實力遠遠強過黑龍大人的上位神。

既然這個星球是因為系統的恩惠才得以存活下去，那她要反過來毀滅這個星球，也很輕而易舉吧。

就算不管實力的問題，我們的生殺大權也早就握在對方手上了。

『因為這個緣故，我得到了一個結論——那就是在解決這個問題之前，我們必須先設法去接觸D大人。因此，我目前正在讓空間魔法師羅南特大人，找尋把我們轉移到D大人身邊的方法。』

嗯……

黑神陣營目前已經不可能攻陷艾爾羅大迷宮了。

或許我應該放棄那條路，跟哈林斯大人他們會合。

如果我什麼都不做，半數的人類就會慘遭消滅，那我也只能協助他們了。

可是，就算我們黑神陣營願意配合，但問題在於白神陣營那邊的意願……

『那又如何？你告訴我那種事又怎樣？我們原本就打算殺死半數的人類喔？就算你現在告訴我這些，我們也無意改變自己的行動喔？』

我想也是……

愛麗兒大人的說法非常合理。

白神陣營在戰前原本就打算殺死半數的人類。

就算讓D大人消滅半數的人類，對他們也毫無影響。

愛麗兒大人他們的勝利條件沒有改變，只需要專心防衛艾爾羅大迷宮就行了。

雖然他們應該不會阻礙我們，但我們也無法要求他們幫忙。

我們現在可是敵人，當然不可能向對方求助。

『……關於這件事，愛麗兒，可以請妳讓我們前往系統中樞嗎？』

『你說什麼？』

聽到哈林斯大人這麼說，愛麗兒大人用充滿殺氣的口氣如此回答。

即便是透過念話，我還是能感受到那股令人起雞皮疙瘩的壓迫感。

『你這是什麼意思？』

『因為如果要轉移到D大人身邊，那是最確實有效的做法。系統是D大人創造出來的東西，也是由D大人負責管理。如果我們能從系統中樞進行連線，轉移到D大人身邊的成功率，就會高過普通的轉移術。』

哈林斯大人這番話在理論上應該是正確的。

不過，就算在理論上是正確的，也不代表愛麗兒大人願意接受。

『開什麼玩笑。這麼做對我們一點好處都沒有。』

黑神陣營想拯救人類，但白神陣營並非如此。

而且白神陣營的其中一個勝利條件，就是守住位在艾爾羅大迷宮最深處的系統中樞的大門，所以哈林斯大人的提議不可能通過。

哈林斯大人應該也明白這個道理。

為什麼他要提出這種不可能實現的要求？

『就算是這樣，我還是要拜託妳幫忙。』

『我拒絕。』

『再這樣下去，就會有半數的人類消滅。不是死亡，而是消滅。』

聽到哈林斯大人焦急地這麼說，我完全理解了。

他說「不是死亡，而是消滅」。

應該是指那些人的靈魂會消滅的意思吧。

對我們黑神陣營來說，這會讓身為邪神的D大人，變成比白神陣營還更需要全力對付的敵人。

因為讓半數的人類死亡並非白神陣營的目的，而是他們達成目的的後果，但身為邪神的D大人則是宣布她要消滅半數的人類。

死亡與消滅聽起來很像，但其實差別很大。

一旦靈魂消滅，就再也無法轉生了。

我們必須對付會造成更大損失的D大人。

為了達成這個目的，也為了讓這件事更有可能成功，最好是能說服愛麗兒大人，先讓我們使用支配者權限，對管理者進行干涉後再發動轉移術。

如果要讓我們轉移到根本不知道身在何方，而且羅南特大人甚至不曾見過面的D大人身邊，這早就超過技能本身的極限了。

就算羅南特大人是人族最強的魔法師，我也不認為這個計畫會成功。

對我們黑神陣營來說，現在無論如何都必須說服愛麗兒大人才行。

『這對我完全不成問題。』

可是，愛麗兒大人無情地拒絕了。

看來是沒得談了。

這也是理所當然的結果。

讓別人進到系統中樞，就等於是滿足白神陣營的戰敗條件。

我和其他擁有支配者權限的人，很可能會趁機阻止系統崩壞的程序。

我們沒那麼做，反而才違背常理。

因為想要前往系統中樞的黑神陣營成員，都擁有類似的想法。

我們都希望拯救人類，不想見到有人犧牲。

『我很清楚這對你們沒有任何好處。可是，這件事也關係到了人類的存亡。可以請妳高抬貴手嗎？』

『廢話少說。你覺得天底下有那種會放敵人進到自己大本營的笨蛋嗎？』

『我保證我們只會進行轉移到D大人身邊的準備，不會對系統中樞動其他手腳。』

『我信不過你們。』

雙方的想法毫無交集。

『我過去一直都在讓步，而結果就是現在這樣。我不打算繼續退讓。』

愛麗兒大人堅持自己的主張。

而我們很難讓她改變心意。

這個世界過去對莎麗兒大人所做的事情，就是不聽她的勸阻，繼續使用MA能量，因此惹火龍族，最後還為了讓世界得以延續，犧牲挺身保護我們免於龍族迫害的她。

我們做了這麼無可饒恕的事情，愛麗兒大人身為莎麗兒大人的親人，會對此感到憤怒再正常也不過了。

儘管如此，愛麗兒大人還是一直忍耐到了今天。

就跟她說的一樣，她過去一直都在讓步。

要她繼續退讓實在太不講理了。

愛麗兒大人沒理由答應我們的要求。

就算我們想要打感情牌，以半數人類將會消滅為理由請她幫忙，但只要我們長期不顧莎麗兒大人死活的惡行沒有消失，就不可能打動愛麗兒大人的心。

越是打這種感情牌，應該反倒會讓她更不高興吧。

我們到底有什麼資格說這種話？

我們明明要求莎麗兒大人做了那麼多，讓她不斷地為我們犧牲奉獻，卻還想要叫她犧牲更多。

對愛麗兒大人來說，我們的要求應該就是這麼回事吧。

想要說服她是不可能的。

可是，如果我們無法說服她，就只能讓羅南特大人憑自己的本事，找出能轉移到D大人身邊的手段，或是再次攻打艾爾羅大迷宮。

我無法寄望羅南特大人。

既然我方失去了伊艾娜大人、庫溫大人與寇卡大人，就算借助剩下的古龍族長的力量，也很難成功打下艾爾羅大迷宮。

這兩種方法都難如登天。

甚至跟想要說服愛麗兒大人一樣困難，幾乎是不可能的任務。

難道就沒有其他活路了嗎……？

『那個……』

就在這時，原本一直保持沉默的修雷因大人說話了。

『我也要拜託妳幫忙！我發誓絕對不會做出對白神陣營不利的事情！』

雖然我有一瞬間還在期待，覺得轉生者或許有機會說服愛麗兒大人，但光是這樣愚鈍地開口懇求，她根本不可能點頭。

『山田同學，就算是你們這些轉生者向我拜託，我也不會改變心意。』

『可是！如果放著這件事不管，就會有半數的人類被消滅啊！』

『我再強調一遍，我們原本就打算殺掉半數的人類。雖然結果可能會從死亡變成消滅，但這對我來說沒什麼差別。』

『怎麼這樣……！』

看樣子修雷因大人應該很難說服愛麗兒大人。

『山田同學，這是這個世界的戰爭。如果你們這些外來的轉生者想要插手，就得做好足夠的覺悟才行。』

別說是說服愛麗兒大人了，他甚至反過來受到牽制。

我不認為年紀輕輕的修雷因大人說得贏她。

『……請妳別把我當成外人好嗎？我們確實來自其他世界，但此時此刻正活在這個世界上，未來也將會在這個世界活下去。我們絕對不是外人，而是當事人。至少我是把自己當成當事人，才會做好覺悟站在這裡。』

……真令人驚訝。

面對愛麗兒大人的說詞，我還以為修雷因大人會連一句反駁的話都說不出來，就這樣閉上嘴巴，想不到他竟然能這樣反駁回去。

原來如此，這就是前任勇者尤利烏斯大人的弟弟嗎？

雖然比起尤利烏斯大人還太過稚嫩，但看起來確實繼承了他的意志。

『……是嗎？抱歉，看來是我說錯話，冒犯到你了。』

看來愛麗兒大人也稍微被修雷因大人這番話嚇到了。

剛才這番對話，應該讓修雷因大人在愛麗兒大人的心目中，從不值一提的傢伙，升格為有資格與她對等說話的人了吧。

『可是，這跟我們要不要答應你們的要求是兩回事。』

不過，就算可以與她對等說話，也還不足以改變現況。

『呃，我可以發問嗎？請問那位Ｄ大人為什麼要消滅半數人類呢？』

菲莉梅絲說出這樣的疑惑。

這是很合理的疑問。

因為愛麗兒大人有著不惜殺掉半數人類，也想要達成的願望，讓我們可以理解她的動機，但我們卻想不到Ｄ大人這麼做的理由。

不但如此，我們對Ｄ大人幾乎一無所知。

完全不明白Ｄ大人的目的與想法。

如果沒有實際去找她本人確認，我也無法說出確切的答案。

『天曉得？畢竟實際見過Ｄ大人的人，就只有小白與邱列，所以我也不知道答案。不過，根據他們的描述，就算Ｄ大人做這件事只是因為覺得好玩，應該也不奇怪吧？』

『覺得好玩？妳是指消滅半數人類這件事嗎？』

雖然修雷因大人十分驚訝，但這也不是什麼不可思議的事情。

對方是可以創造出系統這種超常現象的傢伙，我們不能認為她的思考模式會跟人類一模一樣。

因為黑龍大人跟人類很親近，讓我們很容易有所誤解，但其實其他龍族當初很輕易就得出要消滅我們人類的結論。

我們千萬不能忘記這點——

對神來說，人類就跟螻蟻毫無分別。

『她的動機應該就是覺得好玩吧。對D大人來說，這個世界只不過是拿來打發時間的玩具。就算不使用系統這種拐彎抹角的手段，D大人也有辦法拯救這個星球。』

事實就是這樣。

這個世界就是D大人的遊樂場。

讓人族與魔族互相鬥爭，還加入名為魔物的元素，讓人類不斷地戰鬥，欣賞他們死命掙扎的樣子。

原來如此，這麼想就能理解她為何被稱作邪神了。

可是，多虧有這個系統，這個星球才能免於滅亡也是事實。

我們無法違抗這個遊樂場的主人。

『那個……既然對方擁有那麼強大的力量，說不定她也能同時實現白神陣營與黑神陣營的願望不是嗎？我們可以直接去見她，然後想辦法說服她！』

修雷因大人如此提議，就像是想到了好主意一樣。

D大人確實應該有那種能力。

不過……

『你們又想要求助於神了嗎？』

即便是透過念話，我依然能感受到那股強烈的憤怒。

這個提議可說是踩到了愛麗兒大人的地雷。

『因為靠自己的力量什麼都辦不到，就跑去祈求神的幫助，結果把這個世界變成什麼樣子了？』

我們人類當初就是跑去拜託莎麗兒大人拯救自己，而且至今都還在對她恩將仇報。

對想要拯救莎麗兒大人的愛麗兒大人來說，求助於神應該是難以原諒的行為吧。

『……抱歉，是我說話太輕率了。』

『如果你不是轉生者，而是這個世界的居民，我早就殺掉你了。』

儘管是透過念話，那股殺氣還是強烈到讓我的背後冷汗直流。

雖然這是理所當然的事情，但我重新體認到我們和愛麗兒大人之間的鴻溝有多深了。

即便可以對話，想法卻無法交流。

愛麗兒大人應該也這麼認為吧。

反倒是她的這種想法會比我們還要強烈才對。

因為我們人類不斷背叛莎麗兒大人。

就算我們繼續花時間說服愛麗兒大人，或許也只是白費力氣吧。

『勇者小弟，你剛才確實說錯話了。不是憑自己的力量贏得的東西，就沒有任何價值。只要觀察這個世界過去至今的一切，就能發現D大人不會施捨任何人。』

雷瑟大人心平氣和地這麼說。

這口氣讓我彷彿能看到他無奈聳肩的模樣。

『我想也是。這個我也有同感。我覺得D大人是個很重視公平性的人。如果拜託她實現那種願望，她應該也會要求我們付出同等的代價。當初邱列迪斯提耶斯拜託她延續這個星球的生命時，她也是創造出系統，要我們憑自己的力量拯救這個星球。而我們根本無法付出這樣的代價。』

D大人之所以重視公平性，難道是因為她身為一位超越者，才會這樣要求自己嗎？正是因為自己無所不能，才需要對自己設限嗎？

不過，就算我們明白這點也沒用，就跟哈林斯大人說的一樣，既然我們沒有可以支付的代價，應該就沒有交涉的餘地。

可是，如果D大人是個重視公平性的人，說不定……

『這或許是D大人給我們的懲罰吧。』

我透過念話說出這個突然閃過腦海的想法。

『就算白神陣營輸掉了，也要讓人類為過去的一切負起責任。或許就是因為她站在神的角度來看，覺得這樣才算公平，才會發布這次的世界任務吧。』

如果是這樣的話，我們人類或許只能認命接受這樣的懲罰。

想到這裡，讓我突然有種渾身無力的感覺。

我過去一直為了人族奮鬥，為此可以不擇手段。

可是，這只是因為我覺得既然背叛了莎麗兒大人，就必須直到最後都堅持自己的選擇。

而我堅持這麼做的結果，就是讓神做出必須懲罰人類的決定。

那我過去所做的一切到底有何意義……

『雖然無法否認這樣的可能性，但我們還是不明白D大人發布世界任務的動機，只能去找她本人確認了。現在繼續討論這些毫無意義的推測，也無法改變什麼。讓我們繼續說下去吧。』

聽到哈林斯大人這麼說，我重新整理心情。

可是，雖然他說要繼續說下去，但我覺得繼續討論也不會有什麼結果。

『……哈林斯、達斯汀、羅南特，還有自願參加的轉生者。對了，還有代表魔族的巴魯多。只限於剛才被我點到名字的這些人，我願意放他們進來。』

就在我幾乎要放棄時，愛麗兒大人說出了令人難以置信的提議。

『……這樣好嗎？』

『這對你們來說應該是最好的提議了吧？』

雖然這是事實，但我還是感到非常困惑。

因為愛麗兒大人沒必要答應我方的要求。

就跟我之前再三強調過的一樣，白神陣營只要繼續努力守住艾爾羅大迷宮就行了。完全沒必要放我們進去。

對白神陣營來說，愛麗兒大人的這個提議只會帶來風險，可說是一點好處都沒有。

我能理解名單裡為何沒有剩下的古龍族長。

因為只剩下他們有能力對抗白神陣營的主力。

可是，問題在於就算我們算不上戰力，她還是願意讓擁有支配者權限的人進到系統中樞之中。

白神陣營的勝利條件是白神要戰勝黑神，並且避免讓在系統中樞進行的系統崩壞程序遭到敵方中斷。

而且只有擁有支配者權限的人，才有辦法中斷系統崩壞程序。

一旦讓擁有支配者權限的人踏進系統中樞，就有可能被人趁機中斷程序。

『這代表妳願意相信我們了嗎？』

『我怎麼可能相信你們。我只是自己也想跟Ｄ大人見面聊聊罷了。』

聽到她這麼說，我就稍微能夠理解了。

愛麗兒大人會這麼做並非是相信我們，而是順從自己的慾望。

即便如此，她願意做出這種危險的決定，還是讓我有些難以理解。

『感謝妳的好意。』

不過，這對我們來說依然是件好事。

就算這其實是個陷阱，讓我最後因此而死，但反正黑神陣營也早就無力回天了。

如果犧牲我這條命就能結束戰爭，也算是很划算了。

『那我就在艾爾羅大迷宮等你們過來吧。』

哈林斯

事情變得麻煩了……

這讓我感到一陣胃痛。

為什麼我非得肩負這種重責大任不可……

雖然我確實是邱列迪斯提耶斯的分體，但過去一直以哈林斯的身分活著，今後也不打算改變。

邱列迪斯提耶斯的分體並沒有肩負什麼重責大任。

對他本人來說，這就像一種轉換心情的行為。

像是經歷普通人類一生的虛擬體驗。

因此，我也是懷著這種想法活到現在。

不過，因為我身為勇者的青梅竹馬，又是勇者團隊的一員，實在很難算是普通的人類。

即便如此，我還是想要以哈林斯的身分，在最後為了保護尤利烏斯而光榮犧牲。

事情之所以變得不太對勁，都是因為這個世界出現了轉生者這種傢伙。

雖然我知道這樣怪罪他們很過分，但也認為如果沒有這些轉生者，事情可能就不會變成現在

這樣。

不過，如果沒有這些轉生者，人族與魔族的戰爭可能會打得更慘烈，我們也可能無法擊敗波狄瑪斯。

好處與壞處都過於極端，讓我無法判斷這到底是好是壞。

只是，D大人之所以會發布這個世界任務，毫無疑問是轉生者害的。

正確來說，應該是因為轉生者之中的白。

幾乎所有事情都是白惹出來的。

換句話說，白就是萬惡的根源。

「看樣子人應該都到齊了。」

「京也，原來負責帶路的人是你啊。」

雖然我剛才還在逃避現實，但人已經來到艾爾羅大迷宮的門口。

而白神陣營中的拉斯已經在這裡等我們了。

他也是轉生者……

說實話，來到這裡的轉生者人數還比較多，這明明是關係到這個世界的存亡，這樣真的沒問題嗎？

我、教皇、羅南特大人與代表魔族的巴魯多。

現場就只有我們四個人是這個世界的居民。

相較之下，轉生者一共有六個人，那就是修、卡迪雅小姐、菲小姐、悠莉小姐、岡小姐與由古王子。

除了修與由古王子之外全是美女。

這種後宮狀態是怎麼回事？

雖然由古王子也在場，但女孩們顯然都聚集在修的身邊。

可惡！雖然尤利烏斯也很有女人緣，但他可沒有讓女生這樣服侍自己啊！

「俊，為什麼那女孩會出現在這裡？」

「咦？」

拉斯指著修的身後這麼說。

我這才發現原來修的同父異母妹妹——蘇小姐就躲在那裡。

「蘇！我不是告訴妳不能跟來了嗎！」

「可是人家就是不放心嘛！」

修發自內心驚慌失措，蘇小姐卻開始耍脾氣。

她不只是在耍脾氣，還經過精密的計算，知道該怎麼做才能讓修覺得她可愛，心機實在很重。

「……算了，就算多一個人也沒差。不過，要是有人敢做出可疑的舉動，我就會立刻殺掉。這點你們最好銘記在心。」

聽到拉斯這麼說，我偷偷地鬆了口氣。

要是在這時候惹火白神陣營的人，讓這件事告吹的話，我們就無計可施了。

幸好拉斯願意退讓。

教皇似乎也明白這點，臉色好像有些難看。

蘇小姐知道她的任性差點就改變全世界的命運了嗎？

……我想她應該不知道吧。

要是她知道的話，應該就不會這麼做了……吧？

總覺得她很有可能說出「就算世界會毀滅，我也不要跟哥哥分開！」這種話，讓我想到就害怕。

算我求妳了，拜託妳做事前先看看場合吧……

我的胃好痛……

感覺都快要吐血了……

「修，麻煩你好好監視蘇小姐，別讓她亂來。我醜話說在前面，憑我們的實力，恐怕連想要反抗都做不到，就會被他殺掉了。」

我的能力值只有普通人類的水準。

雖然我曾經跟尤利烏斯一起鍛鍊，實力以人類來說算是相當高強，但人類的標準在這場戰鬥中毫無意義。

因為如果無法輕易超越人類的領域，在這一戰中就無法算是戰力。

雖然羅南特老先生的實力，看起來已經超越了人類的領域，但是也沒有大幅超越普通人類的戰力。

別說是古龍了，應該連下位龍族都會讓他陷入苦戰吧。

在這場連古龍都只能算是最低戰力標準的戰鬥中，像我們這種連人類的領域都無法超越的傢伙，就只是不堪一擊的弱者。

即便我身為邱列迪斯提耶斯的分體，卻也沒有任何特別的力量，所以依然是個不堪一擊的弱者。

可是，我現在卻被當成是黑神陣營的代表人物，正準備前往敵陣的正中央。

唉。拜託饒了我吧……

「京也……」

「你不用擺出那種表情，只要你們別亂來，我就不會主動出手。」

「他說得沒錯。畢竟白神陣營沒必要主動讓我們進去，所以這不是陷阱。對方已經展現誠意了，我們只要也展現出誠意就行了。你不必擔心。」

我拍拍修的肩膀鼓勵他，但這些話有超過一半都是對自己說的。

我就算死在這裡也無所謂。

反正我原本早就該跟尤利烏斯他們一起死去。

不過，想到我們肩負著人類的未來，我就有種快要被那股壓力壓垮的感覺……

我們成功踏進艾爾羅大迷宮。

裡面有好幾隻巨大的蜘蛛型魔物，也就是上級蜘蛛怪在等著我們。

光是一隻都很難憑我一個人的力量擊敗，想不到這種魔物竟然會有這麼多隻……

雖然我嚇得差點腿軟，但還是使勁力氣站穩了腳步。

「請各位騎上去吧。」

「你要我們騎到這些傢伙身上？」

拉斯點了點頭。

考慮到艾爾羅大迷宮的面積，在裡面移動應該會用掉不少時間，但他竟然要我們騎這種東西……

把上級蜘蛛怪這種強悍魔物當成代步工具，也未免太奢侈了吧。

「畢竟這裡還有承受不住舟車勞頓的老人。」

拉斯看向教皇。

教皇不是戰士，能力值也不高。

而且他年事已高，要在艾爾羅大迷宮裡移動確實很吃力。

「那我就恭敬不如從命了。」

我率先跳到上級蜘蛛怪背上。

……騎在上面的感覺意外地還不錯。

因為這傢伙有八隻腳，騎起來有種穩定感。

這樣應該能大幅減輕教皇的負擔。

在我跳上來之後，岡小姐也跟著跳到上級蜘蛛怪背上。

岡小姐還真有膽識。

女性大多都會對蜘蛛這種生物感到厭惡，但她並沒有表現出這種反應。

明明連修和巴魯多先生都表現得有些卻步，她還真是了不起。

除了對這種生物本身的厭惡，這些上級蜘蛛怪給人的壓迫感也是原因之一，這讓我無法嘲笑修和巴魯多先生，說他們不夠勇敢。

我自己也是隨時都有可能腿軟。

我只不過是不想被修這個小老弟看到軟弱的一面，才會努力虛張聲勢罷了。

真是的，為什麼我得遇到這種事……

這應該是本體的工作吧？

可是，如果我現在不振作起來，本體的奮鬥就會變得毫無意義。

反正我也打不過人家。

還不如看開一點，表現出坦蕩蕩的樣子。

要是死了就算了。

雖然我覺得這種想法應該算是自暴自棄，而不是看開，但太過在意這種問題也毫無意義。

「快點上來吧。別擔心。要是對方有那個意思，我們早就被殺掉了。既然我們還活著，就表示對方還不打算動手。」

「聽了這種話，我實在沒辦法放心……」

修露出僵硬的笑容，怯怯地跳到上級蜘蛛怪背上。

雖然蘇小姐想要跟修騎同一隻上級蜘蛛怪，但卡迪雅小姐抓住她的衣領，硬是把她丟到另一隻上級蜘蛛怪背上。

兩個女人之間爆出火花。

拜託妳們等到我們搞定這件大事，再去爭風吃醋好嗎……

雖然過程中出現了一點糾紛，但我們還是順利地騎著上級蜘蛛怪開始移動。

這些傢伙真不愧是高階魔物，現在正以驚人的速度在艾爾羅大迷宮裡奔馳。

可是，真正可怕的是在前面帶路的拉斯。

他沒有騎著上級蜘蛛怪，而是用自己的雙腿奔跑。

他甚至還得配合上級蜘蛛怪的速度，不時放慢自己的腳步。

換句話說，如果他使出全力，速度恐怕比上級蜘蛛怪還要快。

只要拉斯認真起來，憑他一個人就能殺光我們了吧。

不過，那種事我早就知道了，現在才擔心這個也沒用。

話說回來，為什麼迷宮裡到處都是被冰凍的地方？

艾爾羅大迷宮什麼時候變成凍土的洞窟了？

我猜這應該是戰鬥造成的結果，這就代表曾經有力量強到足以改變環境的傢伙在這裡對決吧？

……還真是夠嚇人的。

這種下一秒就可能會死的感覺，對心臟實在不是很好。

我甚至希望對方直接殺掉我算了。

連我都是這副德性了，其他人沒問題嗎？

我一邊騎著上級蜘蛛怪，一邊觀察眾人的表情……但看來大家都受不了了。

「拉斯先生，可以找個地方讓我們休息一下嗎？」

「嗯？」

在前面帶路的拉斯回過頭來，放慢奔跑的速度，跟我騎著的上級蜘蛛怪並肩前進。

「請你看看大家的臉色。是不是都很難看？我覺得這應該是精神上的問題，而不是體力的問題，如果不讓他們休息，應該會有人倒下吧。」

「……確實如此。前面不遠的地方有個小廣場，我們就在那裡休息吧。」

「謝謝你。」

於是，我們就這樣進入短暫的休息，但這樣真的能讓大家重新振作嗎？

「修，你還好吧？」

「……嗯。不，抱歉。在這種時候逞強也無濟於事。其實我快受不了了。」

面無血色的修癱坐在地上。

不光是修，其他人的臉色也差不多難看。

修這樣反倒還算是好的。

教皇與巴魯多先生的臉色已經不是蒼白，而是都變成土黃色了。

身旁都是可以輕易殺死自己的魔物，對精神造成的負擔非常大。

像教皇與巴魯多先生這種戰鬥力低落的人就更不用說了，上級蜘蛛怪給人的壓迫感應該會對他們造成很大的影響吧。

只有岡小姐和羅南特大人的臉色比較好看。

我靠近岡小姐，主動向她搭話。

「岡小姐，妳看起來沒什麼問題呢。真有膽量。」

「……不，我沒那麼勇敢。我覺得自己只是受到太大的打擊，感覺都麻痺了。」

「麻痺？」

「沒錯。」

說完，岡小姐低下了頭。

「我一直努力保護學生，還以為那對他們是好事。可是，結果卻適得其反。我過去所做的一切到底算什麼？全都是白費力氣。只要想到這件事，我就什麼都不想做了。可是，當我看到你和安娜小姐勇敢對抗那群魔物時，身體就擅自動了起來。我並沒有重新振作。我至今依然無法深入思考。總覺得整個人都輕飄飄的，只是任憑身體自己行動。」

「這樣啊……」

我好像搞錯了……

看來在我們之中，精神狀態最糟糕的人其實是岡小姐。

我大概知道岡小姐過去經歷的一切，還有她的專屬技能效果。

這讓我想要說句公道話。

「岡小姐，我認為妳沒有做錯。」

「我不需要安……」

「這不是安慰，是客觀的意見。」

我激動地這麼說，打斷岡小姐說到一半的話。

「聽好了，妳的行動絕對不是白費力氣。每件事都會帶來變化。光是妳願意採取行動，結果就已經改變了。如果妳沒有行動，說不定會造成更不幸的結果。妳憑什麼認為那些行動都是白費力氣？目前有許多轉生者都活了下來。我不認為這個成果也是白費力氣。」

「……真的是這樣嗎？」

「就是這樣。而且我覺得妳這樣責備自己，才是真正白費力氣的事情。岡小姐，妳覺得自己想要拯救的學生，是那種看到妳這麼痛苦會感到開心的人嗎？」

「這個嘛……我覺得他們不是。」

「那妳就不應該一直這麼悲觀，而是要積極面對未來。因為傷害自己才是真正白費力氣的事情。」

「……謝謝你。我會努力的。」

雖然這些話有點像是在說教，但外表稚嫩的岡小姐前世似乎是位成年女性，她應該能明白我想說的話。

今後能否真的重新振作起來，就全看她本人的努力了。

這樣岡小姐應該暫時沒問題了吧。

不管是好是壞，她目前的精神狀態算是非常穩定。

正因為心情一度沉入谷底，所以並不會繼續下沉，但也不會重新浮起。

照理來說，這種精神狀態並不是很理想，但在這種緊急情況下也不是沒有好處。

沒人知道做什麼事會造成好的結果。

我也無法判斷她的所做所為到底是好還是壞。

不過，不管別人怎麼說，都無法改變她的想法。

只能讓她自己去整理心情，慢慢接受這件事了。

幸好我在宇宙飛船裡見到的轉生者，似乎都對岡小姐還算友善。

他們看起來並沒有怨恨她，甚至還對她心懷愧疚。
看來只要別出差錯，他們應該可以和好如初。
為了贏得這樣的未來，我們就必須設法度過人類滅亡的危機。
重新下定決心後，我離開岡小姐身邊，走到羅南特大人面前。
「你這臭小子竟然還會對人說教。想要教訓別人，你還早得很呢。」
「哈哈，別看我這樣，我擁有的人生記憶可是比您還要久遠喔。」
這人至今依然把我當成哈林斯對待。
雖然這讓我覺得很開心，但也有些無法釋懷，感覺像是一直被人當成菜鳥。
「你只不過是空有記憶，但那又不是你的親身體驗。如果無法活用那些記憶的話，也只是白費而已。」
「這個我也承認。」
被他這麼一說，我就很難反駁了。
畢竟早在羅南特大人嘗試創造出能轉移到D大人身邊的術式時，就曾經問我邱列迪斯提耶斯的記憶中有沒有能參考的線索，但我完全答不出來。
這也是沒辦法的事。因為邱列迪斯提耶斯的記憶太過龐大，我也沒有完全繼承。
因為那超過了人類大腦的容量。
我只記得一些經過挑選的片段。

由於這個緣故，那些記憶裡有許多空缺，能派上用場的記憶並不多。

「這代表想要自行開發轉移魔術很困難嗎？」

「……很難。雖然我目前已經有辦法進行轉移，卻不知道會被轉移到什麼地方。就算能順利轉移到D大人身邊，也不保證能平安抵達。成功轉移後卻變成一堆肉塊——這種讓人笑不出來的結果也很有可能發生。」

「這樣我可不敢嘗試。」

「我就說吧。雖然很不甘心，但光靠我的能力，這應該就是極限了。」

羅南特大人露出真心感到懊悔的表情，但我覺得他已經很厲害了。

想要讓技能發揮出超過原本設定的效果，是一件很困難的事情。

因為那不是原本的設計。

可是，少數像羅南特大人這樣的天才，就有可能辦到。

人族最強的魔法師絕非浪得虛名。

如果是羅南特大人的話，只要接受來自系統中樞的輔助，應該就能成功地轉移到D大人身邊。

至少我如此確信。

我應該不需要為羅南特大人擔心。

我繼續前進，走向臉色最難看的兩個人。

「你們沒事吧？」

癱坐在地上的教皇與巴魯多先生緩緩抬起頭來。

「雖然很難說是沒事，但現在可不是能夠叫苦的時候。就算要用爬的，我也要繼續跟著大家前進。」

「我也深有同感。不光是邪神Ｄ，我還必須去跟魔王大人見面。所以，在那之前我絕對不能倒下。」

儘管臉色很難看，但教皇與巴魯多先生的眼神都閃閃發光。

看來他們應該也沒問題。

雖然他們看起來都已經超過極限，隨時都有可能突然倒下，但我們現在休息就是為了避免發生這種事。

這樣他們應該還能再撐一段時間。

不過，這幅光景還真是不可思議。

一邊是代表人族的神言教教皇。

另一邊是代表魔族的巴魯多先生。

照理來說，他們兩人應該不可能碰面。

而他們正為了達成同樣的目標攜手合作。

直到不久之前，我根本無法想像會有這種事情。

「真是不可思議。想不到我竟然會這樣坐在你旁邊。」
教皇似乎也跟我有同樣的感想。
「是啊。如果有時間的話，我也想跟你好好聊聊。」
「如果這場戰爭結束時，我們都平安無事的話，那樣可能也不錯吧。」
教皇與巴魯多先生相視一笑。
如果都平安無事……是嗎？
考慮到教皇的個性……不，還是別繼續想了吧。
事情還不一定就是那樣。
再來該去關心其他人了，讓我看看……
一群女孩子圍在修的身邊。
包括卡迪雅小姐、蘇小姐、悠莉小姐和菲小姐……
……好想踹他一腳。
放著他們不管應該也無所謂吧。
當作沒看到吧！
那就只剩下一個人了……
由古王子雙手抱胸，背靠著牆壁休息。
自從我們這群人聚在一起後，他就不發一語。

哈林斯

不但如此，根據我的觀察，他在這之前就一直都是這樣。
與其說他是活生生的人類，還不如說是一個擺飾品。
老實說，我很不想接近他。
而且我跟由古王子一點都不熟。
因為我們是在妖精之里對決時才初次見面，後來也幾乎不曾說過話。
我不曉得該如何面對一個幾乎不曾直接接觸的傢伙。
因此，我決定保險一點，用輕鬆的口氣向他搭話。
「你好啊。年輕人。」
結果由古王子只瞥了我一眼，就立刻不感興趣地移開視線。
連開口答話都不願意。
可惡，想不到他竟然會擺明不把我放在眼裡。
我曾經因為被人嫉妒而遭到無視，但看來他是發自內心對我不感興趣。
因為那些嫉妒我的傢伙，就算裝出無視我的樣子，也會偷偷注意我的動向。
而由古王子是真的對我完全不感興趣。
不但如此，他可能連對自己都不感興趣。
就好像他真的不是生物，只是個擺飾品。
「年輕人，你還那麼年輕，應該沒必要擺出那種看破紅塵的態度吧？」

雖然覺得自己多管閒事，我還是對他這麼說。

我還以為他不會理我，想不到他又再次看了過來。

「這種事跟年紀沒關係吧。」

「是這樣嗎？你的人生還長得很，要是年紀輕輕就這麼悲觀的話，以後可是會過得很辛苦喔？」

聽到我這麼說，由古王子發出不屑的笑聲。

「那我問你。黑神在他漫長的人生中有得到幸福嗎？」

「這個嘛……」

他問了讓我很難回答的問題。

「……雖然我們的境遇完全不同，但我能稍微體會黑神的心情。人生最幸福的時光已經過去，再也無法回到當時——我和黑神在這點上是一樣的。」

……經他這麼一說，我才發現事實可能就是如此。

邱列迪斯提耶斯人生中最幸福的時光，恐怕就是女神莎麗兒被裝進系統之前的那段日常生活了吧。

女神莎麗兒創辦了孤兒院，邱列迪斯提耶斯經常去那裡拜訪，以現任魔王愛麗兒為首的孤兒們也會在那裡迎接他。

那段無可取代的日常生活，就是邱列迪斯提耶斯擁有的幸福回憶。

哈林斯

那種日常生活再也不會回來了。

就算世界恢復和平，他應該也無法得到超越當時的幸福了吧。

從由古王子的口氣聽起來，他應該也是這樣。

「就算是這樣，我還是覺得你沒必要放棄追求幸福。」

「那種事不重要。我現在連為了追求幸福而努力都嫌麻煩。」

看來不管我怎麼說都沒用。

即使他跟岡小姐不一樣，並不是出於自責才變得這麼消極，但他已經完全封閉自己的內心了。

想到他過去的所作所為，我就無法原諒他，但他本人應該也不想得到原諒吧。

可是，對我來說他也是個被害者。

沒有犯下任何過錯的異世界年輕人，因為遭受這個世界的紛爭波及而死亡，轉生到這個世界後又被捲入這些紛爭受人利用。

由古王子害慘的修應該會覺得心情很複雜，但這對我來說已經算是值得同情了。

只要這麼一想，就會發現幾乎所有的轉生者，人生都受到了某種巨大的影響。

雖然讓他們轉生的契機就是這個世界的紛爭，而這也是對他們影響最大的事情，但他們之後的人生也都因為身為轉生者而過得更辛苦。

而且這個世界的命運還被託付到這些轉生者的手中。

我再次體認到這個世界有多麼罪孽深重。

身為這個世界的居民，我沒辦法繼續說出自以為是的話。

「是嗎？那你就別太苛求自己了吧。」

為了避免他想不開，做出不該做的事，我用輕鬆的口氣這麼說。

唉，真是夠了……

這種問題真難解決。

大家都有各自的人生，經歷過的一切也各不相同。

儘管在這個過程中會發生各種事情，讓人產生各種想法，但就算為此煩惱，也找不到正確答案。

有時候人們經過苦惱後得到的結論，也可能會是錯誤的解答。

追根究柢，那些難題經常沒有正確解答。

就算某件事站在某個角度來看是對的，但站在另一個角度來看又可能是錯的。

不過，我們又不能不去思考。

如果可以放棄思考，人們應該可以活得更輕鬆一些吧。

這種問題真的很複雜……

我也想要放棄思考……

「我們差不多該出發了。」

哈林斯

可是，我不被允許放棄。

我們聽從拉斯的指示，重新開始移動。

我不能放棄思考。

因為我們肩負著半數人類的命運。

羅南特

我們騎在上級蜘蛛怪背上一路搖晃，終於順利抵達艾爾羅大迷宮的最下層。

雖然我過去曾經踏進這個艾爾羅大迷宮的下層，但下層就已經是人族無法踏入的魔境。

這個最下層應該算是人跡未至之地了吧。

我們是第一批踏進這個地方的人族。

可惜的是，現在沒時間讓我沉浸於這樣的感慨之中。

「歡迎各位。」

魔王愛麗兒已經在這個最下層等著我們到來。

她坐在一張疑似用蜘蛛絲織成的白色椅子上。

她身後還有蘇菲亞與名叫梅拉佐菲的魔族軍團長隨侍在側，充滿了身為魔王的威嚴。

魔王坐著的椅子旁邊有四隻小蜘蛛，其中一隻不知為何對著我拚命揮舞前腳。

……那傢伙是怎麼回事？

我覺得有些在意，忍不住對牠發動鑑定。

根據鑑定的結果，我得知那傢伙名叫菲兒，是一種名叫操偶蜘蛛怪的魔物。

……咦？

菲兒？

菲兒！

那隻小蜘蛛就是在妖精之里一直纏著我的女孩嗎！

原來這就是那女孩的真面目嗎！

天啊……這個事實還真是令人驚訝。

「你很在意我家的孩子嗎？」

「嗯？我確實很在意。因為她的外表跟上次見面時截然不同，讓我有些驚訝。」

「沒辦法，因為她們喜歡的衣服在這場戰爭中被燒掉了。」

魔王愛麗兒親切地這麼回答。

衣服……原來那算是衣服嗎？

算了，就算外表變了，本質也不會改變。

我會這麼想，是因為菲兒不知為何跳到我頭上，還亂扯我的臉頰。

「別這樣！快點下來！」

「菲兒，不准調皮搗蛋。」

被魔王愛麗兒責罵後，菲兒總算離開我身邊了。

在這種緊急情況下，這傢伙竟然一點緊張感都沒有！

現場的緊張氣氛都被破壞掉了啦！

「羅南特大人……」

哈林斯那個臭小鬼用傻眼的表情看著我，但剛才那件事應該不能算是我的錯吧！

「事不宜遲，我們趕快開始辦正事吧。」

「在此之前，您方便給我一點時間嗎？」

魔王愛麗兒正準備開始談正事，代表魔族的巴魯多先生就開口發問了。

「嗯。雖然我沒有什麼想說的話，不過算了，你就說吧。」

「感謝您的好意。」

巴魯多先生向魔王愛麗兒低頭鞠躬，不知道他到底想問什麼。

我覺得就算問了魔王的想法，他也無法得到自己想要的答案。

「魔王大人，我們魔族對您來說到底算是什麼？」

……我就知道會是這樣的問題。

我覺得就算聽到答案，他也只會覺得難受。

「你問這個做什麼？我覺得問這種問題對你沒有好處喔？」

「就算是這樣，我也想要聽您親口告訴我答案。」

魔王愛麗兒無奈地搖了搖頭。

「那我就實話實說了喔？我對魔族沒有抱持任何感情。這就是我的真心話。」

就某種意義上來說，這種話比起被對方討厭還要教人難受。

儘管魔族被魔王愛麗兒澈底利用，不久前才剛跟人族全面開戰，她卻絲毫不把魔族放在心上。

真不知道巴魯多先生現在做何感想。

巴魯多先生深深地嘆了口氣。

「這樣啊。」

「謝謝您的回答。聽您這麼說，我的心情暢快多了。」

「是嗎？我還以為你至少會抱怨幾句。」

巴魯多先生很乾脆地就此罷休，似乎讓魔王愛麗兒感到有些意外。

「別說是抱怨幾句了，我心中的怨言根本多到不行。不過，就算我對您說出那些話，您也不會改變自己前進的方向不是嗎？您選擇做這件事，應該不是出於那種不夠堅定的信念。如果您的出發點是那種不夠堅定的信念，反倒對不起我那些死去的同胞。」

「當然不是。如果只有那種不夠堅定的信念，我就不會選擇與全世界為敵。」

「既然如此，那不管我說什麼都沒用了吧。我已經與您分道揚鑣了。我只能以魔族代表的身分，為了魔族盡力奮鬥。」

原來如此。

他之所以要問魔王愛麗兒這個問題，不是為了責備魔王愛麗兒，而是為了整理自己的心情。

既然有辦法做到這件事，就代表巴魯多先生不愧是魔族的代表，也是個出色的人物。

「這樣啊……巴魯多，雖然我對整個魔族沒有抱持任何感情，但我很感謝你這位長年支持著我的部下。」

「……這是我的榮幸。」

巴魯多先生露出有點想哭，又有些困擾的複雜笑容如此回答。

「那……我們這次真的要繼續前進了。這扇門的後面就是系統中樞。」

魔王愛麗兒指向自己身後。

那裡有一扇門。

門後就是系統中樞。

也就是囚禁女神莎麗兒的地方。

「接下來凡是敢輕舉妄動的傢伙，我們都會二話不說直接殺掉。」

這句話應該不是亂說的。

那股刺人的殺氣已經證明了一切。

我聽到某人嚥下口水的聲音。

「要是有人敢背叛我們，做出阻止系統崩壞的行為，就算我們白神陣營因此輸掉，我們之後也會殺光人類。不是半數，而是全部。」

這句話應該也不是亂說的。

這些傢伙肯定做得出來。
看來背叛他們的代價會很巨大。
「我發誓絕對不會做出那種背信之事。」
「希望如此。」
雖然教皇當場發誓，但對方應該不相信吧。
當雙方在世界任務中說明自己的理念時，魔王愛麗兒就說過她對人類絕望了。
她打從一開始就不相信人類。
如果想要證明我們不會背叛，就必須直到最後關頭都不做出背叛對方的行為。
「那我們出發吧。對了，在那之前……這個給你。」
「咦？嗚哇！」
魔王愛麗兒把某樣東西丟給勇者修雷因。
勇者修雷因手忙腳亂地接住了。
那是……劍？
「啊，這、這是王家的劍？」
「那把劍是……！」
看到那把劍後，哈林斯那個小毛頭露出驚訝的表情，定睛注視著魔王愛麗兒。
「那是勇者劍。跟只有魔王能用的魔王劍正好是一對。那把劍只有勇者能夠使用，雖然僅限一次，卻能使出連神都能殺掉的一擊。」

勇者修雷因先是看了看勇者劍，又看了看魔王愛麗兒。

「除此之外……喂，快點起來。畢可，你在裡面對吧？」

『吵死了。』

「嗚哇……！」

有人回應了魔王愛麗兒的呼喚。

從勇者修雷因手上拿著的劍裡，飛出一隻白色的小龍。

「嗑睡蟲，總算願意起床了嗎？是不是因為自己看上的勇者被殺掉，你才這樣用睡覺來抗議？」

『哼。』

眼前這隻疑似光龍、名叫畢可的龍哼了一聲表示不屑。

看樣子應該是被魔王愛麗兒說中了。

「算了，你陷入沉睡的理由並不重要。你只要保護好那位現任勇者就夠了。」

『不用妳說我也知道。』

「哇啊……！咦？這是怎麼回事？」

畢可用自己的身體纏住勇者修雷因的手臂。

「那傢伙是光龍畢可。他是負責守護勇者劍的古龍族長。要是發生什麼意外狀況，有這傢伙在還是比較好吧。」

光龍畢可不悅地哼了一聲，讓勇者修雷因露出困惑的表情。

『哼。』

「……這樣好嗎？這算是贈鹽予敵吧？」

「無所謂。就算你們手中握有勇者劍，而且還有畢可這個幫手，我們也能輕易殺光你們。」

面對哈林斯的疑問，魔王愛麗兒懷著無可撼動的自信如此回答。

她竟然說要殺死我們只是舉手之勞。

真是太可怕了。

「只要你們別背叛就行了，這應該很簡單吧？」

明明一點都不相信我們，真虧她好意思說這種話。

不過，雖然我不打算背叛他們，但也不知道其他人有何打算。

儘管我覺得在這種情況下，別背叛他們才是上策。

「那我們就出發吧。」

魔王愛麗兒坐在椅子上如此宣布之後，包含菲兒在內的四隻小蜘蛛便舉起了她正坐著的椅子。

那四隻小蜘蛛八成就是我在妖精之里見過的四個女孩。

雖然我剛才只鑑定過菲兒，但應該不會有錯才對。

這就代表儘管身體嬌小，但她們都是能力值破萬的神話級魔物。
憑她們那種強大的能力值，想要舉起椅子應該很容易吧。
令我在意的是，為什麼魔王愛麗兒要讓菲兒她們做這種事？
魔王愛麗兒的臉色並不好看，可見她的身體狀況不太理想。
身上散發出的氣勢也比傳說中的還要弱。
看來她現在相當虛弱。
但我也不敢為了確定這件事就對她發動鑑定。
魔王愛麗兒把手擺在門上。
門發出耀眼的光芒，逐漸敞開。
然後，我看到門後的光景……
「喔喔喔……！」
原來這就是無以言表的感覺嗎！
門後的光景打破了我的常識。
不光是地板，連牆壁與天花板都布滿了魔法陣。
因為那些魔法陣實在太過複雜，而且太過美妙，讓我無法解讀其中的意義。
可是，我還是一眼就能看出這些魔法陣有多麼厲害！
太驚人了！想不到這個世界竟然有這種東西！

我再次體認到自己的見識還是很淺薄！

糟糕，當我還沉浸於感動之中時，大家都走到前面了。

為了避免被人發現我的慌張，我儘量裝出從容行動的樣子，快步追上眾人的腳步。

人一旦上了年紀，就連這種小技巧都會變得熟練。

然後，當大家都停下腳步時，我再次驚訝得說不出話。

那位大人就在這個房間的正中央。

她沒有下半身，只剩下被固定在空中的上半身。

這人正是女神莎麗兒大人。

她就是這個世界的救世主。

教皇在女神莎麗兒大人面前跪下。

接著，所有人很自然地跟著跪下。

啊，原來如此。

只要親眼見到女神大人這種悽慘的模樣，就能明白魔王愛麗兒會感到憤怒也是很合理的事情。

就這樣過了幾分鐘。

在這段期間，誰也沒有開口說話。

『熟練度達到一定程度。』

就只有女神莎麗兒大人的聲音在房間裡迴盪。

「那……你叫羅南特對吧？可以動手了。」

「嗯。交給我吧。」

魔王愛麗兒打破沉默，我也在她的催促下走到女神莎麗兒大人身邊。

「在下要碰觸您的身體了，如有失禮，請多包涵。」

先知會對方一聲後，我碰觸女神莎麗兒大人的身體。

然後閉上眼睛集中精神。

我做得到。我一定做得到。

快點回想起來吧。想起我利用從屬契約轉移到勇者修雷因身邊的感覺吧。

我現在要做的事情，就跟當時差不多。

要利用對方與這個系統之間的連結，把我們轉移到邪神D的身邊。

我要找出邪神的所在之處。

然後找出通往邪神的道路。

我感覺得到。有兩個巨大的存在連接著系統。

可是，其中一方是壓倒性地巨大。

那種深不可測的感覺讓我不寒而慄。

這一邊恐怕就是邪神了。

另一邊應該是黑神吧。

既然如此，那我只需要利用這條連結，把我們轉移到邪神身邊就行了。

我灌注所有精神建構魔法。

嗚！ＭＰ的消耗量非常驚人！

雖然轉移術原本就要耗費許多ＭＰ，但這次竟然連我的所有ＭＰ都不夠用嗎！

嗚！可是我絕對不能失敗！

我都已經大言不慚地叫大家放心交給我了。

無論如何都要成功才行！

我緊咬著牙，努力建構轉移魔法。

雖然大腦發出了哀號，但要是連這種程度都忍受不了，我又憑什麼自稱是人族最強的魔法師！

「我要發動轉移術了！大家做好準備！」

這次可是要轉移到其他世界。

不管發生什麼事都不奇怪。

雖然我在發動轉移前先提醒眾人，但也不曉得這麼做到底有沒有意義。

轉移術順利發動了。

雖然我的ＭＰ全部耗盡，但總算是勉強成功了。

我趕緊喝下恢復ＭＰ的藥水。

雖然離完全恢復還很遠，但還是有稍微恢復一些。

這讓我得到喘息的空間，總算有餘力確認周圍的情況。

在轉移術發動前就待在我身邊的人全都平安無事。

「看來是成功了呢。」

「是啊，你做得很漂亮。」

我一眼就能看出這裡不是普通的地方。

因為我什麼都看不到。

放眼望去只有一片黑暗。

然而，我們卻能清楚看到彼此的樣子。

儘管到處都找不到光源。

明明看不見周圍的風景，卻能清楚看見其中的東西。

這幅光景實在很不可思議。

而在這幅光景之中，我看到了那傢伙。

那是一位美到令人頭皮發麻的少女。

在見到那傢伙的瞬間，我就完全明白了。

那傢伙就是邪神D。

菲

這個世界既不公平又不講理。
我在前世時就對此深有體會了。
天之驕子擁有一切，凡夫俗子一無所有。
就算有幸得天獨厚，也贏不過更受上天寵愛的傢伙。
既不公平又不講理到了極點。
而若葉姬色這個女人就是那種不公平與不講理的最佳體現。

我在國中時代有過一場戀情。
對方是就讀同一所國中的學長。
因為參加同一個社團，讓我們得以認識。
那是我的初戀。
現在回想起來，我當時被初戀沖昏了腦袋，目光也變得狹隘。
我過去曾經那麼喜歡那位學長，最近卻連他的長相都想不起來。

雖然我當時自認非常地喜歡對方，但其實我對他的愛，也就只有連他的長相都能忘記的程度而已。

我明明還為了跟他再續前緣，報考水準超過自己成績的高中，最後還成功考上。

看到我這個不會也不愛讀書的傢伙認真準備考試，老媽還反而擔心了起來。

現在回想起來，那或許也是段不錯的回憶。

雖然我們當時大吵了一架。

畢竟老媽還對我說出「妳腦袋沒事吧？」這種話。

人家明明是在認真念書耶！

身為父母不是應該感到開心嗎！

先把我媽的事情放到一邊，我勉強自己考上了那間高中之後，卻得被迫面對灰色的高中生活。

因為那位讓我想要再續前緣的學長，竟然成了某位女學生的跟蹤狂……

我向他告白，結果被他拒絕，但這還不是最慘的事情。

雖然這並不是好事，我當時的心情也很糟糕，但現在回想起來就能發現，這場戀情原本就沒什麼希望。

那位學長說好聽點是個文靜的學生，但其實就是個陰沉的邊緣人。

他不是完全不會開口說話，但也不是那種會積極接觸別人的傢伙。

我總覺得他跟俊有點像。

俊也跟他一樣，只要遇到那種個性積極的傢伙，就會被對方嚇到。

我就是那種超級積極的傢伙。

而且還是最積極的那種！

我不斷展開攻勢。

甚至不惜報考對方就讀的學校。

現在回想起來，我應該讓他很有壓力吧。

被一個自己不喜歡的女生積極發動攻勢，他會受到驚嚇也很正常。

因為我已經能把那位學長當成過去式，現在才有辦法誠實地回顧那段感情。

儘管我是因為轉生到其他世界，才不得不把那段感情當成過去式就是了！

可是就算事情是這樣好了，自己喜歡過的人竟然變成了一個跟蹤狂，也還是很讓人不爽，不是嗎？

如果對方是跟其他女孩交往，那我還能死心，但他竟然成了一個跟蹤狂。

而且那女孩根本不把學長放在眼裡。

那女孩名叫若葉姬色。

令人懊悔的是，她是個真正的美女，我可以理解學長為何對她如此癡迷，甚至變成了一個跟蹤狂。

在男生們偷偷策劃的校園美女排行榜中，她是遙遙領先的第一名。

順帶一提，我排在非常微妙的第十幾名。

不過，因為這是全校——也就是從一年級到三年級學生都算在裡面的排行榜，所以我的排行已經算是很高了。

可是，只要想到自己沒能排進前十名，總是會覺得有些微妙不是嗎？

此外，這個排行榜似乎是某位二年級男生的傑作，而這也讓他被同班的女生狠狠修理了一頓。

他被修理的照片還在全校學生之間廣為流傳，所以肯定錯不了。

因為那個排行榜不知為何也在當時跟照片一起流傳，我才會得知其中的內容。

雖然心有不甘，但我完全可以理解若葉為何能稱霸那個排行榜。

長相與身材出眾是理所當然的條件。

不過，若葉真正的魅力在於她的氣質。

超凡。也可以說是超常。

她有種不像是人類的氣質。

不光是因為長得漂亮，那種氣質讓人很難不去注意她。

而凡是見到若葉的人，大致上會有兩種反應。

不是畏懼，就是崇拜。

雖說大家的反應分成兩種，但我想每個人應該都同時對她懷有這兩種情感。
該說是敬畏嗎？
差別只在於這兩種情感之間的比重。
因為學長對她懷有的崇拜比較多，才會變成若葉的跟蹤狂。
……我當時因為失戀的打擊沒想太多，但現在想想就會懷疑自己為何要拚命追求那種會去當跟蹤狂的男人。
不過，其實會追著學長進到同一間高中的我也能算是……
不行！我不能繼續想下去了！
總之！我當時是真的目光短淺，把自己失戀的責任全部歸咎於若葉。
原因單純就是我對學長努力追求的女生感到不爽，但我對那個女人感到畏懼，或許也是讓我無法原諒她的原因之一。
……沒錯，若葉令我感到畏懼。
尤其是她那種彷彿世間萬物都是路邊石頭般的眼神。
還有那種不管我怎麼找她麻煩，她都不把我放在眼裡的態度。
我覺得非常不爽，但又感到畏懼。
因此，當我轉生變成一顆蛋的時候，我滿腦子都想著若葉。
若葉占據我腦海的時間超過學長、超過家人、超過任何人。

也許就是因為這樣，我立刻就看穿在這個世界重逢，那個自稱是若葉的傢伙其實是別人。

也許就是因為這樣，當我從系統中樞轉移過來，發現在這裡等著我們的邪神D其實是若葉時，才會一點都不覺得意外。

「歡迎各位。」

若葉說出這句話，迎接我們的到來。

這裡是個不可思議的地方。

雖然放眼望去只有一片黑暗，我們卻能看清楚彼此的樣貌。

明明一片黑暗，卻還能看得到東西，真是矛盾。

而若葉就坐在這個黑暗空間的正中央。

坐在椅子上的若葉面前浮現出好幾個螢幕。

「啊啊，原來如此……」

茅塞頓開地說出這句話的人不是我，而是魔王愛麗兒。

魔王愛麗兒也坐在椅子上。

那是一張像是用蜘蛛絲織成的白色椅子。

四隻小蜘蛛支撐著椅腳。

雖說是小蜘蛛，但牠們的體型跟地球上的狼蛛一樣，甚至是更大，但比起載著我們來到這裡的巨大蜘蛛，牠們已經算是小蜘蛛了。

而這些小蜘蛛就負責舉起魔王愛麗兒坐著的椅子，帶著她移動。

儘管我覺得讓這種小蜘蛛做這種事很過分，但我很快就發現魔王愛麗兒的身體狀況不是很好。

她的身體狀況差到連要站著都很困難。

我不知道原因是生病還是什麼，但魔王愛麗兒的身體狀況還是讓大家都意想不到，為此驚訝不已。

「您好，初次見面。我是魔王愛麗兒。以這種模樣與您見面，失禮之處，還望見諒。」

「我原諒妳。啊，妳不需要自我介紹，也不需要這麼拘謹。我對妳很了解，而且所謂的敬意就是要發自內心才有意義。」

這句話的言外之意是，就算我們假裝尊敬她也毫無意義嗎？

「那我問妳，妳是若葉對吧？這到底是怎麼回事？」

我總覺得有點不爽，就順著她的意思不客氣地問。

完全不管被我嚇傻的教皇與魔族大哥。

「這個嘛，現場有些人不是很清楚狀況，我還是先自我介紹一下吧。我叫D。職業是邪神。

這當然是化名。我還曾經跟各位轉生者當過同學。我當時名叫若葉姬色。這當然也是化名。」

兩個都是化名不是嗎！

這樣還能算是自我介紹嗎？

「呃……原來D大人跟轉生者們一起當過學生嗎？」

哈林斯先生戰戰兢兢地問。

「正是如此。結果當時有人從這個世界發動攻擊，想要殺死管理者。雖然對方的目標原本是黑神，但女神莎麗兒出手介入，把攻擊目標轉到我身上。就跟各位看到的一樣，我依然活蹦亂跳，但那些受到牽連的轉生者全都死了。簡單來說，那些轉生者都是因為這個世界和我才會死掉。」

她說出了衝擊的事實！

不會吧！這是什麼爛原因啊！

「啊？這算什麼？我可以揍人嗎？」

「菲！別這樣！」

我忍不住這麼說，俊趕緊出面制止。

他根本不用這麼慌張，因為我不是真的想要揍人。

不過，因為我一直認為自己遇到這種事，是我當初霸凌若葉的報應，才會在蛋裡自我反省，但結果我們會死掉全都是若葉害的！

把我的懺悔還給我！
我會有種想要揍人的衝動，應該也怪不得我吧？
「我也覺得自己有錯，才會蒐集那些原本會直接死去的靈魂，賦予其技能，並且保有原本的記憶，轉生到那個世界。」
「這算什麼？給我們的撫卹金嗎？」
「就是這個意思。」
「可是我們並不想要轉生。」
「妳是說，妳覺得就那樣死去比較好嗎？」
「這個嘛……」
我不是這個意思……
我當然不希望死得不明不白。
可是，我也不曉得重新轉生到底是好還是壞。
而且我們還被捲入這種世界滅亡的危機。
「難道妳沒辦法讓我們免於一死嗎？」
夏目開口了。
我有點被他嚇到。
他看起來明明就是一副再也不會主動開口的樣子。

「如果要說我有沒有可能辦到這件事，答案是有可能。」

「那妳怎麼……！」

「可是，我沒有為你們做到那種程度的義務。畢竟復活死者比起讓人轉生麻煩多了。」

她竟然嫌麻煩……難道她就只是為了節省勞力，才會讓我們轉生到其他世界嗎？

「妳在開什麼玩笑啊……！」

「如果妳要算帳，可以去找那個世界的人嗎？因為我並不想殺死你們，只不過是對你們這些死於天外橫禍的傢伙感到些許罪惡感與憐憫，才會稍微幫你們一把。」

被她這麼一說，我就很難反駁了。

我知道罪魁禍首不是這傢伙。

也知道我們能夠轉生都是拜她所賜。

可是，可是！

「雖然妳說得像是為了我們好才這麼做，但事實絕對不是這樣對吧？難道妳不是為了達成自己的目的，才會順便幫助我們轉生嗎？」

「沒錯，妳猜對了喔？」

面對我的質問，若葉很乾脆地承認了。

我就知道。

畢竟我從她身上感覺不到對我們的罪惡感與憐憫。

只能感覺到前世那種非常熟悉，彷彿看著路邊石頭般的冷漠感情。

「不過，我的動機也不是什麼偉大的目的。我只是想要為那個世界灌注一些活水。因為那個世界早就陷入停滯，而且看起來就快要滅亡了。如果我讓其他世界的靈魂擁有些許力量，轉生到那個世界，說不定就能造成小小的變化。」

若葉露出不帶情感的冰冷眼神，像是在觀察實驗動物一樣看著我們。

對這傢伙而言，我們和這個世界或許都只是實驗對象。

就算滅亡了也無所謂——她大概就是這樣認為的。

「妳想在這個世界做什麼？」

「也沒什麼？就跟我剛才說過的一樣，我並沒有什麼偉大的目的。我的主要目的是應黑神的要求，幫助他讓星球重生，其他部分是我個人的興趣。轉生者的事情也是如此。雖然算不上是善意，但也不是出於惡意的行為。」

「妳說的興趣是什麼？」

「我想要把整個世界都變成一款遊戲，還想看看在這個名為遊戲的蠱毒中，會不會誕生出足以成神的傢伙。大概就是這樣了吧。」

若葉不以為意地說出想要把整個世界都變成遊戲，這種規模和想法都有問題的鬼話。

這傢伙果然跟我們不一樣。

思考邏輯差太多了。

光是這樣跟她說話，那種詭異的感覺就讓我覺得很不舒服。

明明可以正常對話，我卻完全不認為自己能夠理解這傢伙。

「我曾經對波狄瑪斯·帕菲納斯和妳……魔王愛麗兒有所期待，覺得你們兩人或許有機會成神，但結果我的期待落空了。特別是波狄瑪斯·帕菲納斯，我一直認為他那種對生命的執著，總有一天可能會讓他為了活下去而超越人類的極限，可惜結果並不理想。」

「想到讓那種傢伙變成神會有什麼後果，我就覺得頭皮發麻。」

魔王愛麗兒毫不掩飾她心中的厭惡。

我覺得對若葉來說，那人的善惡並不是重點，重點就只是那人能否成神。

不管那人是誰都好，她只是想要看到實驗的結果。

大概就是這種感覺吧。

「我明白了。這部分就到此為止吧。妳的那個冒牌貨又是誰？就是那個叫做白神的傢伙。」

我覺得繼續聽這傢伙講話自己可能會發瘋，於是就改變話題。

我想知道那個若葉的冒牌貨，也就是白神的真實身分。

總之，那傢伙就是這傢伙派來的棋子對吧？

如果目的是讓她跟原本就存在的黑神鬥爭，我覺得這種灌注活水的做法有些過火。

而且我總覺得不太對勁。

這個若葉會準備那種積極行動的棋子嗎？

「那是我的替身。如果要讓那間教室裡的學生和老師全部轉生，我的位置就空出來了。為了補足人數，我才會讓碰巧待在那間教室裡的蜘蛛靈魂轉生，並且植入若葉姬色的記憶。」

「妳說什麼？」

我怎麼完全聽不懂？

我困惑地環視其他人的臉，看來大家都無法理解若葉這番話的意思。

「這到底是什麼意思？」

「就是字面上的意思。那傢伙只是普通的蜘蛛。連我都認為她非常脆弱，應該很快就會死掉，其存在只是為了留下若葉姬色也跟著轉生的證據——不，應該是我曾經這麼認為才對。」

雖然我聽得不是很懂，但想要理解這些話或許只是白費力氣。

總之，看來那個冒牌若葉應該不是這傢伙的棋子？

「她不是妳的棋子嗎？」

「不是。那傢伙的行動是出於自己的意志。這真的很有趣。懷有期待的傢伙沒能實現我的期待，當成棄子丟去送死的傢伙最後卻成神了。」

呃……？

如果把剛才這些話總結起來，意思就是那個冒牌若葉是靠著自己的力量成神，也是憑自己的意志跟黑神戰鬥嗎？

「對於您把小白送來這個世界，讓她助我一臂之力這件事，我非常感激。」

魔王愛麗兒的話語中充滿了對那個冒牌若葉的溫情。

聽到那種口氣就能明白，至少魔王愛麗兒很信任那個冒牌若葉。

「藉由讓系統崩壞來回收能量是我刻意留下的密技，但考慮到那個世界的現況，這已經能算是找到正確解答了吧。雖然那位神言教教皇想到的做法也不差，但那種做法非但不夠確實，又會浪費太多能量，最後能量很可能會有所不足。」

聽到若葉這麼說，所有人都看向教皇。

教皇似乎承受不住這些視線的壓力，主動開口說話。

「我想到的做法，就是殺光這個世界的神。」

嗯？我不是很懂這句話的意思。

「你這話是什麼意思？」

悠莉似乎也跟我一樣無法理解，於是便質問教皇。

「神就是擁有巨大能量的生命體。而系統具備回收死者能量的功能，就算對方是神也一樣。如果神死了，系統就能回收那些能量。」

所以他才打算殺死神嗎？

可是，這就代表他想要……

「不光是女神莎麗兒大人與白神，你連身為同伴的黑神都打算殺掉嗎？」

「正是如此。」

悠莉一言不發地朝向教皇使出攻擊魔法。

咦？不會吧！

「危險！」

就在魔法差點擊中教皇的前一刻，俊衝到他們兩人之間，擋住了攻擊。

要是俊沒有及時趕上，教皇應該已經死掉了吧！

「悠莉！妳到底在做什麼！」

「那是我要說的話。俊，你快讓開。這樣我殺不了他。」

「咦？妳說這些話不是很奇怪嗎？」

悠莉這句話讓老師陷入混亂。

「我覺得殺掉那傢伙比較好。他到底把神當成什麼了？快點去死吧。去死。」

嚇死人了！悠莉好可怕！

「悠莉，我不是無法理解妳的心情，但請妳暫時忍耐。現在可不是我們人類自相殘殺的時候。」

「……好吧。」

悠莉被俊說服，不甘願地收手。

難道只有我覺得教皇無論如何都死定了嗎？

連身為同伴的黑神都想殺掉，實在太過分了。

就算是為了拯救世人，也不代表手段可以不分好壞吧。

誰也不會跟隨這種連同伴都能犧牲的傢伙。

「為了補足不夠的部分，我打算消滅半數人類，把他們當成犧牲品。」

「就是這個！我們就是來問這件事的！」

因為邪神的真實身分就是若葉，讓我們把話題扯遠了，但我們來到這裡的目的，原本就是為了解決半數人類將會消滅的問題！

「就跟我剛才說過的一樣，黑神陣營的做法無法補足能量。如果要在讓系統正常運作的狀態下使星球完成再生，就必須犧牲將近半數的人類。因此，我打算在黑神陣營取得勝利時，親自幫忙補充不夠的部分。而當白神陣營取得勝利時，人類原本就得死掉將近一半。不管誰輸誰贏，都會有半數人類消滅，或是死亡。結局早就注定了。」

對人類來說，這句話就像是宣判死刑。

教皇無力地跪了下去。

「怎麼會這樣……那我所做的一切……」

「我不會說是白費力氣，但已經錯失良機了。」

這句辛辣的話語讓教皇垂下頭。

「原本隨著星球毀滅，人類也會全滅，但現在星球即將重獲新生，人類也還能剩下一半。你不認為這已經算是戰果輝煌了嗎？」

雖然這樣聽起來好像很成功，但對目前還活在這個世界的我們來說，這根本不是什麼豐碩的戰果，而是天大的問題。

「難道就不能想想辦法嗎？」

俊努力從喉嚨裡擠出這句話。

「你希望我解決這個問題嗎？」

「當然希望。」

「嗯，我確實有辦法解決這個問題。」

「那就！」

「那……你要給我什麼樣的代價？」

因為若葉這番話而變得激動的俊停住不動了。

「黑神把那個星球送給了我。他說我可以任意處置那個星球，拜託我幫忙讓星球重生，並且拯救女神莎麗兒的生命。雖然將要毀滅的星球毫無價值，我還是答應他的條件，幫忙創造出系統並且管理那個星球。」

若葉將目光移向俊。

「要我拯救半數的人類，你打算付出什麼樣的代價？」

俊被若葉筆直盯著看，一句話都說不出來。

因為黑神把星球送給若葉，她才能把那裡當成遊戲的舞台。

就算送出原本就毫無價值的東西，也不夠支付代價。

所以，這個世界的人們才會一直被系統搾取能量。

就像是在還錢一樣。

而我們也沒有能夠支付的代價。

如果要我們為了拯救半數人類支付代價，天曉得到底要多久才能還清。

難道我們也得跟這個世界的人們一樣，不斷地轉生到同一個世界，償還我們欠她的代價嗎？

我稍微想像一下，就覺得背脊發涼。

因為我是轉生者，所以可能一直有種事不關己的心態。

我覺得自己不會跟這個世界的人們一樣，變成拚命還債的奴隸。

想到自己可能也會變成那樣，我就覺得害怕。我死也不要那樣。

「只要是我付得起的代價，要什麼都行。」

然而，傻卻說出這種話。

「就算是你親人和朋友的命也行嗎？」

「不，因為那不是屬於我的東西。我能支付的代價，就只有屬於我的東西。」

「你想拿自己一個人來抵半數的人類？真是傲慢。而且貪心。」

聽到若葉這麼批評，傻不知道該做何回答。

如果要說傻一個人的命跟半數人類是否等價，答案當然是否定的。

假如他真心認為自己的命跟半數人類等價，那若葉說他傲慢就是事實。
而且事情到了這種地步，還想要不付出任何犧牲就拯救世界，或許確實是種貪心的想法。
「即便如此，如果還有一絲可能性的話，我就不會放棄希望。」
「山田同學。」
聽到俊這麼說，魔王愛麗兒一臉不悅地喊了俊前世的名字。
根岸與笹島這兩位白神陣營的成員，也同樣表現出不愉快的樣子。
雖然我沒有直接聽到，但是當大家用念話開會時，俊好像也曾經惹火魔王愛麗兒。
白神陣營似乎無法原諒那些只會求神的世人。
所以，我知道他們是為了這種只想求神的行為生氣。
「這個世界的問題，就該由這個世界的人類負責解決。而我們現在已經沒有能圓滿解決問題的方法了。你們知道自己只是無法接受這個事實，做著丟人現眼的垂死掙扎嗎？」
「……事情或許正是如此。不過，就算丟人現眼也好，我還是想要掙扎看看。我沒辦法那麼乾脆地讓人犧牲。」
「不是讓人犧牲。莎麗兒大人已經為人們犧牲很久了。可是，這個世界的人們早就忘記了這件事。輪到自己該犧牲的時候，他們才開始驚慌失措。我看了只覺得他們很誇張，難道你無法體會我的這種心情嗎？」
魔王愛麗兒虛弱無力地坐在椅子上。

可是，她散發出的怒火強烈到令人喘不過氣。

「我之前也說過，如果你要插手這一戰，就得做好足夠的覺悟。你當時告訴我，說你早就做好覺悟，要以當事人的身分插手這件事。既然如此，你應該也早就做好當我們無法容許你的存在時，會被我們排除掉的覺悟了吧？」

聽到魔王愛麗兒這麼說，根岸與笹島都把手放在武器上。

我也反射性地壓低身體準備迎戰，但其實我完全不認為自己打得贏。

「慢著！我不是你們的敵人！」

「可是在我們眼裡，你就是敵人。」

糟糕，怎麼突然就快要打起來了？

就在這時，現場響起鼓掌的聲音。

「你們雙方可以就此收手嗎？要是人類方在這種時候全滅，我可一點都不覺得有趣。」

有人願意出面調停讓我很開心，但那種心情很快就冷卻了。

她竟然說不覺得有趣……

有這種理由嗎？

「魔王愛麗兒說的話不是沒道理，但妳自己也借助了轉生者與白神的力量，應該沒資格只用這種論點批評人類吧？」

「……您說得沒錯。是我不對。」

雖然理由很糟糕，但多虧有若葉出面調停，魔王愛麗兒等人似乎願意收起矛頭了。

「山田同學，對於你的要求，我的回答是不行。光憑你有能力支付的代價，我不願意圓滿地拯救那個世界。」

「這樣啊……」

「不過，我願意給你機會。」

原本很自然地低著頭的我們，全都重新抬起頭來。

「自從我把轉生者送過去後，那個世界讓我相當愉快。白神的活躍、魔王愛麗兒的決斷、勇者尤利烏斯的奮鬥、神言教教皇達斯汀的努力不懈、亞格納與巴魯多的魔族求生戰略，以及轉生者們各自的人生。他們為那個停滯的世界帶來極大的刺激。我的注人活水計畫十分成功。看著這一切讓我相當滿足。」

若葉說出這個世界發生的各種事情，就像是在為了娛樂而觀賞電影一樣。

「此外，你們沒有錯過我給出的提示，還成功地來到我身邊。我必須為此給你們一點獎勵才行，不是嗎？」

有別於「獎勵」這兩個字，周圍瀰漫著討厭的氛圍。

即使不是那種明顯的殺氣，卻會令人感到畏懼。

若葉從椅子上站了起來。

「這是獎勵關卡。你們就試著擊敗我吧。如果你們能成功擊敗我，我就替你們拯救世界。當然，我會盡全力放水，這點你們大可放心。不過，就算我會放水，但可不會手下留情喔。」

這一瞬間，我差點就腿軟了。

因為若葉身上散發出的感覺，讓我出於本能感到畏懼。

就是這個！

這是這種感覺！

這就是我前世從若葉身上感覺到的超凡氣質。

感覺就像是在窺視無法看透的黑暗深淵。

當我見到冒牌若葉時，也被她那種神聖不可侵犯的氣質嚇住了。

那可說是比前世時若葉給我的感覺還要強烈的神靈之氣。

可是，我還是覺得若葉比較可怕。

若葉給人一種深不可測的恐懼感。

雖然冒牌若葉的存在感很強烈，卻沒有那種深不可測的感覺。

所以，直覺才會告訴我錯了。

這傢伙不是若葉。

而真正的若葉現在展現了自己的部分實力。

這樣還算是盡全力放水了嗎？

我不認為我們打得贏她。

我突然聽到東西掉到地上的聲音，原來是教皇和那位魔族大哥倒下了。

他們似乎是因為承受不住若葉散發出的壓迫感才會倒下。

「教皇！巴魯多先生！」

哈林斯先生衝到他們身邊大聲呼喊，但他們完全沒有要爬起來的跡象。

看來他們完全昏死過去了。

「可惡！現在到底該怎麼辦才好！」

「那還用說嗎？我們只能一戰。」

羅南特老先生毅然地這麼說。

戰鬥？跟那傢伙嗎？真的假的？

「我也這麼覺得。各位，我們上吧。」

俊拔出勇者劍。

卡迪雅和蘇站在他的兩側，悠莉和老師負責守住他的背後。

真是夠了！

看來大家都想打！那我不就非戰不可了嗎！

我從人類型態變身成竜型態。

誰怕誰啊！

仔細想想，這可是能名正言順痛扁若葉的大好機會！

我知道這只是虛張聲勢，但要是不這樣鼓舞自己，我就好像要昏倒了。

「……您說要拯救世界，請問是要做到什麼程度？」

魔王愛麗兒在這種情況下向若葉發問。

「這個嘛。這種事還是先說清楚比較好吧。如果你們能擊敗我，我就讓原本應該會在系統瓦解時死去的人類活下去。當然，我也會收回要消滅半數人類的這件事。讓星球再生所欠缺的能量，就由我來提供吧。對了，我還會讓女神莎麗兒活久一點。照現在這樣，她應該會在脫離系統的瞬間死去。魔王愛麗兒，我會延續她的生命，讓她能活到妳壽命將盡的時候。」

這種條件聽起來無可挑剔。

魔王愛麗兒也驚訝地睜大眼睛。

「既然這樣，我們也不能不參戰了呢。」

說完，魔王愛麗兒從椅子上起身了。

原來她站得起來啊……

不過，我看得出來她是在硬撐。

可是，這樣剛才還那麼可怕的根岸與笹島就變成我們的同伴，沒有比這更令人壯膽的事情了。

「那我們就開始吧。」

我不是很清楚那一瞬間發生了什麼事。

只知道站在我面前的傻被人從旁邊推開，而推開他的哈林斯先生也飛了出去。

「咦？」

我發出癡呆的驚呼聲。

我看向飛出去的哈林斯先生，發現他的胸口開了一個大洞，整個人倒地不起。

不管怎麼看都是當場斃命。

「我說過了吧？就算我會放水，但可不會手下留情。」

若葉甩了甩自己的右手。

鮮血從那隻手上飛濺四散。

直到這時我才明白，就是那隻右手貫穿了哈林斯先生的胸口。

「順便告訴你們，如果把我現在的實力換算成能力值，大概是全部十五萬左右。如何？這樣已經放水夠多了吧？」

以人類的平均能力值來看，這可是超過上百倍的能力值。

怎麼可能打得贏這種傢伙。

在戰鬥開始之前，我就已經快要放棄希望了。

俊3

邪神D其實就是若葉同學。

這個事實當然令我感到驚訝。

不光是我，在場的轉生者們應該都嚇到了。

就只有菲一個人很快就接受這個事實。

不過，雖然覺得驚訝，但在跟她對話的過程中，我也接受了這個事實。

我從白神身上隱約感受到的不協調感，似乎得到了證實。

雖然白神的外表和氣質都跟若葉同學很像，但我確實一直隱約覺得不太對勁。

我猜菲應該比我還要覺得不對勁吧。

仔細想想，當我們還在妖精之里時，她就一直瞪著白神。

她應該是當時就開始懷疑了吧。

不過，她說白神其實是一隻蜘蛛這件事，我就有點無法理解了。

我猜那應該是若葉同學在開玩笑吧。

然後，事情就發展成要跟若葉同學戰鬥了……

「哈林斯先生！」

為了保護我，哈林斯先生代替我被擊飛出去。

倒在地上的哈林斯先生胸口開了個大洞，從洞裡不斷湧出鮮血。

這是致命傷，而且是當場死亡。

「東張西望可不是好事喔。」

聽到耳邊響起的聲音，我感到背脊發涼。

啊，我死定了。

腦海中浮現出這個念頭。

「現在不是發呆的時候吧！」

可是，我並沒有死。

我整個人被擊飛出去，眼裡的景象不斷旋轉。

我有一瞬間不知道發生了什麼事，只在翻轉的視野中看到若葉同學和蘇菲亞互相碰撞。

我猜自己八成是被她們兩人互相碰撞產生的衝擊波及，才會被擊飛出去。

光是受到波及，就會被打飛這麼遠嗎？

「嗚、咕……！」

我勉強在狠狠摔落地面前找回平衡，成功著地。

可是，我就只能做到這樣，根本無法介入那樣的戰鬥。

蘇菲亞揮舞大劍，若葉同學則是用在不知不覺中握在她手裡的雙劍招架。

大劍往下劈砍的同時，還引發了能凍結周圍的衝擊波，但只有若葉同學沒被冰凍，表情輕鬆寫意。

一陣劍雨朝向若葉同學落下。

在蘇菲亞後退的同時，那些劍也正好命中目標引發爆炸。

熱風甚至吹到我身上。

這招就像是飛彈一樣。

那陣劍雨是京也射出的爆裂魔劍。

每一發都有驚人威力的爆裂魔劍，被他毫不吝惜地射了出去。

那些爆炸引起的熱風，讓身在遠方的我都有種皮膚要燒起來的感覺。

看來就算是若葉同學，應該也不堪一擊吧。

我原本是這麼想的，但若葉同學下一瞬間就若無其事地從爆炎之中走出來。

「怪物……」

菲畏懼地看著若葉同學。

這樣還算是盡全力放水，到底是在開什麼玩笑？

我完全不覺得能打贏她。

至少憑我的攻擊力，應該沒辦法傷到她一根汗毛。

不但如此，我完全跟不上若葉同學的動作。

我的攻擊應該不會命中，也八成無法避開她的攻擊。

就算我加入攻擊的行列，也只會扯京也和蘇菲亞的後腿。

不行，不管怎麼想，我都無法擔任攻擊手。

既然如此！

我衝到倒地不起的哈林斯先生身邊。

哈林斯先生眼神空洞，胸口也早就不再起伏。

他死了。

可是，我還有這個技能！

那就是可以復活死者的「慈悲」！

我發動「慈悲」，開始讓哈林斯先生復活。

哈林斯先生胸口的大洞開始慢慢復原。

可是，復原的速度非常慢。

雖然「慈悲」擁有讓死者復活的誇張能力，但限制也很多。

不但無法對損傷太過嚴重的屍體使用，也有時間上的限制。

如果不是在死後立刻使用，就無法讓人復活。

拜託！一定要讓我趕上啊！

時間逐漸過去，在胸口的大洞完全堵上的同時，哈林斯先生的身體也抖動了一下。

「嗚？咦？我怎麼了……？」

「哈林斯先生！你醒過來了嗎！」

「修？我剛才到底是……？咦？對了！我的胸口被貫穿了！」

哈林斯先生猛然起身，把手擺在自己的胸口上。

「沒有傷口？難道我是在作夢嗎？」

「不，是我用『慈悲』讓你復活的。」

聽到我這麼說，哈林斯先生露出驚訝的表情。

「原來如此。抱歉，謝謝你救了我。」

「別客氣，反正我應該也沒辦法加入那種戰鬥。」

我斜眼看向在遠方展開的戰鬥。

蘇菲亞和京也正聯手對若葉同學發動攻擊。

蘇菲亞的大劍、紅水與冰塊，還有京也的魔劍、火焰與雷電，全都毫不留情地襲向若葉同學。

而若葉同學毫髮無傷地擋下了那些攻擊。

儘管蘇菲亞和京也的攻擊，全都猛烈到能把我轟得煙消雲散。

「……我應該也沒辦法衝進那種戰鬥之中。」

「……是啊。」

哈林斯先生和我互相點頭。

「所以我想負責擔任醫護兵——就用『慈悲』這個技能。」

「不行！等一下！你不能這麼做！」

哈林斯先生不知為何激動地阻止我。

可是我現在唯一的功用，也就只有活用「慈悲」了。

「使用『慈悲』要付出巨大的代價。」

「這個我知道。就是會提昇『禁忌』的技能等級對吧？可是，我的『禁忌』等級早就封頂了，根本毫無影響。」

「不對！還有其他更巨大的代價！」

我還以為「禁忌」等級已經封頂之後，就可以不用在意負面影響，但看來還有我不知道的代價。

我看哈林斯先生這麼激動，看來那似乎是相當沉重的代價。

可是，我目前都沒有感覺到影響。

「聽好，每次使用『慈悲』，使用者就會失去部分靈魂。因為復活死者就是得付出這種代價才能實現的奇蹟。換句話說，你越是使用這招，靈魂就會逐漸減少，一旦減少到極限，靈魂就會直接消滅。」

「咦？不會吧？」

「我沒騙你。」

這個代價太過沉重，讓我忍不住發出驚呼聲這麼問道，但哈林斯先生一臉嚴肅地回答了我的問題。

他看起來不像是在開玩笑。

換句話說，我越是使用「慈悲」，靈魂就會越接近消滅嗎？

「我也不曉得你的靈魂現在減少到什麼程度。可是，如果你使用太多次，肯定會對下次轉生造成不好的影響。不但如此，說不定連對今世都會有影響。」

我被嚇得面色鐵青。

原來我過去使用「慈悲」，都是在削減自己的生命幫別人復活嗎？

……這樣不是很划算嗎？

「哈林斯先生，就算是這樣，我還是要使用『慈悲』。」

「修！」

「憑我這條命，完全不足以拯救半數的人類。」

這是若葉同學剛才說過的話。

我一個人的命跟半數人類的命並非等價。

「可是，如果能用我一個人的命拯救好幾個人的命，你不覺得這樣很划算嗎？」

自己的靈魂不斷減少確實很可怕。
可是，我不能在這種時候猶豫該不該使用「慈悲」。
因為就跟我對魔王說過的一樣，我也是做好覺悟才會來到這裡的。
『說得好。』
就在這時，纏在我手臂上的光龍畢可飛走了。
光龍畢可纏住在不知不覺間來到我身旁的蘇的手臂。
『女孩，我會助妳一臂之力。如果妳喜歡這男人，就盡全力為他而戰吧。』
「畢可！」
『主人的分體啊。你不覺得這是一場值得拚命的戰鬥嗎？不對，如果我們現在不拚命，又該在什麼時候拚命？』
「是這樣沒錯啦……」
『女孩，為了幫這男人減輕負擔，妳就努力減少死者的數量吧。』
「……我明白了。我會為了哥哥而戰。」
「蘇！等一下！」
「哥哥，我也會跟你一起拚命。」
說完，蘇就衝了出去。
而且速度好快！

這種速度顯然超過了蘇的極限。

難道這就是畢可說要借給她的力量嗎？

「請問畢可先生是什麼樣的龍？」

「那傢伙是專門支援別人的龍。他能像那樣強化別人的能力值，也會使用治療魔法。蘇小姐現在的能力值恐怕高達上萬吧。」

這也太厲害了吧！

「真正可怕的人，應該是能完美適應突然暴增的能力值的蘇小姐。如果能力值突然增加那麼多，一般人應該會無法適應，完全控制不住身體，但她漂亮地駕馭了那股力量。這就是所謂的天才吧。」

經他這麼一說，我才發現蘇正用流暢的動作揮劍砍向若葉同學。

我是因為身為轉生者才能從嬰兒時期就領先別人，而蘇原本就是一直都能追上我腳步的真正天才。

她的天分比我還要高上許多。

即便對手是若葉同學，蘇或許也能與之一戰。

「既然俊和蘇都做好覺悟了，那我也必須跟上才行。」

「卡迪雅？」

「來吧，快來吧！」

卡迪雅嘴裡唸唸有詞。

這代表她也做好某種覺悟了嗎？

「來了！」

然後她開心地叫了出來。

「什麼東西來了？」

「只要對我發動鑑定，你就知道答案了。」

聽到卡迪雅這麼說，我疑惑地歪著頭，試著對她發動鑑定。

結果——

「咦？怎麼會這樣！」

我看到的能力值列表非常奇怪。

技能的數量異常地少。

「咦！」

然後，當我看到為數不多的其中一個技能時，又再次發出驚呼聲。

「純潔」。

那是支配者技能，也是七美德系技能的其中之一。

「你知道我的專屬技能是什麼吧？」

聽到這句話，我就想通一切了。

卡迪雅的專屬技能叫做「轉換」。

她一直為了不知道這個微妙技能的用途而抱怨。

其效果是能把技能還原成技能點數。

簡單來說，就是能讓人重新取得技能的技能。

不過，因為點數的還原率並非百分之百，所以有著越用越虧的缺點。

因此，卡迪雅封印了這個技能，連一次都不曾用過。

可是，從這個狀況看來，她剛才做了什麼已經很明顯了。

「妳用了『轉換』嗎？」

「沒錯。拜此所賜，我幾乎失去了所有的技能。」

卡迪雅的技能幾乎都消失了。

真的只剩下「純潔」與因此得到的稱號所附送的技能。

因為能力值增強系技能也都消失了，讓她的能力值也降低了一些。

不過，她的平均能力值還是遠遠超過一千，應該還不至於輸給普通士兵。

可是，在這場戰鬥中，那種程度的能力值就跟沒有一樣。

因為就連狀態萬全的我，都只能扯別人的後腿了。

所以，卡迪雅才會把自己的技能全都還原成點數，把一切都賭在唯一可能派上用場的「純潔」。

「哈林斯先生，『純潔』的能力是什麼？」

「『純潔』的能力是結界，可以發揮出超越神龍結界的防禦性能。」

「看來我中大獎了呢！那我就負責擔任前衛吧。我絕對不會讓俊受到半點傷害！」

這還真是可靠。

現在有我這個補師，還有卡迪雅這個前衛。

雖然我們無法擔任攻擊手，但如果專心在後方支援，應該也能派上用場吧？

「傷腦筋。我這個前衛的工作被人搶走了。」

哈林斯先生的大盾被剛開始的那一擊打碎了。

在這種高強度的戰鬥中，那面大盾或許就跟紙片一樣，不管有沒有都沒差。

事實上，哈林斯先生就是連同大盾一起被貫穿胸口而當場斃命。

「不過，幸好我有事先買好保險。」

哈林斯先生揚起嘴角。

在他身邊冒出了三個魔法陣。

這是……召喚術？

被他召喚出來的是風龍修邦先生、冰龍妮雅小姐與闇龍雷瑟先生。

「咦？他們怎麼會出現？」

「在過來這裡之前，我們就已經事先立下從屬契約了。就是為了在發生意外時能召喚他們過來。」

「就是這麼回事！」

「唉，如果不被叫過來，那就再好不過了。」

「然後呢？既然你叫我們過來，就代表發生什麼事了吧？現在是什麼狀況？」

修邦先生充滿鬥志，妮雅小姐反倒是無力地嘆了口氣，雷瑟先生則是看著若葉同學等人戰鬥的戰場這麼問。

「因為發生了許多事情，我們正在跟邪神Ｄ戰鬥。只要能擊敗邪神Ｄ，就能迎接完美的結局。」

「謝謝你，這說明還真是簡單易懂。」

「也就是說，我們只要從正在戰鬥的那群人之中，找出沒看過的傢伙解決掉就行了吧！我仔細一看，發現裡面有個跟白色傢伙長得很像，可是顏色不一樣的傢伙耶！」

「那傢伙就是邪神Ｄ！你們去擊敗她吧！」

「雖然這樣確實很好懂，但你就不能換個更好的說法嗎？」

「現在沒時間仔細解釋了。事情就是這樣，萬事拜託了！」

「了解！我要上了！」

修邦先生率先變身成龍型態飛向敵人。

妮雅小姐也接著變身成龍型態，緩慢地動了起來。

「呵呵，完美的結局是嗎？真教倫興奮捏。」

雷瑟先生話才說到一半，聲音就改變了。

我仔細一看才發現，他已經變身成可說是半龍半人的龍人型態。

這就是雷瑟先生的龍型態嗎？

我目送著雷瑟先生衝出去的身影。

「好啦，剛才的召喚術已經讓我用盡了ＭＰ。這樣就沒有我能做的事情了。我現在就是個廢物。」

哈林斯先生如此自嘲，卻露出心滿意足的表情。

「修，多虧有你幫我復活，我才能夠召喚出雷瑟他們。可是，我已經無法做出更多貢獻了。所以，萬一我之後又再次戰死，你就不必幫我復活了。因為就算你幫我復活，我也完全派不上用場。」

哈林斯先生露出爽朗的笑容，卻說出不得了的要求。

「……我不會那麼做的。我早就決定要打贏這一戰，而且不能失去任何人。我不會讓任何人死的。就算死了我也要救活。」

我說出自己的想法，重新確認自己該做的事情。

「所以請你努力逃跑，千萬別讓自己死掉。」

「傷腦筋。我的小老弟還真夠貪心，而且還特別喜歡強人所難。」

哈林斯先生輕聲笑了出來，無奈地聳聳肩膀。

可是，他很快就換上嚴肅的表情，開始下達指示。

「一旦出現死者，修就利用『慈悲』負責幫忙復活。其他的治療工作就交給悠莉小姐與岡小姐負責。岡小姐，我記得妳擁有『救贖』對吧？」

「是的。」

聽到哈林斯先生這麼問，老師如此回答。

「也就是說，妳也能使用奇蹟魔法對吧？那就由岡小姐負責治療受到重傷的人，由悠莉小姐負責治療受到輕傷的人吧。不過，妳們要記得見機行事。」

奇蹟魔法是治療魔法的上位魔法。

就算是治療魔法無法醫治的傷也能治好。

那是擁有「救贖的支配者」這個稱號才能得到的魔法。

「岡小姐的『救贖』技能效果是賦予被她認定為同伴的傢伙再生能力。只要不是當場死亡，應該都能發揮出很大的效果。要是有人當場死亡，就輪到修出馬了。」

老師擁有七美德系技能之一的「救贖」，它的效果似乎是能賦予同伴相當於「ＨＰ超速再生ＬＶ１」的再生能力。

只要不是當場死亡，傷口似乎都會以驚人的速度復原。

因為之前跟老師一起行動的時候，我們沒有太多受傷的機會，所以一直沒能感受到這樣的效果。

……這應該不是因為老師沒把我們當成同伴吧？

「岡小姐，請妳努力地把現場除了邪神D以外的所有人都當成同伴。要是妳的這種想法不夠強烈，有時候對方就不會被當成同伴。」

「我明白了！」

……說不定根本不用懷疑，我們真的沒被老師當成同伴？

不對，我們只是單純沒機會受傷罷了。

肯定是這樣沒錯。

「卡迪雅小姐負責用結界保護我們。菲小姐負責搬運我們。」

「好的！」

『我也只能做到那種事了。交給我吧。』

卡迪雅的回答充滿鬥志，菲的回答則像是鬆了口氣。

雖然不曉得卡迪雅的結界效果如何，但憑我們的能力值，要是被若葉同學的攻擊打中，只要一擊就會斃命。

如果卡迪雅的結界無法擋住若葉同學的攻擊，我們就死定了。

而菲可以用她巨大的身軀，把我們迅速載到傷患與死者身邊。

這是只有菲能完成的任務。

「……我是不是完全派不上用場？」

在決定眾人任務的過程中，只有夏目孤零零地站在旁邊。

老實說，我覺得夏目的能力……應該派不上用場。

雖然他的「色慾」可以洗腦別人，在戰略上可說是非常有用，但在直接戰鬥的時候毫無用處。

之前跟我戰鬥的時候也是如此。

因為如果要完美地洗腦別人，就得花上很長的時間，不斷反覆洗腦。

至於他的另一個技能「貪婪」，雖然擁有強大的效果，可以吸收被自己擊敗的敵人的能力，但靠著這種能力變強的他，實力也還比不上我。

在連我都算不上戰力的戰場上，夏目當然也無法成為戰力……

「兄弟，你就跟我一起當大家的累贅吧。」

哈林斯先生搭住夏目的肩膀。

「誰是你兄弟啊！」

夏目露出厭惡的表情，逃離哈林斯先生身邊。

「算了，你只要盡力而為就夠了。」

哈林斯先生拍拍夏目的肩膀，像是要鼓勵他一樣。

就在這時，現場出現兩個巨大的身軀。

「那是！」
那是女王蜘蛛怪。
兩隻神話級魔物出現在我們眼前。
牠們是被魔王愛麗兒召喚出來的嗎！
而且女王蜘蛛怪的周圍又接連冒出更多的召喚魔法陣。
蜘蛛型魔物的軍團從魔法陣裡被召喚出來。
「雖然當敵人的時候很可怕，但是一想到牠們也是同伴，就讓人覺得很放心呢。這還真是壯觀。」
哈林斯先生一邊吹著口哨，一邊看著不斷增加的蜘蛛軍團。
「看來對方也全力以赴了。」
「是啊。」
魔王愛麗兒是認真想要擊敗若葉同學。
既然如此，那我們也要盡力而為。
為了打贏這一戰，讓這個世界走向完美的結局。
可是，有別於我的這種想法，即便受到蘇菲亞、京也、蘇與古龍族長們的猛攻，若葉同學依然毫髮無傷。

闇龍雷瑟

我一直在找尋能發揮這股力量的地方。

以及能讓我澈底發揮這股力量的葬身之地。

我們這些名為古龍族長的傢伙，都是真正龍族的失敗仿製品。

我們是在波狄瑪斯的實驗中誕生的嵌合體。

有別於那些被女神莎麗兒經營的孤兒院收養、像愛麗兒那樣的人型嵌合體，我們這些古龍族長的外表很像是真正的龍族。

這讓我們不被當成收養的對象，而是被當成動物對待。

在我不知道的地方，或許有些同胞被當成實驗動物折磨至死。

不對，那樣的同胞應該確實存在吧。

而願意收留我們的人，正是我們的主人——邱列迪斯提耶斯大人。

因此，我們都很尊敬主人。

這應該就跟愛麗兒對女神莎麗兒懷抱的心情一樣吧。

我們跟愛麗兒之間的差別，就只有系統把我們當成是魔物而已。

即便在神的觀點中，我們也算是一種動物。

因此，我們選擇成為主人的眷屬。

我們放棄與人類交流，也拒絕淪為普通的魔物，得到了身為管理者眷屬的地位。

我們努力做好各自的任務，增加自己的眷屬，在這個世界建立起生存的基礎。

修邦負責淨化遭到汙染的荒野。

伊艾娜負責管理大海，不讓人類跑到遠洋。

妮雅、庫溫與寇卡也有各自負責管理的領地。

在古龍族長之中，我負責封印魔王劍。

最大的理由是我沒有負責管理的領地，是古龍族長中的冗員。

另一個理由是我的能力比其他人來得特殊。

如果有人揮舞魔王劍的話，或許也會需要用到我的能力。

所以，我才會跟魔王劍一起被封印。

我的能力是刻意針對某個領域進行強化。

那就是對付神的能力。

也就是能對神發揮效果的能力。

簡單來說，就是攻擊靈魂的能力。

直接攻擊靈魂的外道攻擊。

掌管死亡的腐蝕攻擊。
消滅靈魂的深淵魔法。
我把大量技能點數投注在這些技能上，優先提昇這些技能的等級。
一切都是為了在這個世界被外神入侵時預做準備。
可是，那種事情根本不可能發生。
根據我家主人的說法，據說他的頂頭上司——也就是上位管理者D大人，在諸神之中也是受到畏懼的高位強者。
沒有神會跑來侵略D大人負責管理的世界。
要是有那種傢伙，肯定是個不知天高地厚的傻子。
所以，我的存在只不過是買個保險罷了。
我的任務是防備外神入侵這種幾乎不可能發生，但要是發生就必定事關重大的情況。
不過，儘管我的存在是一種保險，但效果實在太差了。
要是有外神前來侵略，我家主人就會率先前去迎戰。
如果要輪到我出場，也會是在主人落敗之後。
連主人都打不贏的敵人，我也不可能打得贏。
因此，我這個保險實在太不管用了。
不能完全沒有做好對策，而且也只能做到這種程度的對策。

這就是我。

萬一我家主人戰敗，我才有機會出場，但輪到我出場的時候，也幾乎百分之百會戰敗，就只是個可有可無的傢伙。

想到就好笑。

我就是萬一主人戰敗時才有機會出場，勝算只有億分之一的保險。

就只是個別人幾乎不抱任何期待的傢伙。

所以，我不知道自己的存在意義是什麼。

我想要有個能發揮實力的地方。

一個能讓我發揮這股力量的地方。

一個能讓我展現存在意義的地方。

應該只有這裡能滿足我了吧！

「喝啊！」

我使出附加外道攻擊效果的掌底攻擊。

我的身體跟其他古龍族長不同，就算是龍型態，構造也跟人類差不多。

因此，我是古龍族長之中唯一能使用人類體術的人。

而這種技術很適合拿來搭配外道攻擊或腐蝕攻擊這種屬性附加技能。

D大人用劍擋住我的掌底。

劍刃砍進掌心，讓我把手抽了回來。

掌心留下一道很深的傷痕，但傷口很快就開始復原了。

這是那個名叫岡小姐的妖精，所擁有的「救贖」的再生效果。

這讓我在戰鬥時可以不用在意這種程度的小傷。

即便如此，我也不能有一瞬間放鬆。

Ｄ大人的劍向我逼近。

我的能力值大概在一萬一千左右。

就算擁有這樣的能力值，劍還是以肉眼看不見的速度向我逼近。

我來不及閃躲。

再這樣下去，那把劍就要劈開我的腦袋了，但有人衝過來幫我擋住這一劍。

蘇菲亞把大劍當成盾牌，成功擋住Ｄ大人的攻擊。

此外，她並非只有防禦，還用紅色的冰凍住Ｄ大人的腳。

我沒有放過那一瞬間的機會，衝到蘇菲亞面前出腳一踢。

可是，Ｄ大人硬是把冰震碎，撤退到其他地方。

「剛才還真是可惜。」

「窩也這麼覺得。」

雖然攻擊被避開了，但我們並非毫無收穫。

D大人一直避免讓自己被我擊中。

就算會被其他攻擊直接擊中，她也幾乎都是毫髮無傷地正面承受，就只有我的攻擊，她絕對會閃躲或是用劍擋住。

儘管在能力值上破壞力遠高於我的攻擊不斷打在她身上，也是如此。

這就是我的攻擊對D大人也管用的證據。

在場的所有人都明白這件事。

我很自然地變成攻擊的主力。

為了讓我的攻擊可以命中，大家都在從旁支援我。

真教人興奮。

在這種大舞台上，我正在以主角的身分戰鬥。

在我漫長的人生之中，還是頭一次如此強烈地感受到自己的存在意義。

我很滿足。

因此，直到這條命燃燒殆盡的瞬間，我都要全力以赴！

之後的戰況變得有些膠著。

大家都努力要讓我擊中D大人。

而D大人也盡全力阻止我們這麼做。

現場不斷上演各種處心積慮的攻防。

在場的所有人都是這個世界頂尖的強者。

他們的招式數量也跟其實力成正比，能夠從各種角度展開攻擊。

相較之下，因為Ｄ大人沒有使出全力，所以只使用雙劍對付我們。

雖然只要別靠近她就不會被幹掉，但因為她的速度很快，可以瞬間拉近雙方的距離，讓我們很難做到這點。

不過，因為攻擊就是最好的防禦，大家都沒有停止攻擊，結果讓Ｄ大人攻擊的機會減少了。

就算我們這樣拚命攻擊，也無法突破Ｄ大人的防禦。

這應該不是特殊技能的效果。

如果我們相信她本人的話，那她就單純只是靠著換算成能力值大約是十五萬的防禦力在承受攻擊。

但正因為單純，所以才很難突破。

如果要突破那麼強的防禦力，就只能用比那更強的攻擊力發動攻擊。

可是，能力值的極限數值是９９９９。

在系統的範圍內，無論如何都無法達到十五萬的數字。

換句話說，如果要對Ｄ大人造成傷害，就只能超越系統的極限，或是像我這樣使用特殊技能，對她造成無視防禦力的傷害。

我開始感到焦慮。

我們的體力與ＭＰ是有限的。

要是繼續戰鬥下去，就無法避免會減少攻擊的次數。

到時候我們就真的無計可施了。

我們必須在那之前設法突破Ｄ大人的防禦。

「嗚！糟了！」

因為內心焦急，讓我判斷錯誤了！

就在兩隻女王蜘蛛怪的吐息直接命中Ｄ大人，其他的所有人也都停止攻擊的瞬間，我衝了過去。

即便正面承受女王的吐息，Ｄ大人也毫髮無傷。

而既然不會受傷，那也沒必要考慮防禦的問題。

既然如此，她當然也能把那段時間用在攻擊上。

我跟衝過來的Ｄ大人四目相對。

那雙彷彿要把人吸進去一樣，讓人聯想到地獄的眼睛，正筆直注視著我。

然後，她揮出了手中的劍。

「調和！」

這一瞬間，所有攻擊都停止了。

朝著我揮過來的劍沒有傷到我，就像是沒有實體一樣穿過我的身體。

雖然不知道發生了什麼事，但這是個大好機會！

「嗚喔喔喔！」

我灌注全力的拳頭命中了。

在這場戰鬥中，我頭一次有這種明確的感覺。

我對她造成傷害了！

「征服！」

我聽到某人的喊叫聲。

下一瞬間，我體內湧現出一股力量。

這是某種增益效果嗎？

「大家上！我撐不了太久！別停止攻擊！」

那人是轉生者之中的夏目。

此外，剛才那個發動名叫「調和」的技能的人好像是教皇。

難道這些都是七大罪系技能與七美德系技能的支配者稱號附送的第二個技能嗎？

只要得到七大罪系技能與七美德系技能，都會自動取得稱號。

雖然支配者稱號附送的第一個技能，通常都是強力的普通技能，但第二個技能都是只能透過

那個稱號取得的特殊技能。

此外，如果沒有支配者權限，就無法發動那個特殊技能。

而且也不能發動。

因為那些技能實在太過強大，一旦發動就會對使用者造成極大的反噬。

就跟我的外道攻擊、腐蝕攻擊和深淵魔法一樣，那些都是以神為假想敵的技能。

教皇發動的「調和」，八成是能讓敵人的攻擊完全無效的技能。

而夏目發動的「征服」，感覺起來應該是能把自己的能力值與技能加到所有同伴身上的技能。

兩個都是效果很強大的技能。

正因為效果強大，所以反噬應該也很強烈。

他們下定決心使用這種技能，為我們抓住了這個好機會！

夏目說得沒錯，我們現在只能繼續攻擊！

女王吐出的蜘蛛絲纏住D大人，讓她停止行動。

妮雅的冰又隔著蜘蛛絲凍住D大人的身體，把她完全釘在原地。

「禍根！」

然後蘇菲亞也發動技能。

那也是七大罪系技能附送的特殊技能。

散發出不祥氛圍的大劍砍在D大人身上。

闇龍雷瑟

困住Ｄ大人的冰塊也被一起擊碎，有如怨靈喊叫的破碎聲響徹周圍。

可是，即便挨了這樣的攻擊，Ｄ大人依然試圖對蘇菲亞展開反擊。

下一瞬間，一發空氣彈打在Ｄ大人身上。

那是修邦的風系魔法。

Ｄ大人被那發空氣彈砸個正著，身體有一瞬間停住不動。

蘇菲亞趁機後退，換成拉斯衝到前面。

「憤怒！閻魔！」

他先發動「憤怒」，然後又發動七大罪系技能附送的特殊技能。

我彷彿看到斷罪之神的幻影，擁有壓倒性熱量的火焰纏繞在拉斯身上。

那股火焰襲向Ｄ大人。

然後，我也跟著發動魔法。

「深淵魔法！地獄門！」

由深淵掌管的黑暗以Ｄ大人為中心向外擴散。

接著，重新收束並吞噬一切的黑暗，直接擊中Ｄ大人。

發動深淵魔法果然很累人……

當黑暗消失之後，Ｄ大人也依然健在。

有一位少年衝向Ｄ大人。

不會吧！他在我們之中幾乎算不上戰力不是嗎！

他到底在想些什麼！

D大人朝向那位少年揮出了劍。

「哥哥！」

少年的妹妹彈開其中一把劍。

可是，另一把劍無情地砍向少年的脖子。

「自失！」

在夏目大喊的同時，D大人的身體停住不動了。

夏目！難道他發動了第二個特殊技能嗎！

光是發動一個，都會對身體造成極大負擔的特殊技能，他竟然同時發動了兩個！

他不要命了嗎！

「勇者劍！」

可是，夏目拚命創造出來的空檔，為少年勇者修雷因爭取到足以讓攻擊命中的時間。

耀眼的光芒填滿了整個空間。

那是雖然僅限一次，卻能發揮出弒神之力的勇者劍。

那股力量直接打在D大人身上。

……我們贏了。

「幹得漂亮。」

就在我確信我們贏得勝利的下一瞬間，我聽到了D大人的聲音。

「可是，這樣還是不夠。」

然後，我看到勇者修雷因倒臥在一片血泊之中。

「拚盡全力是理所當然的。可是，如果你們無法超越極限，就無法得到拯救世界的獎勵。」

我看到D大人毫髮無傷地站在那裡。

教皇達斯汀……正因為他是現場最弱的傢伙，而且一開始就昏了過去，才會讓對方完全沒有警戒，但他的行動讓戰況一口氣改變了。

以達斯汀的攻擊無效化技能為起點，先是雷瑟的攻擊成功奏效，接下來的連續攻擊也成功了。

沒想到夏目同學會這麼亂來，連續發動兩種特殊技能，連蘇菲亞和拉斯也頭一次使出自己的特殊技能。

接著山田同學也使出了勇者劍。

想不到一直在後方擔任醫療人員的山田同學，竟然會在那種時候衝了出去。

大家的王牌絕招都成功命中了。

然而，D大人卻依然健在。

而且毫髮無傷。

不，她不是毫髮無傷。

只是那些傷全都瞬間治好了。

不過，反正結果都是一樣，這兩者應該沒什麼分別吧。

挨了我們那麼猛烈的總攻擊，敵人卻依然毫髮無傷，這種打擊已經足以擊垮大家的心。

D大人已經盡全力放水了。

這點絕非虛假。

要是D大人沒有放水，不管我們如何掙扎，也只會被她秒殺。

即便對方已經放水，我們還是看不到勝算。

我想D大人應該早就設定好勝利條件了。

應該不至於會有「敵人能無限回復傷害」這種爛設定。

只要我們能對她造成某種程度的傷害，應該就能得到成功擊敗敵人的判定。

我們就只是沒能打出達到標準的傷害罷了。

拚盡全力是理所當然的事。

可是，如果我們無法使出超越極限的力量，就無法擊敗D大人。

這代表既然我們說要拯救世界，就必須付出這種程度的努力吧。

天底下可沒有那種不用付出就能讓世界得救的好事。

既然是這樣，那我免不了要懷疑我們到底有沒有辦法達成那個條件。

若D大人是個重視公平性的人，那拯救世界的代價就不可能太低。

這哪裡是什麼獎勵關卡。

根本就是魔王關卡吧。

呼……

「看來我是沒辦法向她道謝了～」

雖然我曾經說過，等到這一切都結束之後，我想要再次向小白道謝。

看來我是等不到這個機會了。

「艾兒、莎兒、莉兒、菲兒……謝謝妳們至今的付出。我死了之後，妳們也要好好地活下去。」

雖然我不是因為無法向小白道謝才這麼說，但我還是向操偶蜘蛛怪們道謝。

操偶蜘蛛怪們拚命搖頭，緊抓著我的腳不放。

要我別去是嗎？

雖然她們的心意讓我很開心，但我不能不去。

這條命原本就只剩下一年左右。

所以，就算在這裡燃燒殆盡，我也不會後悔。

不過，就只有沒辦法向小白道謝這件事，讓我有些遺憾。

我再次從椅子上站了起來。

啊，好像有點頭暈……

召喚出兩隻女王對我現在的身體負擔相當大。

雖然我一度因為這樣站了起來，但召喚出女王之後，我又重新坐了下去，只能無力地觀察戰況。

但是，現在的我就算參戰也無濟於事，繼續坐著可能才是對的。

雖然我想繼續坐著，但看來情況並不允許。

等到暈眩緩解、閃爍不停的視野復原後，我才邁出腳步。

在我頭暈目眩的這段期間，戰況似乎又改變了，勇者的妹妹發動烈火般的攻勢，拿著勇者劍砍向D大人，而老師和長谷部同學則在遠處治療渾身是血的山田同學。

山田同學的身旁是失去一隻手臂的羅南特。

他八成是用短距離轉移術救回山田同學了吧。

他也是在當時失去一隻手臂。

不過，能在那種狀況下救回山田同學還真是了不起。

……啊，達斯汀全身都在流血。

看來他使用了第二次的「調和」。

他是為了配合羅南特拯救山田同學，才會使用「調和」嗎？

難怪他們能在那種絕望的情況下救出山田同學。

兩個老頭子竟然這麼逞強。

說到逞強，夏目同學也是一樣。

他跟達斯汀一樣，全身都在流血。

達斯汀和夏目同學應該都沒辦法繼續使用特殊技能了。

一旦用了就會沒命。

山田同學也退場了。

我們無法採用依賴復活的戰法。

正在專心治療的老師和長谷部同學也無法行動。

為了保護老師與長谷部同學，大島同學也無法行動。

哈林斯與漆原同學不是無法行動，而是根本算不上戰力。

巴魯多還沒清醒過來……但這也怪不得他。

我方僅存的戰力只有蘇菲亞、拉斯、畢可與裝備了勇者劍的妹妹、雷瑟、修邦、妮雅和兩隻女王。

此外，雖然非常不起眼，但梅拉佐菲也一直不斷發動遠距離攻擊。

只是，那些攻擊很不起眼，考慮到能力值上的差距，應該完全無法造成傷害。

「妳們留在這裡。妳們要活下去，代替我向小白道謝。」

我制止想要跟過來的操偶蜘蛛怪四姊妹。

她們也是出色的戰力。

可是，我不知為何不想讓她們在這時候上場。

我希望她們活下去。

「好啦，我也該使出全力了。」

我用力伸展身體。

最快發現我正走向戰場的人是D大人。

「妳不繼續觀戰了嗎？」

勇者妹妹一邊喊叫一邊發動攻勢，D大人輕鬆擋下她的攻擊，向我如此問道。

「是啊。因為繼續這樣下去好像贏不了。」

「如果妳現在下場戰鬥，肯定會沒命喔。不但如此，妳的靈魂應該也會崩壞。就算是這樣，妳還是要戰鬥嗎？」

「對。反正我這條命也剩沒多久了。」

「原來如此。」

D大人扶著自己的下巴，擺出陷入沉思的姿勢。

「喝啊啊啊啊！」

勇者妹妹無視於我們的對話，奮力砍向D大人，但D大人完全不把她放在眼裡。

雖然她揮舞的是勇者劍，但效果已經被用掉之後，那就只是一把堅固的劍。

因為砍不壞也是一種優勢，這樣拿來用或許也不是壞事。

「愛麗兒小姐。」

就在我們對話的時候，除了正在戰鬥的勇者妹妹之外，其他同伴都聚集到我身邊。

對我說話的拉斯身上殘留著令人不忍直視的燒傷痕跡。

那應該是特殊技能的負面效果吧。

蘇菲亞看起來也有些虛弱，還讓梅拉佐菲攙扶著她。

雷瑟、修邦與妮雅這三隻古龍也疲累不堪，正在喘著大氣。

「大家都被打得很慘呢。」

「我很慚愧。」

拉斯面露沮喪，蘇菲亞也默默地緊咬著牙。

「大家還能再拚一把嗎？」

「當然可以。」

「隨時都行。」

「謹遵吩咐。」

「很好。」

拉斯、蘇菲亞與梅拉佐菲都還有鬥志。

問題在於古龍那邊。

「雷瑟，怎麼啦？你該不會放棄了吧？」

「……或許拔。」

「真沒出息。我們可以死在這種大舞台上耶。至少該拿出直到最後都要全力以赴、笑著戰死的氣概吧。」

「……泥說得對。反正窩本來就不打算活著回企。那揪轟轟烈烈地戰死拔。」

「漂亮！這才是搖滾啦！大家一起赴死吧！」

「……可以不要把我算進去嗎？」

雖然有個傢伙好像不太合群，但現在就不管那麼多了。

此時此刻，我們的心團結在一起了！

「那麼，我就拚命一戰吧。」

如果現在再次發動「謙虛」，我應該會死吧。

不過，反正我已經盡了最大努力，至少沒有留下遺憾。

那就讓我燃燒生命，殺得D大人措手不及吧。

「妳沒能成神。可是，我承認妳那耀眼的靈魂，比低級的神更有價值。」

「這是我的光榮！」

那我們就開始吧！

……咦？

D大人的腳邊怎麼有隻白色小蜘蛛？

就在我注意到那隻白色小蜘蛛的下一瞬間，空間就以那隻小蜘蛛為中心裂開了。

然後，一道白色人影從空間的裂縫中跳了出來。

那道白色人影筆直衝向D大人……

下一瞬間，我感受到一股強烈的衝擊。

白2

我跟黑之間的戰鬥才打到一半，就已經能看到結局了。

黑展開的異世界有將近一半都被白色蜘蛛啃食殆盡。

戰況發展到這種地步，被我扭轉戰局也只是時間的問題。

黑比我想像中的還要弱。

正確來說是他變得虛弱了。

早在跟我開戰之前，黑的能量似乎就減少了許多。

他肯定是把那些能量灌注進系統了吧。

換句話說，其實我一直都在全力提防能量耗盡的黑，還說了「糟糕～贏不了～好難打～」等
等一大堆喪氣話。

嗚哇，這也未免太丟臉了吧！

黑確實是比我強大的神，但在這種能量耗盡的狀態下，我也還是有辦法打贏！

不對，黑在這種狀態下還跑來向我挑戰，是不是太看不起我了？

嘿嘿嘿！我要你用生命為自己的輕敵付出代價！

雖然我想要一邊舔著嘴唇一邊說出這種話，但地面上的情況好像不太對勁。
在被傳送到這個異空間之前，我事先買了個保險。
那就是當我把山田同學轉移到愛巢（笑）時所使用的分體。
我讓那孩子跟著山田同學，不斷偷看與偷聽他遇到的一切。
結果我發現事情好像一直往奇怪的方向發展。
山田同學竟然輕易逃出了愛巢（笑）。
話說利用從屬契約的連結轉移到對方身邊也太扯了吧。
為什麼那個老頭子辦得到那種事？
這樣是不是很奇怪？
絕對很奇怪吧。
接著事情不知為何開始往正面的方向發展，山田同學也表現出「我絕不放棄！」的態度。
不過，這件事本身其實無所謂。
我甚至還想要幫他加油。
結果他們跑到神言教的大本營跟教皇見面，還不知為何拉攏了幾隻古龍。
這到底是為什麼？
為什麼當他們漫無目的到處亂晃時，可以剛好遇到老師他們，還意外發展成「邪神其實是D！」、「你、你說什麼～！」這種狀況。

現在是怎樣……？

我也想知道這到底是怎麼回事。

我在這時就向黑提議暫時停戰。

還努力向他說明這一切。

可是我真的很不會說話！

我花了不少時間，才成功讓黑明白我想要停戰！

然後我又花了更多時間，解釋我為何要提出這樣的要求！

當我忙著解釋的時候，山田同學等人先是召開念話會議，又跑到艾爾羅大迷宮集合，接著前往系統中樞，最後還殺到D的面前！

事情的進展也太快了吧！

麻煩配合一下我的表達能力好嗎！

因為我不但不擅長表達，還得在戰鬥中說服敵人耶！

這可不是簡單的事！

小心我哭給你看喔？

而且為了迎接這一戰，我還做了許多準備工作喔？

你們可以體會我付出那麼多努力，卻因為這種莫名其妙的發展，不得不宣布暫時停戰時的心情嗎？

我哭給你看喔?真的會哭喔!

況且還是在戰況對我有利,只差一點就能打贏的時候?

我哭給你看喔?真的會哭喔!我會大哭特哭喔!

所以我要把這股怒火全部發洩在D身上。

這是正當的報復。

事情就是這樣,去死吧!

在轉移完成的下一瞬間,我朝向眼前的D使勁揮出大鐮刀!

對了,我是在轉移到這裡之前,召喚出這把大鐮刀的。

如果我能早點召喚出這把大鐮刀,跟黑對戰就不會打得那麼辛苦了。

不過,反正我有成功在痛毆D的時候召喚出這把大鐮刀,就不計較那麼多了。

其實我是想要抓準時機帥氣登場,讓自己像是拯救大家脫離困境的英雄,但要是我再晚一點趕到,魔王那傢伙好像就要發動「謙虛」了。

看來只能速戰速決拚命亂砍了!

D小姐,我不會允許妳開口說話的。

肉體可以快速再生?

那我就拚命亂砍,砍到妳無法再生為止!

在妳哭著求饒之前!老娘絕不停手!

我的最終兵器就是這把大鐮刀！

一旦被直接砍中，就算是黑也會受到不小的傷害，而我正瘋狂地用這把大鐮刀連續發動攻擊！

雖然連發動攻擊的我，都覺得要是自己挨了這種攻擊，恐怕會來不及讓身體再生，只能就這樣死去，但我還是沒有停止攻擊。

因為我不認為這種程度的攻擊就能解決掉D！

所以我要懷著說不定能幹掉她的想法，只要她開始再生就亂砍一通，就這樣一直守屍下去！

哇哈哈哈！

我要一直守屍下去，直到世界終結為止！

「這就真的太超過了，可以拜託妳放過我嗎？」

我聽到背後傳來這樣的聲音。

我決定暫時停止攻擊！

D被砍成肉塊的身體在不知不覺中消失了。

這傢伙還真是厲害……

不過，這裡可是D創造出來的異空間喔？

她當然有辦法在異空間內進行轉移。

可是，能在我完全沒發現的情況下辦到這件事，還是很厲害就是了。

而且她是不是還很自然地對我使用讀心術？

「呼……真是夠了。想不到妳竟然會跑到這種地方。這裡的座標明明就離那個世界很遠。」

這裡確實是個很難轉移過來的地方。

不過，我把緊跟著山田同學的分體當成標記，總算是成功轉移過來了。

就這點來說，山田同學可是個大功臣。

但我還是無法原諒他搞砸我一生一次的決戰這件事。

話說回來，既然這個異空間的座標這麼遙遠，那個老頭子的轉移術應該不可能成功不是嗎？

「因為我有事先動過手腳，讓人可以從系統中樞輕易來到這裡。」

她果然對我用了讀心術吧！

「算了。恭喜各位通過獎勵關卡。你們對我造成的傷害，已經達到規定值了。因為我沒有指定必須由誰來擊敗我，就算是妳這個中途闖入的傢伙，也有得到獎勵的權利。真是太好了呢。」

D看起來有些失去幹勁，不知道從哪裡拿出椅子坐下。

而且那張椅子還是電競椅……

「咦？不會吧……」

魔王一副被人狠狠潑了冷水的樣子。

畢竟事實上也是如此。

這位小姐，如果我沒有趕來這裡揍人，妳想要犧牲自己對吧？

大姊姊我可不允許那種事喔。

妳還是給我安享天年吧。

看吧，妳的女兒們也不希望媽媽死掉，才會拚命拉著妳的腳……等一下！

艾兒！莎兒！莉兒！菲兒！妳們的外殼跑去哪裡了！

明明還是妙齡少女，怎麼可以不穿衣服在外面亂跑！

怎麼辦？我不過就是離開一下子，就發生好多奇怪的事情。

「妳這個最奇怪的傢伙，可以不要假裝自己是正常人嗎？」

……D小姐今天說話是不是特別不客氣啊？

難不成她生氣了嗎？

「我才沒生氣呢？」

啊，她肯定生氣了。

「我就說我沒生氣了嘛。」

對對對，我知道妳氣瘋了。咕嗚！

「妳給我差不多一點。」

我被某種攻擊打到了！雖然不知道是什麼攻擊，但我好像被打到了！

「那個……」

就在我痛到說不出話的時候，有人小聲向D搭話。

聲音的主人是黑。
沒錯，這傢伙也跟我一起轉移到這個異空間了。
不過，當我忙著揍人的時候，他就只有站著發呆，像是一個派不上用場的稻草人。
「可以告訴我這是怎麼回事嗎？」
「那東西沒有告訴你嗎？」
她竟然說我是「那東西」。
「只有隻言片語。這傢伙都不把話講清楚……」
我當時拚命向他解釋，但他似乎只能聽懂隻言片語。這還真教人難過。
「那我就從頭告訴你吧。」
然後，D說出她原本打算消滅半數人類，為了獎勵其他人找到這裡，才主動提出只要能擊敗她，她就拯救世界作為獎勵這件事。
竟然把拯救世界當成獎勵，這傢伙的世界觀實在大有問題。
我們可是費盡千辛萬苦想要拯救世界，但這傢伙竟然只為了獎勵我們，就說要隨手幫我們拯救世界。
看吧！黑聽完這些話都愣住了！
「雖然最後的結局讓人無力，但我玩得還算滿足。」
看到吸血子和鬼兄等人傷痕累累的樣子，就能知道她剛才應該打得很過癮。

山田同學都已經半死不活了。

事情會這麼順利地往奇怪的方向發展，肯定是山田同學的「天之加護」的影響。

自從山田同學擺出一副「我絕不放棄！」的姿態後，「天之加護」才會遵從他的願望，讓事情發展成這樣吧。

若非如此，事情的發展絕對不可能對我們這麼有利。

……我過去一直小心提防山田同學果然是對的。

「那麼，我就解放女神莎麗兒吧。我還會把能量灌注進系統，讓系統慢慢地自然消滅。技能與能力值應該也會逐漸消失。這樣應該就能把失去那些東西的影響降到最低了吧。」

「非常感謝。」

黑立刻低頭道謝，一副要順勢下跪的樣子。

「雖然那個世界今後在形式上依然是由我管理，但我幾乎不會插手任何事情了。邱列迪斯提耶斯，我要你負責接手管理。明白了嗎？」

「遵命。」

「此外，要是發生了什麼事情，你也別期望我會出手幫忙。我對那個世界感到滿足，已經完全失去興致了。你要靠自己的力量繼續守護下去。」

「……遵命。」

「當然，世界並非只靠一位神維持運作。居住在裡面的所有生物，也同樣能左右星球的興衰。這點你們千萬不能忘記。」

聽到D這麼說，人類的代表們都點了點頭。

話說回來，教皇和夏目同學都渾身是血，這樣真的沒問題嗎？

「那我在此宣布，世界任務順利完成。」

《世界任務完成。世界被拯救了。》

看來天之聲（暫定）又發送廣播了。

而這應該也是能在那個世界聽到天之聲（暫定）的最後機會了吧。

「那我們差不多該道別了。各位，我想我們應該不會再見面了，請多保重。」

就在D說完這句話的同時，除了我之外，在場所有人的腳邊都出現了轉移魔術陣。

嗯？為什麼我的腳底下沒有？

算了。

那我就自行轉移回去吧。

「妳想去哪裡？妳要留在我這裡工作喔。」

妳說什麼？

「恭喜妳。妳正式成為我的眷屬了。來，鼓掌鼓掌鼓掌。」

咦？這我怎麼沒聽說過？

「我說過了吧？我不打算放妳離開。」

我的肩膀被她使勁抓住。

啊，看來我逃不掉了……

等一下！我還沒來得及跟魔王他們道別啊！

啊啊啊……！

大家腳底下的轉移魔術陣都發動了！

「那個！小白，謝謝妳！」

「我也要謝謝妳！」

至少在最後要大聲喊出來。

我還使勁全力向她揮手。

魔王也向我揮手。

然後轉移術順利發動，大家都回到那個世界了。

就只有我一個人被留在邪神身邊……

咦？

這應該算是壞結局吧？

眾人的結局

愛麗兒

最終決戰後，她跟眷屬們一起悄悄地失去蹤影。

據說她跟女神莎麗兒一起度過平靜的餘生。

蘇菲亞

最終決戰後，她跟眷屬們一起悄悄地失去蹤影。

據說在北方的極寒之地有座吸血鬼的城堡，這個傳說一直流傳到遙遠的未來。

梅拉佐菲

他跟蘇菲亞一起失去蹤影。

大家都認為他應該是跟瓦爾德這位後進一起，繼續擔任蘇菲亞的僕人。

拉斯

最終決戰後，他悄悄地失去蹤影。

沒人知道他後來的行蹤。

俊

最終決戰後，他回到亞納雷德王國，從旁輔佐當上國王的前第三王子列斯頓。

無人知曉他後來的感情狀況，連文獻上都沒有記載。

悠莉

最終決戰後，她回到聖亞雷烏斯教國發起革命，最後廢除神言教，創立了女神莎麗兒教。

她就任女神莎麗兒教的初代教皇，全心投入傳教活動。

卡迪雅

最終決戰後，她回到亞納雷德王國，以公爵家千金的身分大為活躍。

據說她後來一直都是蘇蕾西亞公主與教皇悠莉的好友兼對手。

蘇

最終決戰後，她回到亞納雷德王國，從旁輔佐其兄長修雷因。

據說她一輩子都沒有結婚，但又跟某位男性關係匪淺。

菲

最終決戰後，她回到亞納雷德王國，從旁輔佐其主人修雷因。

後來她成為亞納雷德王國的守護聖獸受人崇拜。

由古

最終決戰後，他悄悄地失去蹤影。

沒人知道他後來的行蹤。

菲莉梅絲

最終決戰後，她前往世界各地，到處召集那些因為擁有妖精血統而受到迫害的人們。

後來她在妖精之里的遺址，建立了新妖精之里。

安娜

最終決戰後，她依然留在亞納雷德王國，繼續服侍修雷因。

後來她成為亞納雷德王國與新妖精之里的中間人。

哈林斯

最終決戰後，他回到亞納雷德王國，以普通人類的身分擔任騎士。

後來他成功當上騎士團長，為了王國盡心盡力。

達斯汀

最終決戰後，他回到聖亞雷烏斯教國，但還沒治好戰鬥中受到的傷，就這樣撒手人寰。

據說在他過世的那天，世界各地都響起了宣告英雄死訊的莊嚴鐘聲。

邦彥

他就這樣定居在最終決戰時停留休息的烏班貝迪尼亞村。

他跟麻香成為夫妻，過著還算幸福的夫妻生活。

麻香

她跟邦彥一起定居在名叫烏班貝迪尼亞的小村子。

他們靠著務農與副業維生，得到了樸實無華的幸福。

草間忍

最終決戰後，他回到聖亞雷烏斯教國，卻被迫成為悠莉的手下。

他幫助悠莉發動革命，最後變成新教皇悠莉的跑腿小弟。

羅南特

最終決戰後，他回到連克山杜帝國，繼續以首席宮廷魔導士的身分行動。

他努力研究不需要技能也能使用魔法的技術，對後世的魔法文化造成巨大的影響。

歐蕾露

她完全沒有參與最終決戰，若無其事地繼續擔任連克山杜帝國的宮廷魔導士。

不過，她徹底錯過結婚的機會，依然過著被迫陪羅南特做些誇張實驗的生活。

巴魯多

最終決戰後，他回到魔族領地，以魔族指導者的身分努力復興魔族。

他把與人族和解當成自己畢生的課題，對後世造成極大的影響。

沙娜多莉

她長期擔任巴魯多的左右手，後來還跟他結婚。

不管是以同事的身分，還是以妻子的身分，她一輩子都在支持著自己的丈夫。

達拉德

他就任魔族領地的總軍團長，為了減少魔物與盜賊造成的損害而努力奮鬥。

不管於公於私，他都是巴魯多與沙娜多莉這對夫妻的重要幫手。

菲米娜

最終決戰後，她跟第十軍一起悄悄地失去蹤影。

據說他們成為暗中掌管魔族領地的地下組織，但沒人知道是真是假。

其他轉生者

最終決戰後，他們各自踏上屬於自己的人生道路。

有些人找到屬於自己的小小幸福，也有些人在後來名留青史。

艾兒、莎兒、莉兒、菲兒

最終決戰後，她們跟愛麗兒一起悄悄地失去蹤影。

後來經過漫長歲月，據說在北方極寒之地的某座城堡裡，出現了四位服侍吸血姬的女僕。

莎麗兒

最終決戰後，她被愛麗兒帶走，悄悄地失去蹤影。

只有當事人知道她和愛麗兒最後過著什麼樣的生活。

邱列迪斯提耶斯

最終決戰後，他跟莎麗兒與愛麗兒一起生活了一段時間。

雖然後來再也沒有人見過他，但據說他跟存活下來的古龍們一起守護著世界。

雷瑟

最終決戰後，他跟邱列迪斯提耶斯一起悄悄地失去蹤影。

據說他還偷偷混進人類社會中生活。

修邦

最終決戰後，他跟邱列迪斯提耶斯一起悄悄地失去蹤影。

據說偶爾可以看到在天空中快速飛舞的龍。

妮雅

最終決戰後，她跟邱列迪斯提耶斯一起悄悄地失去蹤影。

據說在北方極寒之地的某座城堡裡，好像有隻整天都在睡覺的龍。

畢可

最終決戰後，他跟邱列迪斯提耶斯一起悄悄地失去蹤影。

據說他踏上了找尋適合擁有聖劍的勇者的旅程。

惡夢殘渣

牠們後來也作為一種魔物，建立起獨自的生態系，一直君臨於艾爾羅大迷宮的頂點。

牠們成功成為一個種族，後世子孫連綿不絕。

終章

在一座美麗花朵競相爭豔的庭院。

有兩位女性坐在庭院中央的桌子旁邊，優雅地享受下午茶。

其中一人是Ｄ。

另一人穿著女僕裝，外表像是一位大和撫子般溫柔婉約。

我都擅自叫她「冥土小姐」（註：冥土與女僕的日文發音相同）。

這人八成也是超級厲害的神吧。

「然後呢？妳還特地拯救了那個世界嗎？」

「是啊。」

「妳怎麼又做出那種多此一舉的傻事……」

冥土小姐傻眼地嘆了口氣。

「白白提供能量給那種世界有什麼好處？這真是太浪費了。」

「其實這也不能算是浪費。」

雖然對那個世界的居民來說，冥土小姐的這種說法很過分，但在諸神眼中，那裡本來就是一

個自取滅亡的星球。

如果不是個怪人，根本不會想要回收那種跟事業廢棄物差不多的星球。

「畢竟我幾乎沒有用到自己的能量。」

「……那麼那些能量又是從哪裡來的？」

「想也知道，當然是從那些想要拋棄那個星球的龍身上來的啊。」

「……難不成妳殺掉那些龍了嗎？」

「是啊。」

我現在才知道這個震撼的事實。

原來黑以前的同伴都被Ｄ殺掉了。

也就是說，實際情況到底是怎樣？

難不成系統就是用那些傢伙想要偷走的能量創造出來的？

如果是這樣的話，那不就只是物歸原主嗎！

「那些龍也變成品質優良的能量了。」

更正。

她還把那些殺掉的龍也變成能量。

她的實際行為其實可怕多了。

「妳創造系統時的能量就算了，這次用掉的能量又是從哪裡得到的？」

「那些都是那個世界本身產生的能量。」

聽到Ｄ這麼說，冥土小姐疑惑地歪著頭。

「那個世界其實累積了不少能量。最後那些能量也是突然湧現的。」

「是因為世界任務的影響嗎？」

「沒錯。因為人們在世界任務中不斷戰鬥，讓能量以前所未有的速度迅速補充。畢竟死者非常多，這一戰又賭上了世界的命運，讓大家都拚命奮戰，結果導致從靈魂湧出的能量變多了。」

雖說最後還是靠Ｄ解決一切，但因為世界任務引發的戰爭也並非毫無意義。

「人類那種不惜一死也要成就某件事的靈魂光輝實在太棒了。」

之前跟Ｄ決戰的時候，大家都拚了老命，所以好像也湧出了不少能量。

不過，靈魂這東西還真是不可思議。

畢竟可以無中生有創造出能量。

如果波狄瑪斯不是研究ＭＡ能量，而是研究靈魂能量的話，說不定就不會引起毀滅星球這種災難了。

不對，如果讓那傢伙研究靈魂，他說不定會創造出某種超級生物，感覺還是很可怕。

總之，波狄瑪斯就是波狄瑪斯，應該不會有什麼好結果才對。

「這樣應該還是不夠吧？」

「是啊。可是，某個地方還藏有能量，我只是在那些能量被拿出來之前，先用自己的能量代塾。」

聽到D這麼說，冥土小姐看向我。

順帶一提，我現在就站在D的斜後方。

而且還被迫穿著女僕裝。而且還被迫穿著女僕裝。

因為這很重要，所以要說兩次。

為什麼是女僕裝啊？

冥土小姐也是這樣，難道這是D的喜好嗎？

不過算了，反正我本來就是這場茶會的服務人員，平常也都在做女僕的工作！

「根據這傢伙的計算，如果讓系統回收她跟邱列迪斯提耶斯戰鬥時產生的能量，再把邱列迪斯提耶斯榨乾到半死不活的程度，也把自己的能量消耗到將近枯竭，就能勉強讓星球完成再生，也不需要犧牲人類。」

「她的計算結果正確嗎？」

「是啊。」

被她發現了嗎？

……沒錯，事情就是這樣。

打從一開始，我就不打算殺死半數的人類。

因為要是我那麼做，天曉得女神莎麗兒會做出什麼事。

素。

女神莎麗兒的思考模式跟我們不同，我完全無法推測其想法，才會想要排除這個不確定因

魔王已經為了女神莎麗兒努力到這種程度，要是因為女神莎麗兒搞砸這一切，不是會讓人既難過又生氣嗎？

啊，順帶一提，生氣的人會是我。

不是為了人類，也不是為了女神。

我願意勉強自己拯救人類，就只是為了魔王一個人。

呼，真是的，我這個孫女實在太喜歡奶奶了，真教人傷腦筋呢。

「她還打算到時候順便裝死。」

……被她發現了嗎？

「裝死？這又是為了什麼？」

「當然是為了逃出我的魔掌。她想要假裝自己死了，然後趁機逃走。」

糟糕，我現在冷汗流個不停……

「這傢伙寧願讓自己幾乎失去所有能量，讓實力大幅減弱，也想要逃離我身邊。妳說，這是不是不可原諒？」

咿咿。

「像她這種壞孩子，就是要像這樣戴上項圈拴起來才行喔？」

「……所以妳才讓她留在自己身邊？」

冥土小姐看著我的眼神似乎充滿了憐憫。

與其用那種眼神看我，還不如想辦法救救我！

「雖然這傢伙現在還完全算不上戰力，就只是隻垃圾廢物蛞蝓，但她可是以驚人的速度成神的逸才，肯定很快就能成為上位神了。這傢伙很有鍛鍊的價值。我已經想好培育計畫了，今後也打算按照計畫鍛鍊這傢伙。」

不要啊！

那肯定是超級斯巴達式訓練吧！

要是接受那種鍛鍊，我一定會死掉啦！

「就是因為這樣，要是她的實力變弱，我就傷腦筋了。因為這會阻礙到我的培育計畫。」

能造成阻礙才好啊！

我反倒希望造成阻礙啊！

「總之，我是當作預付這傢伙的薪水，才會提供能量給那個世界。」

「是嗎？也就是妳買新玩具的支出對吧？」

……原來我在冥土小姐眼中也是玩具啊。

不過，反正我想耗盡能量裝死的作戰也被看穿了，應該是逃不掉了吧。

天啊！我的未來究竟會走向何方！

「妳好像很喜歡這傢伙呢。」

「我愛不釋手呢。」

「對了，我還沒聽妳說過那孩子的來歷，她到底是何方神聖？」

就算妳問我這個問題，我也只能這麼回答——

蜘蛛一隻又怎樣？

後記

大家好，我是寫出這部作品的馬場翁。
沒錯，這部作品也終於告一段落了。
因為我可能還會寫外傳，所以就先不說是完結。
不過，這肯定是一個重要的段落。
因為第一集是在二〇一五年的十二月上市（註：此指日本的出版時間），所以我寫這部作品大概有六年了。
竟然寫了六年這麼久！連我自己都感到驚訝。
這六年還真是轉瞬即逝。
不過，當我仔細回想，就會發現這六年發生了很多事情。
改編漫畫、推出衍生漫畫與改編動畫這些大事就不用說了，在這段期間發生的各種小事，可說是多到不可勝數的地步。
不過，就是因為這六年發生了太多事情，我才會覺得轉瞬即逝吧。
我還記得自己寫稿時總是想著「真的能如期完成嗎？」……

這讓我現在並沒有那種「終於寫完了！」的成就感，也沒有那種「作品結束了……」的寂寥感，而是有種整個人燃燒殆盡的感覺。

呵、呵呵……等我寫完這部作品，就能稍微休息一下了……

不過，要是休息太久，寫作的感覺就會變得遲鈍，所以我只會稍微休息，就會重新開始執筆。

而且我還有其他工作，根本沒時間停止寫作……

不過，現在我肯定有更多空閒時間了！

我想應該有吧。可能。大概。

回到正題，《轉生成蜘蛛又怎樣》這系列，原本是一部在網路上連載的作品。

剛開始連載時的目標，就只有把作品寫完而已。

完全沒想過出書的事情，甚至連瀏覽數和點數都不是很在意。

我曾經妄想過，只要這部作品寫完之後，能夠成為只有內行人知道的名作就夠了。

可是，當這部作品開始連載之後，很快就得到了巨大的迴響，轉眼間就決定要出書了。

這種變化實在太過巨大，連我自己都有點跟不上。

畢竟這是一個轉生成蜘蛛的故事。

在魔物轉生這個偏門的主題中，這又是一部更偏門的作品。

我原本還以為寫了也不會有人看，結果卻出乎我的意料之外，讓我嚇了一跳。

而且還出書了……咦？認真的嗎？
而且還改編成漫畫……咦？認真的嗎？
而且還推出了衍生漫畫……咦？認真的嗎？
而且還改編成動畫……咦？認真的嗎？
每當有好事發生時，我都會有這樣的想法！
我還記得當我跟當時的總編開會討論出書的事情時，我的第一個問題就是：「要是書賣不出去，我必須在第幾集結束作品？」
結果這部作品不但沒有被腰斬，還一直出到最後一集。
我可以有這樣的成績，都是因為有許多人的幫忙，實在令人感激不盡。
接下來是致謝時間。因為這是故事本篇的最後一集，所以我想用比平常還要多的篇幅來表達謝意。
首先是負責繪製插圖的輝竜司老師。
輝竜老師之所以會成為這部作品的插畫家，是因為我對老師的插圖一見鍾情，就向當時的責編說「我想要請他來畫」，然後又取得老師的同意，才讓這件事得以成真。
老實說，我當時已經認定要由輝竜老師來畫了，要是他沒有答應這件事，我還真不知道該如何是好。
直到現在，我心目中最好的人選依然只有他一個。

要是沒有輝竜老師，就沒有這部作品。

輝竜老師，感謝您願意負責這部作品的插畫！

再來是負責繪製漫畫版的かかし朝浩老師。

當我聽說這部作品要改編成漫畫時，其實心中的不安是大於期待的。

把小說改編成漫畫原本就不容易了，而且主角還是蜘蛛。

畢竟蜘蛛的動作跟人類不一樣……而且外型也不一樣……

不管我怎麼想，這都不是普通漫畫家擅長畫的東西。

這部作品不但有這種作畫上的問題，在故事上也不適合畫成漫畫。

畢竟技能與能力值之類的說明，都是看小說才能體會其中的樂趣，在漫畫中很難呈現出來……

可是，我心中的這些擔憂，全都被かかし老師一掃而空。

為了讓主角的造型適合放在漫畫中，他做了大膽的改革，對輝竜老師設計的造型做出了巨大的更動。

他還完美地運用這個新造型繪製漫畫。

而且他還在說明技能與能力值時努力製造新花樣，不讓讀者感到厭倦。

かかし老師的鬼點子到底有多少啊？

我很慶幸能讓かかし老師負責繪製漫畫版！

真的很感謝您！

漫畫版還要繼續畫下去，今後也要麻煩您了！

說到漫畫，我還要感謝負責繪製衍生漫畫的グラタン鳥老師。

我原本還在疑惑到底要畫什麼樣的衍生漫畫，結果竟然是把主角分裂成四個人這種異想天開的故事。

考慮到時間軸上的問題，這個故事的舞台將會固定在艾爾羅大迷宮的內部，「如果舞台不會改變，那麼又要怎麼推進故事呢？」我本來還在思考這個問題，結果故事的發展竟然比開頭還要異想天開。

グラタン鳥老師的鬼點子到底有多少啊？

雖然かかし老師也讓我有這種感想，但グラタン鳥老師連故事都是自己想的，所以也讓我更為驚訝。

他每次都為我帶來了驚喜與歡笑。

真的很感謝您！今後也要繼續麻煩您了！

再來是負責製作動畫的所有人，以及監督板垣伸先生。

雖然製作動畫時發生了非常多事情，但多虧有以板垣監督為首的各位幫忙，動畫也順利地完成了。

我一輩子都忘不了看到蜘蛛子動起來時的感動。

真的很感謝大家！

再來是我的責編W女士與前任責編K先生。

K先生發掘了我，W女士也對我照顧有加。

雖然我自認有很多地方做得不夠好，但多虧有他們兩位的幫忙，我才能順利走到今天。

真的很感謝兩位！

最後是拿起這部作品的所有讀者。

沒有讀者就沒有小說。

真的很感謝你們願意閱讀這部作品！

希望還能在其他地方見到各位！再見！

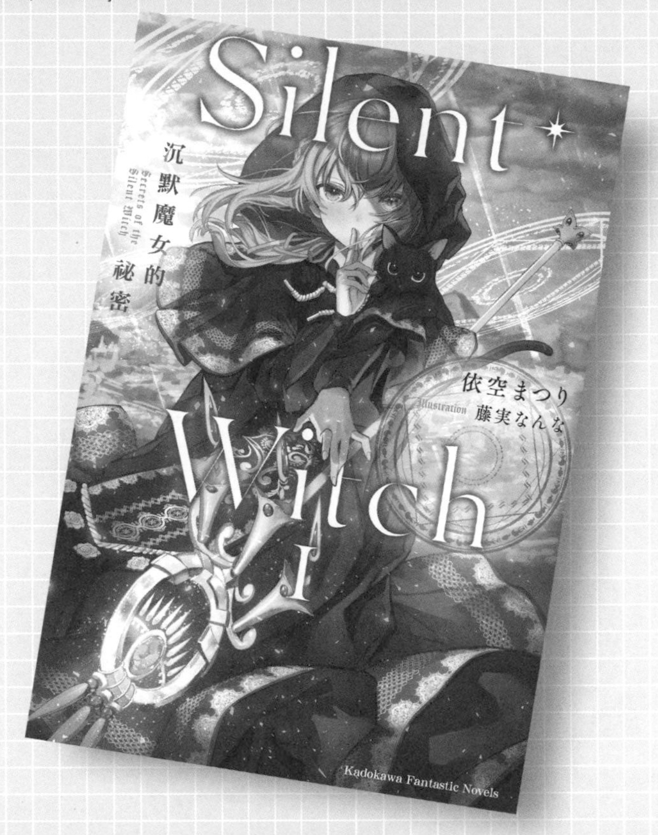

Silent Witch 沉默魔女的祕密 1 待續

作者：依空まつり　插畫：藤実なんな

「這本輕小說真厲害！2022」單行本部門第2名
極度怕生的最強魔女充滿反差萌♥

「沉默魔女」莫妮卡·艾瓦雷特是世上唯一的無詠唱魔術師，曾獨自擊退傳說的黑龍！其實她的本性怕生到無法在人前開口!?她卻獲選為「七賢人」，還被硬塞了護衛第二王子的極祕任務？有社交恐懼症的天才魔女，展開痛快無比的奇幻冒險劇！

NT$220/HK$73

關於我轉生變成史萊姆這檔事
Regarding Reincarnated to Slime
17
Story by Fuse, Illustration by Mitz Vah
伏瀨
插畫／みっつばー
Kadokawa Fantastic Novels

怕痛的我，把防禦力點滿就對了 1~13 待續

作者：夕蜜柑　插畫：狐印

分成兩大勢力的對抗戰即將開打！
強得亂七八糟的【大楓樹】將情歸何處!?

第九階地區的亮點，是在兩個王國間選邊站的大型ＰＶＰ！各公會不停蒐集情報以決策同盟或敵對，其中最受關注的當然是【大楓樹】選擇哪個陣營。梅普露自己也會和勁敵們交換資訊，並受到【聖劍集結】的邀請，有好多事要傷腦筋……

各 **NT$200~230/HK$60~77**

爆肝工程師的異世界狂想曲 1~21 待續

作者：愛七ひろ　插畫：shri

在巴里恩神國的「有才之士」村落裡
展開意料之外的忍術修行！

佐藤一行人來到了設有貿易港的西關門領，受到在那裡重逢的賢者邀請，一行人前往被稱為「有才之士」村落的培育場所擔任學生與客座講師，但是很不巧，村裡發生了學生失蹤的事件，看來那似乎與由聖女舉行，名為「轉讓才能」的神祕儀式有關……

各 **NT$220~280/HK$68~93**

國家圖書館出版品預行編目資料

轉生成蜘蛛又怎樣！/ 馬場翁作；廖文斌譯. -- 初版.
-- 臺北市：臺灣角川股份有限公司，2022.09-
　冊；　公分. -- (Kadokawa fantastic novels)
譯自：蜘蛛ですが、なにか？
ISBN 978-626-321-778-2(第 15 冊：平裝). -
ISBN 978-626-321-779-9(第 16 冊：平裝)

861.57　　111011177

Kadokawa
Fantastic
Novels

轉生成蜘蛛又怎樣！16（完）

（原著名：蜘蛛ですが、なにか？16）

2022年9月26日　初版第1刷發行

作　者：馬場翁
插　畫：輝竜司
譯　者：廖文斌

發行人：岩崎剛人
總編輯：蔡佩芬
編　輯：黃如雁
美術設計：李思穎
印　務：李明修（主任）、張加恩（主任）、張凱棋

發行所：台灣角川股份有限公司
地　址：104台北市中山區松江路223號3樓
電　話：（02）2515-3000
傳　真：（02）2515-0033
網　址：www.kadokawa.com.tw
劃撥帳戶：台灣角川股份有限公司
劃撥帳號：19487412
法律顧問：有澤法律事務所
製　版：巨茂科技印刷有限公司
ISBN：978-626-321-779-9